Felicity Pickford

*Winterträume
im kleinen Grandhotel*

 GOLDMANN

Felicity Pickford

Winterträume im kleinen Grandhotel

Weihnachtsroman

GOLDMANN

Originalausgabe

Der Verlag behält sich die Verwertung der urheberrechtlich geschützten Inhalte dieses Werkes für Zwecke des Text- und Dataminings nach § 44 b UrhG ausdrücklich vor. Jegliche unbefugte Nutzung ist hiermit ausgeschlossen.

Penguin Random House Verlagsgruppe FSC® N001967

1. Auflage
Copyright © 2023 by Felicity Pickford
Copyright © dieser Ausgabe September 2023
by Wilhelm Goldmann Verlag, München,
in der Penguin Random House Verlagsgruppe GmbH,
Neumarkter Str. 28, 81673 München
Dieses Werk wurde vermittelt
durch die Montasser Medienagentur, München
Umschlaggestaltung: Uno Werbeagentur, München
Umschlagmotiv: FinePic®, München
Satz: Uhl + Massopust, Aalen
Druck und Bindung: Friedrich Pustet, Regensburg
Printed in Germany
ISBN 978-3-442-31599-4

www.goldmann-verlag.de

Du musst die Menschen lieben.

Rituale und Privilegien

An einem dieser bezaubernden Sonnentage, die einem der späte Oktober manches Mal als letzten Gruß des Sommers schenkt – und glauben Sie mir: Das geschieht bisweilen auch auf der Isle of Skye im Norden Schottlands –, fand ein Ritual statt, zu dem sich alljährlich die Belegschaft des ebenso geheimnisvollen wie legendären Hotels 24 Charming Street zusammenfindet, weil niemand es verpassen möchte. Die Rede ist von der Ziehung jener Karte, die den Ehrengast für die bevorstehenden Weihnachtstage benennt. Dieser wird nach alter Tradition von den Gästen, die im Vorjahr die Weihnachtszeit in diesem Hotel verbracht haben, in völlig freier und absolut anonymer Wahl bestimmt. Jeder Gast darf eine Person nominieren, der ein kostenloser Aufenthalt im 24 Charming Street zuteilwerden soll. Diese Tradition hat über die Jahrzehnte hinweg manche Überraschung beschert – sowohl bei den so Beschenkten als auch den Mitarbeiterinnen und Mitarbeitern des Hotels.

In jenem Jahr also, von dem es in dieser Erzählung zu berichten gilt, wurde ausgerechnet die Karte gezogen, die der Ehrengast des Vorjahrs in die Wahlurne geworfen hatte: eine hübsche kleine Kiste, die ab dem 20. Dezember am Empfang aufgestellt war, ein ganz besonderer Weihnachtsbriefkasten sozusagen. Dies allerdings weiß außer meinen Leserinnen und Lesern niemand – schon gar nicht die Angestellten des 24 Charming Street. Wüssten Sie es allerdings, es würde keinen Unterschied machen. Denn zu den wichtigsten Regeln dieses an goldenen Regeln reichen Hauses gehört es, absolut jeden Wunsch absolut jeden Gastes ernst zu nehmen.

Es gehört zu den Privilegien des Chefportiers, die Karte zu ziehen – und es gehört zu den Eigenheiten des amtierenden Chefportiers Richard, dieses Privileg einem anderen Mitarbeiter des Hauses zu überlassen – oder einer Mitarbeiterin, so wie in diesem Jahr Cordelia Hickham, der Leiterin des Backoffice, also jener Einrichtung, die dafür sorgte, dass all die anderen guten Geister des 24 Charming Street jederzeit ihrer Arbeit nachgehen konnten und dabei jederzeit alles in geordneten Bahnen vorfanden. Mit anderen Worten: Mrs Hickham war die Managerin des Hauses. Dieses Amt allerdings würde sie zum 31. Dezember abgeben, weil sie dann in den Ruhestand zu gehen gedachte. »Mrs Hickham, es wäre mir eine Ehre«, erklärte deshalb Richard an jenem denkwürdigen Tag, »wenn Sie diesmal die Aufgabe übernähmen, die Karte mit unserem Ehrengast zu ziehen.«

Mrs Hickham kannte den alten Chefportier lange genug, dass sie mit dieser Geste gerechnet hatte – und sie wusste gut genug, was sich gehörte, weshalb sie völlige Überwältigung vorflunkerte. Also: im Rahmen dessen, was Engländerinnen an Überwältigung zu zeigen imstande waren. »Ach«, sagte sie deshalb. »Wie nett.«

Überwältigung träfe es vielleicht nicht genau, wollte man die Reaktion der Anwesenden beschreiben, als Mrs Hickham den Namen des diesjährigen Ehrengasts verkündete, eher: Verblüffung. Diese aber ausnahmslos. Und Entzücken, das ebenso – wenn auch nicht zwingend ausnahmslos. »Harold«, las sie nämlich vor und, so wie man *Heinrich der Achte* vorliest oder *Ivan der Schreckliche*, »der Busfahrer.«

»Meine Güte!«, rief Ms McFarrows, die im Backoffice seit vielen Jahren Mrs Hickhams rechte Hand war und sie bei Abwesenheit stets würdig vertrat.

»Harold? *Unser* Harold?«, fragte Penny, das Hausmädchen, und schien fast ein wenig stolz, dass sie den diesjährigen Ehrengast persönlich kannte.

Richard hob eine Augenbraue, um sein Erstaunen auszudrücken.

Allen gemeinsam aber war, dass ihnen die Bekanntgabe des Gewinners ein Lächeln ins Gesicht zauberte, wirklich allen – außer Mrs Hickham. Natürlich nicht. Doch dazu später.

Glauben und Wissen

Zu den schicksalhaften Eigenheiten des Brauchs, einen Ehrengast ins 24 Charming Street einzuladen, gehört es, dass die oder der so Beschenkte die Einladung für einen Scherz hält oder zumindest für ein Versehen, was natürlich vor allem daran liegt, dass allzu wenige Bewohner des Planeten von dieser altehrwürdigen Tradition wissen. Und seien wir ehrlich: Wie oft bekommt man schon aus heiterem Himmel etwas geschenkt, noch dazu etwas so Wertvolles!

Im Falle von »Harold dem Busfahrer« verhielt es sich etwas anders. Er nämlich kannte den Brauch sehr wohl. Schließlich war er nicht nur ein Kind der Insel, sondern auch noch dessen bestinformierter Zeitgenosse (und übrigens auch der bestinformierende; doch auch dazu später). Dass er die Geschichte dennoch für einen Scherz hielt, liegt auf der Hand. Wer um alles in der Welt würde einen gewöhnlichen Busfahrer über die Weihnachtstage in ein Grandhotel einladen, und sei es das kleinste der Welt? Nein, Harold war sich sicher, dass ihm hier jemand einen frechen Streich gespielt hatte. Weil er aber ein gutmütiger Mensch war, entschloss er sich, die hübsche Karte, auf der die vermeintliche Einladung gekommen war, als lustiges Andenken aufzuheben, weshalb er sie auf das Regal im Flur neben Fotografien seiner Eltern selig, seiner Schwester (nach Inverness verheiratet) und seiner beiden Neffen Hupert und Rupert stellte, um sie im Übrigen nicht mehr zu beachten:

Dear Mr Baker

Wir freuen uns, Sie dieses Jahr als Ehrengast unserer Weihnachtssaison in der Zeit vom 20. bis 31. Dezember in unser Haus einladen zu dürfen. Sie wurden aus den von unseren verehrten Gästen Nominierten ausgewählt.
Bitte teilen Sie uns bis zum 15. d. M. mit, ob Sie unsere Einladung annehmen möchten. Selbstverständlich sind alle Annehmlichkeiten des 24 CS für Sie frei.

Mit den vorzüglichsten Grüßen,
24 Charming Street/Isle of Skye
Grandhotel since 1887

Es war der 16. November, an dem er nach Dienstschluss einen unerwarteten Gast vor seiner Tür vorfand.
»Mr Atkins?«
»Harold! Wie schön, Sie zu sehen. Sie kommen spät …«
»Es tut mir leid. Ich wusste nicht … Und ich hatte die Spätschicht … Na ja, genau genommen hatte ich beide Schichten. Sie wissen ja, dass wir seit Längerem nach einem Kollegen suchen, der … Aber kommen Sie doch

mit hinein, Mr Atkins. Also, wenn es Ihnen nichts ausmacht, dass es bei mir nicht sehr aufgeräumt aussieht. Ich wusste ja nicht ...«

Hastig nestelte Harold seinen Schlüssel aus der Manteltasche und sperrte die Haustür auf, um seinen Gast endlich einzulassen. Wie lange mochte er schon hier draußen gestanden haben? Und weshalb überhaupt?

»Ich ... ich weiß gar nicht, wann Sie mich zuletzt besucht haben, Mr Atkins«, stotterte er und knipste das Licht an, um es – einem nur allzu menschlichen Impuls folgend – sogleich wieder auszuknipsen. Junggesellenwohnungen haben die Eigenart, sich den Augen Dritter gerne in einer nicht allzu vorteilhaften Weise zu präsentieren.

»Mein lieber Mr Baker«, sagte Richard, ohne auch nur das Geringste von dem Chaos aus Geschirr, Wäsche, Schallplatten und Modellbauutensilien wahrzunehmen. »Ich möchte Sie keinesfalls stören. Sie hatten einen langen Arbeitstag und sollten nun Ihren wohlverdienten Feierabend genießen! Vielleicht eine gute Platte auflegen ...« Er war in der Tür stehen geblieben, sodass die beiden Männer einander im Licht der von draußen hereinleuchtenden Straßenlaterne schemenhaft erkennen konnten.

»Hoffnungslos altmodisch«, gab Harold zu. »Aber ich liebe die Scheiben einfach.«

»Ach«, erwiderte Richard. »Das geht mir genauso. Wenn ich abends zur Ruhe komme, gibt es nichts Schöneres, als eine gute Schallplatte aufzulegen und zu lauschen.«

»Ja«, stimmte der Busfahrer zu. »Wie es knistert. Und knackt.«

»Ich wollte Sie nur fragen«, kam der Portier auf den Grund seines Besuchs zu sprechen, »ob Sie unsere Post bekommen haben ...«

Die Post. Die Karte! Die Einladung. »Nein ...«, stotterte Harold. »Ja.«

»Pardon?«

»Also, ich habe eine Karte bekommen. Mit einer Einladung.«

»Wie schön!«, befand Richard und nickte nachdrücklich. »Und wissen Sie denn, ob Sie sie annehmen möchten? Nichts liegt mir ferner, als Sie zu drängen, mein Lieber. Aber Sie wissen ja: Wenn Sie das Geschenk ausschlagen, dann bleibt uns nicht viel Zeit, jemand Neuen zu ziehen.« Denn in der Tat: Zumindest theoretisch war das so. Praktisch hatten bislang alle Beschenkten zugesagt – mit Ausnahme eines Goldhamsters, den vor Jahren einmal ein Mädchen als Preisträger benannt hatte. Ob das Tier gerne gekommen wäre, konnte nie geklärt werden, weil stattdessen sein Besitzer die Einladung angenommen und eine Weihnachtssaison im 24 CS verbracht hatte – der Vater des Mädchens, das auf diese Weise noch einmal einen Aufenthalt im Hotel hatte genießen können.

»Offen gesagt ...«, druckste Harold herum. Er war sonst ganz und gar nicht der Mann, der um Worte verlegen gewesen wäre. Aber sonst war er ja auch nicht der Mann, dem man mal eben so einen Aufenthalt im Grandhotel im Wert von tausend Pfund schenkte, wahrscheinlich weit mehr, so genau konnte sich Harold Baker das nicht vorstellen.

»Offen gesagt, hatten Sie andere Pläne?«, half Richard mit verständnisvollem Lächeln.

»Andere Pläne?« Nun musste der Busfahrer doch lachen. »Sie sind mir lustig, Mr Atkins. Sie kennen mich doch. Ich fahre nicht umsonst jedes Jahr an den Weihnachtstagen unsere Route. So was wie Pläne habe ich nicht. Bin ja allein, wenn Sie verstehen, was ich meine.«

Das nun verstand der Portier in der Tat, denn auch sein Schicksal war es, keine Familie sein Eigen zu nennen, sich aber stattdessen alljährlich an allen wichtigen Feiertagen, von denen die Weihnachtstage zweifellos die wichtigsten waren, an seinem Platz am Empfang wiederzufinden und für andere Menschen da zu sein. »Aber?«, wollte er wissen.

»Das können Sie doch nicht im Ernst meinen«, erklärte Harold und schüttelte den Kopf. »Wer sollte mich denn ins Grandhotel einladen? Das glaube ich einfach nicht.«

»Wer immer es war«, erwiderte Harold, »er wollte Ihnen etwas Gutes tun. Und ich muss ehrlich sagen, ich habe mich sehr gefreut, Ihren Namen auf dem Kärtchen zu lesen. Wer hätte es mehr verdient als Sie, sich einmal ein paar Tage nach Herzenslust verwöhnen zu lassen! Das weiß nicht nur ich, das wissen auf der Insel alle.«

»Ach, Mr Atkins, Sie bringen mich ganz in Verlegenheit«, sagte Harold. »Da wüsste ich viele, die es mehr verdient hätten, wirklich.«

»Wenn das so ist …« Der Portier machte eine bedeutsame Pause, und Harold erwartete schon, dass er die Einladung zurücknehmen würde. Stattdessen sagte Mr Atkins mit allem Nachdruck: »… dann empfehle ich Ihnen, die Einladung anzunehmen, die Weihnachtstage im 24 Charming Street zu verbringen und am Ende eine der betreffenden Personen zu benennen. Denn auch unsere Ehrengäste haben das Recht, jemanden fürs nächste Jahr zu nominieren.«

So kam es, dass am 20. Dezember der Bus der Verkehrsbetriebe der Isle of Skye vor dem kleinsten Grandhotel der Welt vorfuhr und der Fahrer ausstieg, um zur Hauptperson einer Begebenheit zu werden, die, ebenso traditionell, wie immer wieder überraschend war.

Das Gute liegt so nah

Ein Versprechen hatte Harold dem Portier abgenommen: Man sollte es bitte für sich behalten, dass er an den Weihnachtstagen im kleinen Grandhotel zu Gast sein würde. Das war ihm wichtig gewesen, weil er vermeiden wollte, im Bus immerzu auf seinen Gewinn angesprochen zu werden. Und da Diskretion zu den wichtigsten Tugenden eines Hauses ersten Ranges gehört, drang nicht die leiseste Andeutung nach außen. Unter den Angestellten des Hotels war der bevorstehende Aufenthalt von Harold dem Busfahrer jedoch *das Thema* der Vorweihnachtszeit. Und so nimmt es nicht Wunder, dass bei seiner Ankunft nahezu die gesamte Belegschaft vor dem Eingang des Hotels Spalier stand, um den diesjährigen Ehrengast zu begrüßen.

Harold, der seinem Bus entstieg und lediglich eine Tasche mit sich führte, wie man sie eher bei seiner alten Tante Ghislaine vermutet hätte (nicht nötig zu erwähnen, dass sie tatsächlich von Tante Ghislaine stammte), blickte sich um, wer denn gerade erwartet wurde. Darauf, dass er selbst Anlass dieser Ehrengarde sein könnte, wäre er nicht im Traum gekommen. Weshalb er auch versuchte, möglichst unauffällig seitlich an dem Spalier vorbeizugehen und sich nach drinnen zu stehlen, was wiederum die Mitarbeiter des 24 Charming Street in eine Art belustigte Verlegenheit brachte und selbstredend in die ewige Chronik seltsamer Begebenheiten eingehen würde, die ein solches Haus naturgemäß führt – wenn auch nur in Form mündlicher Überlieferung.

»Mr Baker!«, grüßte Richard, als der Busfahrer eingetreten war und sich zum Empfang wandte. »Wie schön, dass Sie da sind. Wir haben Sie alle voller Vorfreude erwartet, wie Sie draußen schon sehen durften.«

»Mich? Ich meine: Die standen da für mich?«

Der Portier schenkte ihm sein aufgeräumtestes Lächeln. »Gewiss, Sir. Sie sind schließlich unser Ehrengast. Das bedeutet, dass Sie automatisch wie ein Fürst empfangen werden.« Was ein wenig geflunkert war. Denn selbstverständlich gehörte es zu den wichtigsten Tugenden des 24 Charming Street, ausschließlich jeden Gast wie einen Fürsten zu empfangen. Angesichts der verhältnismäßig kleinen Belegschaft und der Notwendigkeit, jedem Gast jeden Wunsch zu jeder Zeit in Vollendung zu erfüllen, waren allerdings Spaliere deshalb auch für Fürsten nicht vorgesehen. Die einzige Ausnahme bildete hierzu Seine Majestät der König. Falls es ihn gelegentlich auf die Isle of Skye verschlug.

»Tja«, sagte Harold. »Da wäre ich also.«

Richard räusperte sich, erklärte: »Ich denke, in Ihrem Fall können wir auf die Empfangsformalitäten verzichten, Mr Baker.« Er winkte Oliver, sich um das Gepäck zu kümmern, und schlug vor: »Möchten Sie vielleicht zunächst einen kleinen Begrüßungstrunk in der Bar nehmen?«

Während Oliver sich um Tante Ghislaines Tasche bemühte, die Harold ihm widerstrebend überließ, bedeutete Richard dem Ehrengast, ihm zu folgen. »Hier entlang, Sir, wenn ich bitten darf.«

Es waren ja nur ein paar Schritte von der Rezeption zu Kiharus Bar, die direkt an die Hotelhalle angrenzte oder – je nachdem, wie man es betrachtete – deren Verlängerung in den rückwärtigen Teil des Gebäudes war. Doch für Harold fühlte sich der Weg über die schweren Teppiche an, als ginge er auf Wolken. Wolken, die allerdings heftig vom Wind durchgerüttelt wurden.

»Mr Baker! Herzlich willkommen in unserer kleinen Bar«, begrüßte ihn die Bartenderin. Natürlich kannte er sie, weil sich die Einheimischen praktisch alle kannten, und natürlich bewunderte er sie, weil praktisch alle Kiharu bewunderten. Und natürlich hätte Harold sie ebenfalls gegrüßt. Wenn ihm irgendetwas Sinnvolles eingefallen wäre. Immerhin fiel ihm zuletzt doch noch etwas ein: »Ein Bier?«

»Gute Wahl!«, erklärte die Bartenderin und griff sogleich nach einem Glas. »Ein Tilson's, nehme ich an?«

»Gerne.«

»Sie auch eines, Mr Atkins?«

Der Portier hob die Augenbrauen und erwiderte: »Ich bitte Sie, Kiharu. Wie könnte ich …«

»Wäre mir aber recht«, erklärte da Harold Baker. »Ich würde gerne mit Ihnen anstoßen, Sir.«

»Richard, bitte, Mr Baker, Sir. Wenn ich im Dienst bin, dann stets Richard.« Und weil es nun einmal zu den Gepflogenheiten eines Hauses ersten Ranges gehört, den Gästen jeden nur erdenklichen Wunsch zu erfüllen, erfüllte Richard dem Busfahrer den Wunsch und warf die Gepflogenheit, niemals selbst an der Bar etwas zu trinken, für dieses Mal über Bord, um mit ihm anzustoßen: »Auf einen schönen Aufenthalt im 24 Charming Street, Sir!«

»Danke … Richard. Ich weiß jetzt schon, dass ich ihn haben werde.« Harold hob sein Glas, prostete dem Portier zu und der Barfrau, genehmigte sich einen Schluck und noch einen weiteren, atmete tief durch und erklärte: »Hübsches Plätzchen, dieses Hotel. Ich bin schon so oft daran vorbeigefahren, Tag für Tag, Sie wissen ja. Aber ich war nie hier drinnen.« Anerkennend ließ er den Blick über die gemütlichen Sessel schweifen, die in diesem Jahr zur Weihnachtszeit mit neuen Bezügen ausgestattet worden waren, auf denen kleine Vögel Mistel- und Stechpalmenzweige in ihren Schnäbeln trugen, über die Lüster, die mit einer Vielzahl weihnachtlicher Süßigkeiten behängt waren, über die Kerzen, die in jedem Winkel und auf jedem Tischchen in dekorativen Windlichtern brannten, die Tannenzweige, mit denen die Türen umrahmt waren, und all die anderen entzückenden Details, die aus dem ohnehin schon zauberhaften Hotel ein geradezu märchenhaftes machten. Am meisten fesselte ihn allerdings etwas anderes, was er sah: das Gesicht, das unvermittelt vor ihm auftauchte und beinahe dafür gesorgt hätte, dass er den Rest seines Tilson's verschüttete.

»Mr Baker, nehme ich an?«, fragte der Mann, der ihm ungefähr bis zum Brustbein reichte und es dennoch schaffte, auf ihn herabzublicken.

»Ähm, ja?«, erwiderte Harold.

»Angenehm. Fletcher. Ich bin der neue Manager hier.«

»Oh.« Harold staunte selbst, wie es sein konnte, dass ihn seine Beredtheit an diesem Tag – oder sagen wir: in dieser ganzen Angelegenheit – so im Stich ließ.

»Hatten Sie eine gute Anreise?«, wollte der Manager wissen.

»Anreise«, sagte Harold. »Hm. War nicht sehr weit. Aber gut, ja. Gut war sie schon.« Schließlich war er in seinem eigenen Bus gekommen, den anschließend Peter McDune übernommen hatte, ein junger Kollege, den sie aushilfsweise eingestellt hatten, bis sich endlich ein zweiter regulärer Busfahrer für Skye fände. Nur so war es überhaupt möglich gewesen, dass Harold sich ein paar Tage über Weihnachten freinehmen konnte.

»Richtig«, stellte Mr Fletcher fest. »Sie sind ja ein Einheimischer.«

»Nicht viel rumgekommen, Sir«, erklärte Harold entschuldigend. »Dabei fahre ich jeden Tag ein paar Hundert Meilen.«

»Tatsächlich.« Der Manager schien mit seinen Gedanken woanders. »Mr Atkins, hätten Sie einen Augenblick Zeit für mich?«, wandte er sich an Richard.

»Gewiss, Mr Fletcher. Ich bin in einer Minute bei Ihnen.«

Der Manager nickte Harold noch einmal zu und ließ die Herren dann bei Kiharu an der Bar stehen, um in sein Büro zurückzukehren. Oder vielmehr: in Mrs Hickhams Büro, denn noch war sie es ja, die das Backoffice des 24 Charming Street verantwortete.

»Er ist neu bei uns«, erklärte Richard, der Harolds Überraschung erspürt hatte.

»Das habe ich mir gedacht«, entgegnete der Busfahrer und nahm noch einen Schluck von seinem Tilson's. »Das wird nicht leicht sein für ihn.«

Wie es für den Concierge eines vornehmen Hauses angemessen war, bedachte Richard diese Äußerung mit einem unverbindlichen Lächeln.

»Und schon gar nicht für Sie«, schob Harold hinterher und zwinkerte ihm zu.

Wie es sich für einen Menschen mit großem Herzen und Einfühlungsvermögen gehörte, fand Richard auch für diese Äußerung die genau richtige Reaktion. Er hob sein Glas und stieß noch einmal mit seinem Gast an: »Ein großer Dichter hat mal gesagt, dass in jedem Anfang ein Zauber liegt.« Und er zwinkerte zurück, wenn auch kaum merklich.

»Also, was mich betrifft, ich bin schon ganz verzaubert«, erklärte Harold dankbar.

»Das freut mich«, sagte Richard. »Dann darf ich mich entschuldigen?«

»Das müssen Sie nicht, Richard. Schon gar nicht bei mir. Aber eilen Sie nur, bevor Ihr Neuer etwas falsch macht.« Er musste an seinen eigenen »Neuen« denken, Peter, der in diesem Moment vermutlich Höllenängste auf den Klippenstraßen von Skye ausstand. »Sie haben keine Vorstellung davon, wie ...« Ja, langsam war er wieder der Alte. Er räusperte sich verlegen und reichte sein leeres Glas über die Theke. »Noch nie so ein gutes Tilson's getrunken«, stellte er anerkennend fest.

Zu den Bräuchen, die Kiharu im 24 Charming Street eingeführt hatte, gehörte es, an Weihnachten alljährlich neue Cocktails zu kreieren. Auf diese Weise waren in den letzten Jahren unter anderem der Santa Flip oder der Cherry Christmas entstanden. Dieses Jahr hatte sie sich zu Ehren des Weihnachtsgasts den Drink »Driver's Home for Christmas« überlegt: einen beinahe alkoholfreien Biercocktail, in dem sie Ginger Beer auf Crushed Ice mit etwas Limettensaft, einem Spritzer Blutorange, braunem Zucker sowie Marokkanischer Minze und Zitronenmelisse aus dem eigenen Gewächshaus kombinierte. So weit die Basis. Weil es aber ein Feierabend-Cocktail war, durfte natürlich ein kräftiger Schuss weißen Jamaikarums nicht fehlen.

Eine kleine Karaffe dieser Köstlichkeit fand Harold auf seinem Zimmer vor, als er es endlich betrat. Ein Zimmer jedenfalls hatte er erwartet – vorgefunden hatte er die Weihnachtssuite: die schönste Unterkunft dieses an hinreißenden Unterkünften so reichen Hauses. Mit der Tür öffnete sich ihm ein herrlicher Ausblick auf den Sound of Raasay. Verblüffend weiche Teppiche dämpften seine Schritte in diesem Kleinod weihnachtlicher Gemütlichkeit, das bis ins kleinste Detail liebevoll dekoriert war. Kerzen brannten, kleine Gestecke zierten die Tischchen, auf dem Bett lag ein tiefroter Bademantel mit weißem Kragen und aufgesticktem Emblem »24 CS«, als hätte der Weihnachtsmann persönlich ihn dorthin gefaltet. In den Fenstern hingen kunstvoll gearbeitete Strohsterne – und aus den Lautsprechern der edlen Hifi-Anlage ertönte leise Musik.

Einem ersten Impuls folgend drehte Harold sich um, weil er sich im falschen Zimmer wähnte. Doch dann blieb sein Blick zuerst an Tante Ghislaines Tasche hängen, die neben der Garderobe stand, und als Nächstes an einem Kärtchen, das an besagter Karaffe mit Kiharus jüngster Kreation lehnte:

Willkommen Mr Baker!
Wir wünschen Ihnen frohe Weihnachtstage im
24 Charming Street

Es wäre übertrieben zu sagen, Harold wäre zu Tränen gerührt gewesen. Aber ein wenig feucht wurden seine Augen schon, und dass er mehr als einmal schniefte, kam an sich auch eher selten vor. Was allerdings völlig vergessen war mit dem ersten Schluck Driver's Home for Christmas. Denn wie jedes Jahr, so hatte Kiharu sich auch diesmal wieder selbst übertroffen.

Staunend blickte Harold aus dem Fenster hinaus auf die Bucht und sah sie auf einmal mit ganz anderen Augen. Es ging ihm, wie es den meisten Menschen geht, wenn sie die eigene Heimat unvermittelt aus völlig veränderter Perspektive betrachten: Er erkannte, wie unendlich kostbar und wie wunderschön sie war. Vielleicht war er in seinem Leben wirklich nicht weit herumgekommen, definitiv hatte er nicht viele andere Orte gesehen als diese kleine Insel vor der westlichen Küste Schottlands. Er war nicht in New York gewesen und nicht auf den Seychellen, hatte weder Stockholm besucht noch Seoul. Aber brauchte er das? Wo er doch die Isle of Skye hatte? Dankbar nahm er einen Schluck seines Cocktails, öffnete das Fenster, atmete tief die frische Luft ein, die von der irischen Küste her wehte, und nickte dankbar. Man musste nicht notwendig in die Welt hinaus reisen, das Gute lag doch so nahe.

Das Haus, aus dem die Träume gemacht sind

Nicht nur den neuen Manager des 24 CS, Mr Oscar D. Fletcher, Absolvent der London School of Economics, ehemaliger Pressesprecher der Leading Hotels of the World und vor einiger Zeit Lehrjunge im legendären Hotel Ritz (Paris), fand Richard in Mrs Hickhams Büro vor, sondern auch noch eine weitere Lady, die ihm gänzlich unbekannt war: eine Dame in sehr legerer Kleidung, die sich ein breites, wild gemustertes Tuch über die Stirn und das kurz geschorene Haar gebunden hatte und deren Haltung keinen Zweifel daran ließ, dass sie es gewohnt war, den Ton anzugeben. Was sie – angesichts ihrer Stimmlage sehr zu Richards Leidwesen – auch bereits tat, als er eintrat. »... damit nicht alles schon ruiniert ist, wenn wir draufgehen«, sagte sie gerade.

»Aber Ms Tucker«, versuchte Mrs Hickham zu protestieren. »Wir können unseren Gästen ja nicht verbieten zu essen!«

Die Lady in Jeans und Turnschuhen beliebte jedoch, diesen Einwurf zu ignorieren. »Haben Sie jemanden, den Sie dafür abstellen können?«, fragte sie stattdessen den neuen Manager. Der blickte zu Richard. »Haben wir?«, wollte er wissen.

»Verzeihung, Mr Flechter, haben wir wen? Für was?«

»Ich brauche jemanden, der beim Dinner darauf achtet, dass die Gäste halbwegs diszipliniert essen.«

Erstaunt hob Richard die Augenbrauen. »Pardon, Ma'am, Sie sehen mich überrascht. Gilt das 24 Charming Street in der Hinsicht als ein ungewöhnlich unzivilisierter Ort?«

Die Frau lachte. »Köstlich«, sagte sie. In Richtung von Mr Fletcher: »Der Mann ist gut.« Und zu Richard: »Sie sind noch mal wer?«

»Der Chefportier. Richard. Wenn die gnädige Frau belieben.«

Sie lachte noch einmal. »Sehr gut«, sagte sie. »Wundervoll. Er muss auf jeden Fall eine eigene Szene bekommen. Herrlich, wirklich.« Sie schien sich im Geiste eine Notiz zu machen, wedelte zerstreut mit der Hand und stellte fest: »Also, ich brauche eine Liste aller Angestellten. Mit Namen und Funktion. Und mit den Dienstzeiten. Da werden wir allerdings flexibel sein müssen, sagen Sie das Ihren Mitarbeitern lieber frühzeitig, ich habe da schon Revolutionen erlebt, das können Sie mir glauben. Und Sie ...« Sie wandte sich an Richard. »Sie merken sich das, was Sie gerade gesagt haben. Das will ich eins zu eins so noch mal von Ihnen hören. Mit demselben blasierten Gesichtsausdruck, ja?«

Statt eines Grußes oder eines Danks griff sie nach ihrem Mobiltelefon und wählte eine Nummer, um im nächsten Augenblick nach draußen zu verschwinden.

»Sie erleben mich ratlos«, bemerkte Richard und blickte die alte Managerin und ihren Nachfolger mit entsprechendem Gesichtsausdruck an.

Fletcher zuckte die Achseln. »Die Frau weiß, was sie will.«

»Aha? Und was will sie?«

»Nun, sie will einen Film drehen. Über das 24 Charming Street. Für Quickpick. Sie wissen schon, den Streaming-Dienst.«

An der Stelle empfiehlt es sich, zu erwähnen, dass das kleine Grandhotel auf der Isle of Skye über einen außergewöhnlichen Vorzug verfügte: Es hatte keinerlei Internetzugang und war auch von keinem Mobilfunknetz erreichbar. Mit anderen Worten: Es war ein ganz und gar analoger Ort. Weshalb es nicht den entferntesten Anlass gab, als Concierge über die Vorzüge oder Nachteile von Quickpick oder irgendeinem anderen Streamingdienst Bescheid zu wissen – geschweige denn über seine Existenz an sich.

»Ich bin sicher, man wird sich dort brennend für unser kleines Refugium interessieren«, sagte deshalb Richard, und nur sehr gut mit ihm Vertraute mochten aus diesen Worten eine gewisse Skepsis heraushören.

»Unbedingt!«, wusste Mr Fletcher, der nicht zum betreffenden Personenkreis gehörte. »Dieses Hotel ist das Haus, aus dem Träume gemacht sind!«

Zum ersten Mal seit der Ankunft des neuen Managers gelang es Richard, eine seiner Aussagen uneingeschränkt zu teilen, auch wenn er ahnte, dass dieser Mann vermutlich etwas ganz anderes damit meinte als er selbst. »Womit Sie wiederum ganz und gar recht haben, Sir«, versicherte er ihm.

»Guter Mann«, befand prompt auch Mr Fletcher, klopfte ihm im Vorbeigehen auf den Arm und verließ das Büro.

»Einen Film?«, fragte Richard und suchte in der Miene seiner langjährigen Kollegin aus dem Backoffice eine Erklärung.

»Holiday on Isle«, erwiderte die und presste die Lippen aufeinander, um nicht laut aufzulachen.

»Nun ja«, befand Richard. »So könnte auch ein Cocktail unserer lieben Kiharu heißen.«

Ms Tilda Tucker war nur die Vorhut. Im Laufe des Tages trafen ein halbes Dutzend Wagen mit doppelt so vielen Filmleuten ein, die nicht nur den Vorplatz des Hotels vollparkten, die Halle in einen hektischen Bienenstock verwandelten und verursachten, dass unablässig der Eingangsbereich gereinigt werden musste, sondern mit ihrer Lautstärke auch den ganzen Zauber des 24 Charming Street zu zerstören drohten.

Mittendrin gefiel sich Mr Fletcher in der Rolle des großen Zampano. Unablässig erteilte er Anweisungen, scheuchte das Personal bald hierhin, bald dorthin, und beklagte die »laienhafte Performance« im Umgang mit Medien.

Medienarbeit hatte es allerdings in der Tat in den weit über hundert Jahren, die das Haus nun als Hotel geführt wurde, nie gegeben. Das war auch gar nicht nötig gewesen. Denn das 24 Charming Street war ein Geheimtipp, der sich seit jeher unter jenen verbreitete, die besonderen Wert auf Diskretion, Stille, gediegene Eleganz, kurz, einen Rückzugsort von der Hektik des Alltags legten oder, wie man es heutzutage formuliert: auf ein Hideaway.

»Die Sitzgruppe hier drüben muss weg«, bestimmte Ms Tucker. »Da kommen Scheinwerfer hin. Und dort auch.«

»Pardon, Ma'am«, warf Henry ein, der zweite Portier, der an diesem Tag früher zum Dienst erschienen war, um die Koordination der Filmcrew zu unterstützen. »Dort ist unser Servicedesk. Da können wir unmöglich …«

»Dafür haben Sie doch den Empfang«, stellte Tilda Tucker mit einer Selbstverständlichkeit fest, dass Henry für einen Moment sprachlos war. Der Moment genügte, um die Regisseurin die Halle durchqueren und die Bar betreten zu lassen, wo sie Mr Fletcher aufklärte, dass die Theke eine völlig neue Beleuchtung bräuchte und die Sichtachsen absolut indiskutabel seien. Die Barfrau immerhin befand sie als »sehr dekorativ und *perfectly woke*« – Aussagen, zu denen nicht einmal dem Manager eine souveräne Entgegnung einfiel.

Es gehört zu den Eigenheiten von Filmteams, zu wirken, als bestünden sie aus einem Vielfachen ihrer tatsächlichen Besetzung. Sie verbreiten Stress, Chaos und Unfrieden, wo immer sie auftauchen. Da es aber auch zu den Eigenheiten der meisten übrigen Menschen auf diesem Planeten gehört, voller Neugier und freudiger

Erwartung auf die Mitglieder dieser Teams zu blicken, stand die tatsächliche Beeinträchtigung der Gäste des 24 CS in einem auffälligen Missverhältnis zur gefühlten. Immer wieder erkundigte sich jemand, was denn da gedreht würde (»Eine Dokumentation über unser Haus, Sir«), wer denn in dem Film mitspielen würde (»Ich habe leider nicht die geringste Ahnung, Ma'am, denke aber, Mr Craig und Ms Stone waren nicht verfügbar«) und wo man ihn denn dann sehen könnte (»Auf einem dieser neuen Portale … Quirkly?« – »Sie meinen Quickpick?« – »Sie sagen es, Ma'am«). So machte schließlich sogar Richard vorläufig seinen Frieden mit der über sein geliebtes Hotel hereingebrochenen Plage und versuchte, die Herrschaften von Montastic Film nach Möglichkeit zu unterstützen.

Dass Mr Fletcher angesichts seiner intensiven Arbeit mit dem Filmteam für den Rest der Belegschaft kaum ansprechbar war, bedauerte er selbst vermutlich mehr als die anderen, die froh waren, wenn sie trotz der Ausnahmesituation so gut wie nur möglich den Alltag des kleinen Grandhotels aufrechtzuerhalten versuchten, und das hieß: einen idyllischen Ort voller Ruhe, Entspannung und Fürsorge zu schaffen, und zwar idealerweise in jedem Augenblick eines jeden Tages. Und für jeden Gast.

Zu den Gästen des Hauses gehörte in jenen Tagen auch eine junge Dame, die man bis dahin noch nie im 24 Charming Street gesehen hatte und die ganz unvermittelt dort aufgetaucht war – und ohne Ankündigung. Genau genommen saß sie am Abend jenes 20. Dezembers an der Bar, als Kiharu gerade im Begriff war, die letzten Gläser einzusammeln, die Kasse zu machen und die Lichter zu löschen. Endlich hatten die letzten Filmleute sich zurückgezogen, und auch der Pianist Mr Richmond hatte zu guter Letzt seinen Platz am Klavier geräumt und der Stille des späten Abends Raum gegeben. Es war der Zeitpunkt, an dem sich die Barfrau nach vielen Stunden perfekter Haltung erlaubte, ihre Füße und ihren Rücken zu spüren. Denn auch mit Anfang dreißig bedeutet ein Arbeitspensum, wie es die polyglotte Japanerin und Wahlschottin täglich absolvierte, dass der Körper sich nach Ruhe sehnte. Sie hatte sich gerade zum Tresen umgewandt, die Nackenmuskeln ein wenig gedehnt, leise geseufzt und tief durchgeatmet, da sah sie sie im Zwielicht neben der Siebträgermaschine. Mit geheimnisvollen, funkelnden Augen starrte sie zurück, als müsste sie taxieren, ob man der Bartenderin trauen konnte, und verfolgte jeden ihrer Schritte hin zur Theke sehr aufmerksam.

»Hallo«, grüßte Kiharu leise. »Wir kennen uns noch nicht, oder?«

Nein, sie kannten einander noch nicht. Und doch schienen beide einander sogleich als etwas zu erkennen, was wir alle uns so oft wünschen und was die meisten von uns doch im Leben nie finden: Seelenverwandte.

Die junge Besucherin verließ ihren Platz, ging auf Kiharu zu und betrachtete sie aus der Nähe, während die Barfrau ihr Tablett absetzte, ihr mit den Blicken folgte und, ja, man muss sagen: voll Bewunderung war für diese außergewöhnliche Schönheit, für die Eleganz und auch dafür, wie hellwach ihre neue Bekannte war. »Darf ich Ihnen etwas anbieten?«, fragte sie.

Die junge Dame musste nichts sagen, ein Blick genügte. Kiharu nickte und verschaffte ihr ohne langes Überlegen genau das Richtige. Sie stellte es auf die Theke und freute sich, als ihr Überraschungsgast sich voll Grandezza davor niederließ und seinen Drink genoss.

»Gehören Sie zu einem der anderen Gäste?«, wollte die Bartenderin wissen, beantwortete ihre Frage aber sogleich selbst: »Nein, natürlich nicht. Das hätte ich gewusst.« Denn zu ihren Gepflogenheiten gehörte es, sich täglich einen Überblick über das Empfangsbuch zu verschaffen und möglichst viele Anreisende bereits bei ihrem Eintreffen zu registrieren. Je kleiner eine Bar und je größer dabei ihr Service, umso wichtiger ist es nämlich, alle und jeden frühzeitig berücksichtigen zu können, typische Vorlieben einkalkulieren zu können und etwaige Außergewöhnlichkeiten im Sinn zu haben. Denn es macht einen gewaltigen Unterschied, ob man ein Dutzend feiernde Isländer bewirtet, eine Businessdelegation aus Chinesen und Peruanern oder eine sizilianische Großfamilie.

Nun, zumindest hinsichtlich der besonderen Vorlieben der schönen Unbekannten, die so plötzlich in der Bar aufgetaucht war, gab es keinerlei Verlegenheit zu befürchten. Der Lieblingsdrink dieser Spezies war allgemein bekannt – und allem Anschein nach auch in diesem speziellen Fall ganz nach Gusto. »Noch ein wenig mehr?«, fragte deshalb Kiharu schon nach zwei Minuten.

Doch die junge Dame schleckte sich nur genüsslich die Lippen mit ihrer entzückenden langen Zunge ab und streckte sich, ehe sie vom Barhocker sprang und so unvermittelt in den Schatten zum Getränkelager verschwand, wie sie aufgetaucht war.

»Tja«, murmelte Kiharu, »dann bin ich mal gespannt, ob Sie wieder hier auftauchen, meine Liebe«, während sie der Katze hinterherblickte, deren eigentümlich getigertes Fell mit der Dunkelheit verschmolz.

Das beste Team

Der Frühstücksraum empfing Harold mit sanfter Klaviermusik, die ihn vage an die Abende seiner Kindheit erinnerte, als sein großer Bruder Bertie im Wohnzimmer geübt hatte, während er im gemeinsamen Kinderzimmer mit Berties Spielsachen gespielt hatte. Begabt war er gewesen, der Junge, zu dem Harold stets aufgeblickt hatte, bis er – da waren sie schon zwölf und fünfzehn gewesen – über Nacht verschwunden war, mit einer Band Richtung Amerika. Sie hatten sich erst zwanzig Jahre später wiedergesehen, in einem Pub in Dublin, wo Bertie mit zwei anderen auf der Bühne gestanden hatte – das war nun auch schon wieder zehn Jahre her oder länger.

Leise plätscherte die Musik im Hintergrund, während Harold etwas unsicher vor Euna, der Restaurantchefin, anlangte, die ihm erklärte: »Beim Frühstück haben Sie freie Platzwahl, Sir! Vielleicht mögen Sie sich ja einen Tisch am Fenster nehmen?« Sie deutete in Richtung Sound of Raasay. »Oder doch lieber einen in der Mitte, von wo aus Sie alles besonders gut beobachten können?« Tatsächlich war auch der zentrale kleine Tisch noch frei, der neben einem überwältigenden Arrangement weihnachtlich geschmückter Tannen- und Stechpalmenzweige stand.

Harold nickte. »Gerne den.« Er lächelte verlegen. »Die

Landschaft seh ich ja sonst auch jeden Tag.« Was natürlich stimmte: Da er tagtäglich die Küstenstraße um die Insel entlangfuhr, gehörte er wohl zu den Menschen, die am meisten Seeblick von allen Einwohnern der Insel genießen durften.

»Gewiss, Sir«, erwiderte Euna und führte ihn zu seinem Platz. »Wissen Sie schon, was Sie trinken möchten?«

»Ihren besten Tee, bitte«, orderte Harold, der ganz selbstverständlich davon ausging, dass die Mitarbeiter des 24 CS wohl wissen würden, wovon am meisten zu halten war. Und das entspricht ja auch unbedingt der Wahrheit, selbst wenn viele Gäste es offenbar ganz anders sehen. Denn zu den Mysterien eleganter Hotels und exquisiter Restaurants gehört es, dass sich die Gäste oft darin gefallen, besser über Dinge wie Etikette oder Kulinarik Bescheid zu wissen als die Betreiber – um sich dann oft genug umso beherzter darüber hinwegzusetzen.

Auf seinem Zimmer hatte Harold neben vielen anderen Büchern, die in den Fensternischen und auf den Kommoden platziert waren, ein kleines Bändchen gefunden, das zu lesen er beabsichtigte. Nun, eigentlich hatte er sogar schon begonnen, am Vorabend im Bett, vom opulenten Dinner und dem dabei gereichten Burgunder angenehm schwer und zugleich beschwingt. *Winterträume* hieß der Roman, der im weihnachtlichen St. Petersburg spielte – und in einem magischen Hotel weit oben in den Schweizer Bergen, wo sich eine geheimnisvolle russische Comtesse und ein vom Geheimdienst des Zaren gejagter Illusionist ... Aber das führt hier viel zu weit. Harold jedenfalls war von der ersten Seite an atemlos bei der Lektüre. Nur dass der Burgunder noch wirkmächtiger gewesen war als die Erzählung, weshalb er über Seite siebenunddreißig eingeschlafen war und mit seinem Ohr ein Eselsohr hineingeknickt hatte.

»Ich liebe dieses Buch«, hörte er auf einmal eine Stimme neben sich. Als er aufblickte, stand die etwas anstrengende Frau vom Film neben ihm und betrachtete ihn eindeutig zu neugierig. »Wussten Sie, dass Wes Anderson sich die Filmrechte geschnappt hat? Das heißt: Er wollte. Aber aus irgendeinem Grund scheint es Probleme mit dem Verlag gegeben zu haben. Und dann war die Lizenz auf einmal weg und … ach, egal. Nett, dass Sie das lesen. Sieh an.«

»Hm«, sagte Harold, unsicher, ob die Lady irgendetwas von ihm wollte.

»Obwohl es natürlich schon sehr an den Haaren herbeigezogen ist, finden Sie nicht? Ich meine: eine Comtesse in einem abgelegenen Hotel …«

»Also, wenn es das ist, woran Sie nicht glauben können«, befand Harold, »dann muss ich Ihnen sagen, dass es genau so eine Comtesse hier in diesem Hause auch gegeben hat. Bis vor gar nicht so langer Zeit. Sie hatte eine Affäre mit …« Er unterbrach sich, räusperte sich und murmelte: »Entschuldigung.«

»Mit einem Illusionisten?«, wollte Tilda Tucker wissen.

»Mit einem Pianisten. Mr Richmond. Fabelhafter Geselle, müssen Sie wissen. Hat sie geheiratet. Und sie ihn. Die beiden haben hier im Hotel gelebt. Und niemand hat gewusst, dass sie …«

Die Regisseurin holte tief Luft. »Das *müssen* Sie mir erzählen!«, unterbrach sie ihn. »Dieses Hotel steckt ja wirklich voller Überraschungen.«

»Tja, also ...«, versuchte Harold noch einmal, die Geschichte der Comtesse auszuführen, wurde aber von einem »Wunderbar, vielen Dank!« gestoppt, mit dem Ms Tucker der Bedienung den Tee aus den Händen nahm, der eigentlich für ihn gedacht gewesen war. »Ich nehme ihn mit nach drüben. Die Arbeit!« Sie warf Harold noch einmal einen überaus verwunderten Blick zu, den ein sensiblerer Zeitgenosse durchaus auch als kränkend hätte empfinden können, ehe sie mit Kanne und Tasse den Frühstücksraum Richtung Lobby verließ.

»Ich bringe Ihnen einen neuen«, sagte Euna und lächelte Harold aufmunternd zu, der die Achseln zuckte und nach der Zeitung griff, die auf seinem Tisch lag, die *24 CS Times*.

Darauf hat die Welt gewartet!

Erste Dokumentation über das 24 Charming Street

Starregisseurin Tilda Tucker dreht Film über das legendäre Grandhotel

Portree. Während die Isle of Skye sich auf die Weihnachtstage vorbereitet, bekommt das berühmte Hotel 24 Charming Street in diesem Jahr außergewöhnlichen Besuch. Ein Filmteam um die Erfolgsregisseurin Tilda Tucker *(Picknick auf dem Everest, Boumba-La Boum)* dreht in den letzten Tagen des Jahres eine große Dokumentation über das kleine Grandhotel. War das 24 CS bisher nur ein Geheimtipp unter wenigen Menschen, die sich exklusive Reisen leisten und sich gediegen vor der Welt zurückziehen können, erfährt nun endlich auch der Rest der Welt von diesem außergewöhnlichen Ort.

»Wir sind voller Vorfreude, die schroffe Schönheit der Insel und die seltsamen Gebräuche der Einheimischen kennenzulernen«, so Tucker im Interview mit der *24 CS Times*. »Wir wollen das Hotel und seine Mitarbeiter so authentisch wie möglich zeigen.«

Gleichwohl wird das Filmteam aus Chicago das Material eines Hollywoodfilms zum Einsatz bringen. »Für das beste Hotel nur die besten Leute und das beste Equipment«, erklärte Tucker, die berühmt dafür ist, ihre Budgets stets zu überziehen.

»Nichts wird gestellt sein. Das ist das Geheimnis einer perfekten Dokumentation«, legte sie dem Management um den neu berufenen Chefmanager Oscar D. Fletcher, Absolvent der London School of Economics und ehem. Sprecher der Leading Hotels of the World, dar ...

»Die seltsamen Gebräuche der Einheimischen?«, fragte David fassungslos und ließ seine Ausgabe der *24 CS Times* sinken, jener kleinen Hauszeitung, die das Hotel an jedem Tag des Jahres für seine Gäste produzierte, um sie über die Geschehnisse auf der Insel, die Veranstaltungen im Hotel, das Wetter und allerlei Amüsantes und Interessantes zu informieren. »Warum hat sie nicht gleich von den *Eingeborenen* gesprochen?«

David, der in diesem Jahr zum ersten Hausdiener befördert worden war, hatte ein feines Gespür für Dreistigkeiten, auch wenn er selbst gelegentlich dazu neigte – selbstverständlich sehr im Rahmen des für einen Mitarbeiter eines so vornehmen Hotels Zulässigen.

»Ich nehme an, das hätte es ebenso getroffen«, entgegnete Richard amüsiert. Natürlich hatte auch er wahrgenommen, wie in vielerlei Hinsicht unpassend der Artikel war, den Mr Fletcher höchstpersönlich für die *24 CS Time* geschrieben – oder vielmehr: seiner Vorgängerin in die Tastatur diktiert – hatte. »Immerhin hat sie mit allem, was sie sagt, völlig recht«, gab er zu bedenken.

»Nur dass nichts davon stimmt!«, empörte sich David und mäßigte auf einen strengen Blick des Chefportiers hin seine Stimme. »Nichts wird gestellt sein?« Er lachte. »Wissen Sie, was sie zu mir gesagt hat? ›Legen Sie sich mal für zwei, drei Tage auf die Sonnenbank.‹« Er verdrehte die Augen. »›Bei Ihrem Teint hilft ja die beste Maske nichts.‹«

»Ms Tucker scheint noch nicht bemerkt zu haben, dass das hier nicht Ibiza ist«, stellte Ms McFarrows fest, die hinzugetreten war.

»Umso wichtiger ist es, dass wir die Herrschaften von unseren tatsächlichen Qualitäten überzeugen«, befand Richard und bedachte die beiden mit diesem für ihn so typischen Lächeln, das allen Mitarbeiterinnen und Mitarbeitern ohne weitere Erläuterung klarmachte, dass es galt, endlich wieder an die Arbeit zu gehen. Was die beiden auch prompt taten.

Auch der Concierge wandte sich wieder seinem Empfangsbuch zu, um festzustellen, dass das Haus beinahe voll belegt war. Lediglich die ehemalige First Lady fehlte noch mit ihrem jüngeren Sohn (der ältere würde in diesem Jahr mit ihrem Noch-Ehemann Weihnachten in Davos verbringen) und ein Paar aus Zürich, das zum ersten Mal reserviert und dabei eine Vielzahl von Wünschen angemeldet hatte, darunter so abseitige Dinge wie Dresdner Christstollen, Münchner Bier, Basler Leckerli, eine Original Sachertorte und ein eigenes Dienstmädchen. Vor allem Letzteres hatte das Hotel kurz vor Probleme gestellt, da es zwar ein Leichtes ist, Personal zu bekommen, aber kurzfristig und zu Weihnachten nahezu unmöglich, jemanden zu finden, der den Ansprüchen des 24 Charming Street genügte, ohne dort bereits in Diensten zu stehen.

Richard hatte sich seiner Nichte Roberta entsonnen und sie Mrs Hickham empfohlen. Man hatte Roberta zu einem Vorstellungsgespräch eingeladen und sie dann – sozusagen mit Handkuss – genommen. Das exklusive Dienstmädchen war also da, genau genommen: Es saß seit den frühen Morgenstunden im Aufenthaltsraum des Personals und legte Patiencen, während die Gäste aus der Schweiz naturgemäß noch auf sich warten ließen.

»Können Sie mal genau so bleiben?«, fragte ein Mann in Jeans und Hoodie, der unvermittelt hinter dem Zeitungsständer hervorgetreten war.

»Pardon?«

»Noch mal genau die Position, bitte.« Er scheuchte Richard zurück in exakt die Haltung, die er eben über dem Gästebuch eingenommen hatte.

»Wir bräuchten natürlich Licht von der Seite …« Er pfiff auf den Fingern und rief: »John! Kannst du hier mal draufhalten?«

Im nächsten Augenblick sah sich Richard gebannt vom Strahl eines grellen Scheinwerfers. »Sir!«, versuchte er sein Befremden kundzutun. »Sie finden mich unvorbereitet. Wir erwarten jeden Moment Gäste.«

»Mehr nach links«, befahl der Hoodie-Mann und blickte sich den Empfang samt Portier durch ein kleines Gerät an, ohne im Übrigen auf ihn zu achten. »Das passt. Wir brauchen aber wärmeres Licht. Da muss ein Filter drauf. Ich will das nicht alles stundenlang nachbearbeiten müssen.« Er wandte sich ab und trat zu seinem Kollegen mit dem Scheinwerfer, um fachzusimpeln, während Richard bemüht war, seine Fassung zurückzuerlangen. Wenn das hier nun für die ganze Dauer der Dreharbeiten so gehen sollte, würden die bevorstehenden Tage eine weit größere Herausforderung als gedacht, und es bestand ernsthaft die Gefahr, dass der Zauber, den das 24 CS traditionell an den Weihnachtstagen verbreitete, litt. Nur dass das eben unter gar keinen Umständen geschehen durfte!

Der Page Oliver sah sich Anfechtungen ganz anderer Art ausgesetzt. Seit einer aus der Filmcrew ihn gefragt hatte: »Sind Sie fürs Gepäck zuständig?«, und er unvorsichtigerweise: »Sicher, Sir«, geantwortet hatte, war aus dem, was sonst als »Equipment« bezeichnet wurde, wie durch Zauberhand Gepäck geworden. Jedenfalls schien sich noch der letzte Praktikant der Truppe darin zu gefallen, Oliver die absurdesten Dinge von A nach B transportieren zu lassen, seien es die Akkus für die Kameras, seien es die Kameras selbst (»Aber passen Sie gefälligst auf, Mann, ja? Die Dinger kosten ein Vermögen!«), seien es Kabelbäume, Mikrofone, Koffer, Scheinwerfer, Stative, Kabelrollen, Reflektoren und was es sonst noch brauchte, um ein filmisches Meisterwerk über ein kleines Hotel am Ende der Welt zu drehen.

Entsprechend dankbar war Oliver, als er feststellte, dass seine Schicht in weniger als fünf Minuten zu Ende sein würde. Ausschließlich den besonderen Umständen jener Tage war es natürlich geschuldet, dass er deshalb ganz entgegen seiner sonstigen Arbeitseinstellung diese letzten kostbaren Augenblicke möglichst unauffällig im Hintergrund verbrachte, genauer gesagt: in dem schmalen Durchgang zwischen Bar und Garten, der vom Personal als Abkürzung genutzt wurde sowie als Zugang zu den Vorratsräumen.

»Ach, Oliver«, sagte deshalb Kiharu prompt, als sie ihm dort in die Arme lief. »Ob Sie mir rasch mit den Kisten für Bier und Wein helfen könnten?« Sie deutete hinter sich, wo sie bereits einiges an Getränken gestapelt hatte.

»Klar, Kiharu«, erwiderte Oliver. »Immer gerne.« Und er meinte es auch so. Denn mit der Barfrau verband ihn ein sehr freundschaftliches Verhältnis – ganz abgesehen davon, dass er ein Gentleman war und die zierliche Japanerin sehr bewunderte.

Allerdings erwiesen sich die zwei Kisten Tilson's Lager schwerer als gedacht. Es war nur ein winziger Augenblick, die Ahnung einer falschen Bewegung, kaum der Rede wert, und angesichts von Olivers Erfahrung mit dem Tragen schwerer Gegenstände und seinem beeindruckenden Körperbau geradezu lächerlich. Und doch spürte er im selben Moment, wie etwas sich in seiner Wirbelsäule verschob und nicht in seine ursprüngliche Position zurückzurutschen gedachte. Was dazu führte, dass auch Oliver nicht mehr in seine ursprüngliche Position zurückfand – nämlich die aufrechte. Stattdessen presste er die Luft aus seiner Lunge, ließ die Bierkästen unsanft zurück auf den Boden klirren und keuchte, während ihm für eine Sekunde oder zwei schwarz vor Augen wurde.

»Oliver? Ist etwas?«, fragte Kiharu besorgt, die im selben Augenblick wieder in den Gang kam.

»Es ist … nichts«, ächzte der Page mit schmerzverzerrtem Gesicht. »Gar … nichts.«

»Verstehe«, sagte Kiharu und hielt ihm ihren Arm hin. »Hier, hängen Sie sich ein. Sie müssen sich kurz hinlegen, am besten auf den Bauch.«

Sie wussten beide, dass es nicht helfen würde. Nicht gegen einen Hexenschuss. »Ausgerechnet an Weihnachten«, stellte Oliver fest und versuchte nicht zu klingen, als würde er jammern. Dabei war ihm mehr als jämmerlich zumute. Gebeugt wie ein Greis tippelte er neben der Barfrau, die in dieser Situation noch graziler und eleganter wirkte als sonst schon, die paar Schritte zu den Personalräumen entlang, wo es auch eine Liege für die Kollegen gab, die Nachtschicht hatten. Natürlich hatte Kiharu recht, die Horizontale würde die einzige Position sein, in der er auf relative Schmerzfreiheit hoffen durfte.

Als sie den Aufenthaltsraum betraten, saß dort eine Unbekannte am Tisch und blickte zu ihnen auf. Vor ihr lagen Karten in mehreren Reihen, daneben stand eine Tasse Tee.

»Hallo«, grüßte sie. »Ich bin Roberta.«

Unter anderen Umständen hätten sowohl Kiharu als auch Oliver zweifellos einen freundlichen Gruß entboten und gefragt, ob sie behilflich sein könnten. Unter den gegebenen Umständen allerdings lag etwas anderes näher: »Packen Sie mal mit an«, befahl die Barfrau und nickte Richtung Nebenzimmer, wo die Liege stand. Roberta ließ sich nicht lange bitten, sondern hakte den Pagen auf der anderen Seite unter und verfrachtete ihn mit der Resolutheit einer Frau, die Arbeiten gewohnt war, fast allein in die Horizontale.

»Da hat es Sie aber ordentlich erwischt, was?«, sagte sie und legte ihre Jacke ab. Ob nun absichtlich oder nicht, sie drängte Kiharu etwas beiseite und packte Oliver am Hosenbund, um ihn mit einem beherzten Ruck zunächst auf die Seite zu legen und sodann – mit einem sachten Schubs – auf den Bauch. »Die Arme bitte nach unten, sonst bekommen wir ja die Jacke nicht herunter«, ordnete sie an und nickte Kiharu mit vielsagendem Blick zu, worauf diese Oliver die Jacke von den Schultern zerrte.

»Sie haben nicht zufällig etwas Franzbranntwein zur Hand?«

Es kam nicht häufig vor, dass Kiharu nach einem alkoholischen Destillat gefragt wurde, das sie, um es mit Robertas Worten auszudrücken: »nicht zur Hand« hatte.

»Leider«, sagte sie.

»Whisky würde es auch tun«, befand die Fremde, die vielleicht in Kiharus Alter sein mochte, und blies sich eine Haarsträhne aus dem Gesicht. »Haben Sie?«

Die Barfrau lachte. »So viel Sie wollen. Schottischen? Irischen? Einen Single Malt vielleicht oder …«

»Den stärksten, den Sie haben. Alles andere ist mir egal«, erklärte Roberta, während sie die Knöpfe ihrer Bluse an ihren Handgelenken aufknöpfte und die Ärmel hochkrempelte.

Augenblicke später reichte Kiharu ihr ein Glas Trueman's Fire, einen Drink, den sie nicht sehr gerne ausschenkte, weil die meisten Gäste sich nicht über seine Wirkung im Klaren waren und die Folgen mitunter anstrengend.

»Wie nett«, sagte Roberta und stellte das Glas zur Seite. »Das kann er dann anschließend trinken. Ich hätte gerne die Flasche.«

Die sie auch bekam. Staunend blickte Kiharu ihr zu, wie sie – Roberta hatte inzwischen Olivers Weste und Hemd nach oben geschoben und den Rücken abgetastet – einen ordentlichen Schuss in ihre Handfläche schwappen ließ, um dieselbe sodann beherzt auf den milchkaffeefarbenen Rücken des Pagen zu klatschen und ihn mit kräftigen Griffen durchzukneten.

Was folgte, war eine in einem Haus wie dem 24 CS durchaus ungewöhnliche Geräuschkulisse. Olivers Stöhnen unter den geradezu stählernen und dabei doch ungeahnt einfühlsamen Fingern der Neuen im Hotel ging zu Kiharus Erleichterung innerhalb weniger Augenblicke in eine Art ungläubiges Keuchen über, um schließlich mit einem dankbaren Wimmern zu verebben. Zurück blieb ein schweißgebadeter Page, der sich nach einigen Minuten, die er brauchte, um wieder zu Sinnen zu kommen, auf die Seite drehte, überrascht aufrichtete und von der Liege erhob, als wäre nichts gewesen, und stotterte: »Ich ... ich ...«

Roberta allerdings hob die Hand (worauf er gleichwohl unwillkürlich zusammenzuckte) und befahl: »Noch nicht. Sie bleiben jetzt für einige Zeit in einer entspannten Haltung, ist das klar?«

»Aber ich ...«

»Die Bandscheibe kann jederzeit wieder verrutschen. Und wenn wir sie dann wieder zurückbugsieren sollen, könnte es richtig schmerzhaft werden«, erklärte sie.

»Dann erst?«, fragte Oliver in dem vergeblichen Versuch, sich vorzustellen, wie schmerzhaft es wohl sein müsste, wenn es nach Ansicht dieser Frau *richtig schmerzhaft* wäre.

»Am besten, Sie liegen noch eine Weile. Stehen ist auch erlaubt. Sitzen ist Gift.«

»Na ja, als Page kommt man sowieso nicht viel zum Sitzen«, stellte Oliver bedauernd fest.

»Und Tragen geht gar nicht.«

Worte, die keine Widerrede duldeten.

Männer von Welt

Nach dem Frühstück hatte Harold sich in die Lobby begeben, um ein wenig dem Treiben in einem so feinen Hotel zuzusehen. Er war neugierig. Auf die Gäste, auf die Gepflogenheiten, auf die Geschehnisse – wobei er bezüglich des Letzteren nicht viel erwartete. Immerhin war bald Weihnachten, und alle, die hierherkamen, würden ganz einfach das Nichtstun genießen. Nichtstun aber brachte naturgemäß nicht viele Vorkommnisse mit sich.

»Darf ich Ihnen einen Tee bringen, Sir?«, fragte eine freundliche Bedienung, die wie alle weiblichen Angestellten hier dieses entzückende Kleid trug: dunkelblau, sehr dezent, aber hübsch tailliert und mit einem weißen Kragen, der Harold irgendwie an seine selige Mutter erinnerte.

»Tja, also, dagegen wäre nichts zu sagen«, befand er. »Gerne einen kräftigen!«

»Gewiss, Sir, mit dem größten Vergnügen.«

Die junge Frau, die ihr tiefschwarzes Haar im Nacken zu einem Dutt geknotet hatte, knickste ein wenig und verschwand Richtung Bar. Harold überlegte, ob jemals jemand vor ihm geknickst hatte, konnte sich aber natürlich an keinen Fall erinnern. Wieso auch? Wer knickste schon vor einem Busfahrer …

»Könnten Sie mal halten?«, fragte einer der Filmmenschen, der mit einem Kabel hantierte. Harold erhob sich aus seinem Sessel und ging dem Mann zur Hand, der versuchte, das Stativ für einen Scheinwerfer hinter den Sessel zu manövrieren, in dem der Ehrengast eben noch gesessen war. »Bisschen mehr nach links!«, keuchte der Beleuchter, und Harold hielt die Strebe, die er gepackt hatte, weiter nach links.

»Nein, Mann! Von mir aus natürlich!«

Er hielt sie also weiter nach rechts.

»Gut. Und jetzt gemeinsam auf drei. Eins, zwei …«

»John!«, tönte aus einer anderen Ecke die Stimme eines anderen Crewmitglieds. »Wenn du fertig bist, kannst du mir deinen Set-Runner mal ausleihen?«

Das Ergebnis war, dass Penny, als sie mit dem Tee zurückkam, Harolds Platz verwaist vorfand, der Ehrengast aber vom Aufnahmeleiter der Produktion den Auftrag bekommen hatte, mal »rasch ins Dorf zu fahren und unseren Producer zu holen«. Mit Dorf war Portree gemeint, die Hauptstadt der Insel, wo im Pub neben dem Bahnhof der verdrießliche Fynn Garland schon seit Minuten darauf wartete, dass man ihm endlich einen Fahrer schickte, um ihn in dieses gottverlassene Hotel zu bringen.

»Weißt du«, knurrte der Producer, während er missbilligend aus dem Fenster des Kleintransporters auf die Küstenstraße blickte. »Ich wollte ja das Ritz machen. Oder von mir aus das Savoy oder das Claridges. Aber nein. London war den Herrschaften zu gewöhnlich. Am Arsch der Welt musste es sein! Und jetzt sieh dir das an!« Er deutete auf die Klippen, auf die sich über ihnen erhebenden sanften Hügel, über die ein kräftiger Wind strich, auf die kleinen Häuser, die von Zeit zu Zeit die Küste säumten. »Holiday on Isle! Schwachköpfe. Alle. Ich meine: Wer zum Teufel kennt das 24 Charing Street.«

»Charming, Sir«, warf Harold ein.

»Findest du? Nicht dein Ernst.«

»Charming Street«, erklärte Harold. »Nicht Charing.«

»Klar. Charming Street.« Garland lachte. »Hoffentlich haben sie fließend Wasser und ein Klo auf jedem Zimmer.«

»Sie werden zufrieden sein, Sir«, wagte Harold zu vermuten, und der Producer blickte ihn an, als sei nicht ganz klar, ob er es mit einem Fall von Schwachsinn oder nur mit einem ganz abgefahrenen Scherz zu tun hatte.

Immerhin war der unerwartete Fahrgast dann doch angenehm überrascht, als er vor dem 24 CS ausstieg und das Anwesen einer ersten Betrachtung unterzog.

»Hm«, sagte er. »Zumindest die Außenaufnahmen werden vernünftig sein. Bring mein Zeug gleich in mein Zimmer«, wies er Harold an und korrigierte sich, als er einen Pagen erblickte. »Oder nein! Das soll er hier machen. Du kannst gleich wieder zurück in dieses Kaff fahren und das restliche Equipment herbringen. Das müsste inzwischen im Gepäckraum sein.«

Weshalb Harold wenige Augenblicke später erneut auf dem Weg nach Portree war. Und Oliver Minuten später abermals auf der Liege im Mitarbeiterzimmer lag.

Als er wieder vor Ort war, versuchte Harold, sich unauffällig aus dem Sichtfeld der Filmleute zu verabschieden. Nicht, dass er sich gescheut hätte, anderen hilfreich zur Hand zu gehen. Aber er hatte ja Pläne gehabt: Er wollte an diesem zweiten Tag endlich das Hotel so richtig erkunden. Von David, dem Hoteldiener, der gelegentlich den Bus benutzte, wusste er, dass das Haus über eine außergewöhnliche Bibliothek verfügte (es hieß: die edelste der ganzen Insel). Außerdem ging das Gerücht, es gebe hier eine Kapelle, und zwar eine katholische! In den zwei Monaten, in denen das Hotel geschlossen gewesen war, hatte man überdies dem Vernehmen nach einen Pool im Untergeschoss einbauen lassen. Das reizte Harold durchaus, denn in seiner Jugend war er nicht nur ein begeisterter Schwimmer, sondern sogar Mitglied im schottischen Nationalteam gewesen.

Ein wenig befremdlich allerdings fand er es, dass es tatsächlich Gäste im 24 CS gab, die im Bademantel und mit Hausschlappen durchs Hotel schlurften, um das Spa aufzusuchen. Vielleicht war er altmodisch, aber man logierte doch nicht in einem Grandhotel, um dann auszusehen wie an einem Sonntagnachmittag zu Hause!

An der Rezeption lief er erneut dem Producer in die Arme, der ihm allerdings aus der Seele sprach, als er sagte: »Diese Bademäntel mit Inhalt müssen verschwinden.«

»Sie sind in der Tat nicht sehr kleidsam«, stimmte ihm Tilda Tucker zu, die neben ihm ging.

»Absolut. Kleider machen Leute. Bademäntel machen ... was weiß ich.«

Mr Garland schien nicht der Typ für Bonmots zu sein. Aber in der Sache hatte er recht. Dennoch war Harold darum bemüht, sich hinter dem Drehständer mit der Tagespresse zu verstecken, was ihm leider aufgrund seiner Körpergröße nicht gelang.

»Du da!«, rief prompt der Producer. »Das Ding kannst du gleich wegbringen. Das steht uns hier nur im Weg rum. Außerdem können wir keine aktuellen Zeitungen brauchen. Da sieht unser Film nach ein paar Wochen aus wie von anno dazumal.«

»Fynn?«, warf die Regisseurin ein. »Du weißt, dass das keiner von unseren Leuten ist?«

»Der da?« Der Producer beäugte Harold skeptisch. »Was macht er dann hier?«

»Ich bin Gast im 24 Charming Street«, erklärte Harold, dem die etwas patzige Art dieses Mannes nun doch langsam zu weit ging.

»Charing.«

»Charming, Sir.« Er wollte darlegen, dass es dafür einen Grund gab: »Das Anwesen gehörte einst wie der größte Teil der umgebenden Ländereien Sir Roderick Arthur McFarrows, dem vierten Earl Charming, der …«

»Ich finde allerdings«, fiel ihm Tilda Tucker ins Wort, »dass wir diesen entzückenden, knuddeligen Mann mit dem herrlich schrulligen Bart unbedingt einbauen sollten.«

»Sorry?«, sagte Harold verwirrt. »Der Earl ist aber schon lange …«

»Ich spreche von Ihnen, Mann! Ich meine: Sir. Sie sind doch wie geschaffen für den Film! Es grenzt an ein Wunder, dass Hollywood Sie noch nicht entdeckt hat. Andererseits: Hier am Ende der Welt …« Sie lachte. »Umso schöner, dass ich es nun sein darf, mit der Ihre Weltkarriere beginnt!«

An eine Weltkarriere hatte Harold bislang noch nicht gedacht – und er hatte auch nicht vor, jemals einen Gedanken daran zu verschwenden. Tatsächlich war ihm seine liebe Insel absolut genug. Ja, genau genommen war die Isle of Skye für ihn die Welt. Und sein Bus reichte ihm karrieremäßig völlig aus, solange er nur Fahrgäste hatte, mit denen er plaudern konnte.

»Nur an Ihrer Aussprache müssen wir arbeiten, mein Guter«, erklärte die Regisseurin unverdrossen, während sie einen unsichtbaren Fussel von seinem Pullover schnippte. »Aber wenn Sean Connery das geschafft hat, schaffen Sie es auch.«

Sean Connery. Immerhin. Mit dem hatte er einiges gemeinsam. Das lichte Haupthaar zum Beispiel. Und die Schuhgröße. Aber ob das für eine Filmkarriere ausreichte? Die er eigentlich gar nicht wollte?

»Tilly?«, warf der Producer von der Seite her ein. »Die Besprechung.«

»Oh ja. Natürlich. Die Besprechung.« Sie musterte Harold noch einmal. »Aber als was nehmen wir ihn?«

»Als was wohl?«, erwiderte Mr Garland, als stünde Harold gar nicht vor ihnen. »Als Butler.«

»Die haben hier keine Butler.«

»Dann als Portier.«

»Aber einen Portier haben wir schon!«

»Dann lassen wir den doch als Gast auftreten.«

Tilda Tucker lachte. »Auch mal nett! Wir müssten ein Making-of zu unserem Film machen.«

Fynn Garland seufzte. »Dann sind wir nächstes Weihnachten noch hier.« Eine unverhohlene Drohung. Denn nichts ist bekanntlich fürs Filmemachen so kostbar wie die Zeit.

Als die beiden in einem Raum hinter dem Empfang verschwanden, konnte Harold nicht wissen, dass er ausgerechnet dort die legendäre Bibliothek gefunden hätte. Er hätte sie an diesem Tag allerdings auch nicht wiedererkannt. Denn inzwischen lagerten große Teile des Equipments der Filmcrew dort – und dazwischen saßen auf Stühlen, auf Kisten und auf dem Boden mehr als ein Dutzend Männer und Frauen, die eindeutig nicht hier waren, um sich ein paar ruhige Tage fernab jeder Hektik zu gönnen.

»Was zur Hölle ist hier mit dem Internet los?«, fluchte Mr Garland, als er zum wiederholten Male vergeblich versuchte, seine E-Mails und all die anderen Nachrichten zu checken, die er zweifellos bekommen hatte, die aber nicht auf sein Smartphone geladen wurden.

»Wir haben hier kein Internet«, klärte ihn Richard auf, der gemeinsam mit Mr Fletcher und Mrs Hickham sowie einigen Mitarbeitern dem Termin beiwohnte, um der Crew die Arbeit zu erleichtern und zugleich für möglichst geringe Beeinträchtigungen des Hotelbetriebs zu sorgen.

»Was ist das hier?«, bellte Garland. »Eine außerirdische Exklave? Ich habe auf einer Forschungsstation am Südpol gedreht, und wir hatten Internet!«

Entsprechend dem weltweit gültigen Kodex erstrangiger Empfangschefs beantwortete Richard diesen Einwurf mit einem freundlichen Lächeln. Und mit Schweigen.

»Wenn ich dazu etwas sagen darf!«, warf Mr Flechter eilig ein. »Im Garten gibt es eine Stelle, an der Sie guten Empfang haben. Also jedenfalls aus den meisten Netzen.«

»Im Garten. Großartig.« Wonach es allerdings nicht klang.

Dass in dem Moment Euna mit einigen Erfrischungsgetränken den Raum betrat und die Runde machte, ließ alle Anwesenden aufatmen. Als wenig später Mr Fletcher das Wort ergriff, hatte sich auch der Producer bereits leicht von seinem Schock erholt. »Nun«, erläuterte der Manager. »Wie Sie alle wissen, wird die fabelhafte Tilda Tucker eine große Dokumentation über unser Hotel drehen. Das 24 Charming Street wird sozusagen ein Filmstar!« Im Zirkus hätte die Band an dieser Stelle einen Tusch gespielt. In der Bibliothek des 24 CS indes herrschte betretenes Schweigen. »Nun«, fuhr Mr Fletcher unbeirrt fort, »für uns bedeutet dies, dass wir unser absolut Bestes geben müssen!« Falls er auf diese Aussage hin Applaus oder dergleichen erwartet hatte, wurde er abermals enttäuscht. Irgendjemand aus der Belegschaft murmelte im Hintergrund: »Ich dachte, das tun wir jeden Tag.« Richard hüstelte und hob eine Augenbraue, worauf die Mitarbeiter des Hotels wieder still wie eine Kongregation von Trappistinnen wurden. Mr Fletcher holte Luft. »Ausführender Produzent ist Mr Garland hier, dessen Anweisungen unbedingt Folge zu leisten ist. Sollte es in irgendeiner Weise zu Schwierigkeiten kommen, wenden Sie sich jederzeit und unverzüglich an mich.« Und dann verteilte er die Aufgaben. Von »Catering« (Kiharu, David und Euna) über »Technical Support« (Jeeves, der Hausmeister; Oliver) bis Koordination (»Das übernehmen Sie bitte, Mr Atkins«) wurde jedem ein Päckchen Arbeit zugeschoben, als gäbe es an Weihnachten sonst nichts zu tun in einem voll belegten Grandhotel, dessen Ansprüche weit jenseits des Messbaren lagen.

»Sir«, gab Richard zu bedenken. »Wenn wir alle nun zum Filmteam gehören sollen … Wer wird sich um die Gäste kümmern? Um das Restaurant? Den Empfang?«

Oscar D. Fletcher zögerte kurz, schien sich im Geiste eine Notiz zu machen, vermutlich etwas wie »für leitende Aufgaben ungeeignet«, und erwiderte dann trocken: »Ich bin sicher, Sie sind damit nicht überfordert.« Und in die Runde: »Sonst noch Fragen?« Er wartete allerdings nicht, bis jemand sich zu Wort meldete, sondern klatschte in die Hände und verkündete: »Wunderbar! Dann kann das Abenteuer losgehen!«

Der Chefportier Richard Atkins bewohnte eine kleine Wohnung aus zwei Zimmern im Dachgeschoss. Er genoss dieses Privileg als wichtigster und zugleich ältester Mitarbeiter des Hauses – und er genoss es wirklich! Denn das 24 CS war ihm längst zur Heimat geworden, einem Ort, der zu seiner Persönlichkeit gehörte wie die hohe Stirn, die fein geschnittene Nase oder die tadellose Haltung.

Ob er allerdings sein kleines Domizil in den nächsten zehn Tagen würde genießen können, das musste sich erst noch erweisen. Denn mangels Alternative und angesichts der Dringlichkeit hatte er seiner Nichte Roberta angeboten, sein Schlafzimmer zu benutzen, während er auf dem Sofa in seinem Wohnzimmer übernachten würde, solange die Zürcher Familie von Schwan im 24 CS residierte.

»Sehr geschmackvoll, Onkel Richard«, befand die junge Frau und ließ ihren Blick durch das kleine Zimmerchen schweifen, in dem der Portier sonst zu schlafen pflegte. Einige kostbare Erstausgaben standen auf dem Sideboard. »Byron ...«, erwähnte Roberta mit vielsagendem Blick.

Eine kleine Grafik zierte die Wand gegenüber dem Bett. »Tamara de Lempicka?« Die Augenbraue musste sie von ihrem Onkel geerbt haben.

Einige Muscheln, die Richard am Strand der Insel gefunden hatte, bedachte die Nichte mit einem geheimnisvollen Lächeln. Neugierig blätterte sie durch die Sammlung von Vinyl-Schallplatten, auf die Richard durchaus stolz war, und ließ ihre Fingerspitzen vorsichtig über den Plattenspieler gleiten.

»Aha?«, sagte sie irritierenderweise.

Richard beschloss, die seltsame Art der Begutachtung seines persönlichen Rückzugsorts zu ignorieren und stattdessen darauf hinzuweisen, dass die Nichte ohnehin nicht viel Zeit in diesen Räumen werde verbringen können. »Es ist offensichtlich, dass die Herrschaften von Schwan mehr als hohe Ansprüche stellen.«

»Du musst dir keine Sorgen machen, Onkel Richard«, erwiderte Roberta und schenkte ihm ein überaus professionelles Lächeln. »Die Herrschaften werden zufrieden sein.«

Doch Richard hatte schon zu vieles in seinem langen Berufsleben erlebt, um sich davon beruhigen zu lassen. Nicht, dass er sich Sorgen gemacht hätte, das musste er wirklich nicht. Denn es gab ja nichts, was sich nicht hätte regeln lassen, wenn man sich auf sein Handwerk verstand. Aber die menschliche Natur war ein eigentümliches Wesen – und irgendetwas sagte ihm, dass Familie von Schwan noch einiges an Herausforderungen mit sich bringen würde.

Die Ahnungen des Chefportiers erwiesen sich als durchaus berechtigt. Denn kaum war er wieder hinunter zum Empfang gekommen, fuhr David mit dem legendären Vauxhall Light Six vor, der Limousine, mit der das 24 Charming Street seine Gäste zu chauffieren pflegte.

Attila von Schwan betrat das Hotel, Schweizer Industrieller und offensichtlich ein Mann von überlebensgroßem Selbstbewusstsein. Den mächtigen Wintermantel über die Schultern geworfen, das Haupt hocherhoben, durchwanderte er die Halle und wirkte dabei wie der

Bodyguard seiner Frau, die ihm in geringem Abstand folgte. Vor dem Concierge angelangt, grüßte er mit überraschend leiser Stimme: »Good Afternoon, von Schwan.«

»Good Afternoon, Sir«, entgegnete Richard und verneigte sich leicht. »Willkommen im 24 Charming Street. Ich hoffe, Sie hatten eine gute Anreise!«

»Wir mussten in einem alten Vauxhall fahren«, erwiderte die Frau, die neben ihren Mann getreten war, als wäre damit alles gesagt – nur nichts Gutes.

»Der Wagen gehörte einst dem Duke of Edinburgh«, wusste Richard zu erzählen. »Er hat ihn dem Hotel als Dank und Anerkennung überlassen.«

»Soso. Seine Rolls-Royce hat er jedenfalls behalten, oder?« Annemarie von Schwan musterte den Chefportier, ließ ihren Blick durch die Lobby schweifen und reichte schließlich ihrem Mann ihre Handschuhe.

»Meine Frau ist sehr erschöpft«, sagte der – nicht zu ihr und auch nicht zu Richard, sondern wie zu sich selbst. »Lassen sie uns die Formalitäten später erledigen.« Und dann erfasste auch sein Blick die Szenerie der Lobby: Tontechniker, Kameraleute, Beleuchter, allesamt beim Einrichten der Technik für den Drehbeginn am nächsten Tag. »Was um alles in der Welt ist das denn?« Ja, sie mochte leise sein, die Stimme des Gastes aus Zürich. Doch sie verstand es gleichwohl, unheilvoll zu klingen.

Tausend glitzernde Lichter

Von der Aufregung um die Filmmenschen völlig unbeirrt, wanderte eine junge Frau durch das Hotel, in der Hand einen Korb mit allem, was sie benötigte, um überall dafür zu sorgen, dass das 24 Charming Street in jedem noch so unbedeutenden Winkel von sanftem Kerzenlicht illuminiert war. Penny war die sowohl an Lebensjahren als auch an Dienstzeit jüngste Mitarbeiterin des Hauses, ein Geschöpf der Insel, auf der sie geboren worden, zur Schule gegangen und herangewachsen war. Ihr Lebenstraum war es immer gewesen, einst in dem kleinen Grandhotel über den Klippen bei Culnacnoc zu arbeiten, schon seit sie zu Beginn der ersten Klasse täglich mit dem Schulbus dort vorbeigefahren war. Dass dieser Traum nun in Form einer Ausbildung zur Hotelfachfrau Wirklichkeit geworden war, machte sie so glücklich, dass sie kein bisschen spürte, wie lang ihre Tage waren, wie früh sie aufstehen musste und wie spät sie ihr Tagewerk beenden durfte. Nicht, dass jemand sie übermäßig hätte belasten wollen. Penny wurde mit der gleichen Fürsorglichkeit behandelt wie alle Mitarbeiterinnen und Mitarbeiter des Hauses – nur arbeiteten sie eben alle zu jeder Tages- und Nachtzeit an jedem Tag des Jahres mehr als andere, um es den Gästen im 24 Charming Street so angenehm wie nur irgend möglich zu machen. Und dies nicht etwa, weil das Management es von ihnen erwartete, sondern weil sie sich als eine Art Familie begriffen – eine Familie, die viele Gäste zu bewirten hatte und hoffte, dass es jedem dieser Gäste ganz und gar gut ginge in ihrem Hotel.

Penny jedenfalls sah es so, auch wenn sie es selbst so vermutlich nicht ausgedrückt hätte. Denn im Grunde war sie ein eher schlichtes Wesen. »Sie hat die Seele eines Puffins«, pflegte ihr Vater gerne zu behaupten, womit er auf die auf der Insel durchaus populären, etwas tollpatschig wirkenden Alkenvögel anspielte, die gerne in großen Gruppen und kleinen Höhlen lebten. Das 24 CS war Pennys Höhle, die Mitarbeiter waren ihre Familie, die Gäste wiederum waren ihre Jungen, die es zu hüten und zu pflegen galt.

In den Zimmern empfingen die Gäste, wenn sie am Abend aus dem Restaurant oder von ihren Unternehmungen auf der Insel zurückkamen, Windlichter in den Fenstern, die sich in den Scheiben spiegelten. Penny liebte diesen Anblick.

Sie liebte auch die hundert Kerzen, die die Bar erleuchteten, oder die hundert Lichtlein, die sie in der Lobby zu entzünden und zu unterhalten hatte. Wenn alle diese winzigen Flämmchen flackerten, trat sie zuletzt vor die Eingangstür, an der zu beiden Seiten zwei Laternen mit mächtigen Kerzen standen, wie man sie sonst eher in Kirchen fand. Sie brannten so lange, dass man sie kaum jemals neu entzünden musste. Doch Penny musste den Docht pflegen, der mitunter zu lang wurde und dann begann, mit seinem Ruß das Glas zu verschmutzen.

Solchermaßen war die jüngste Mitarbeiterin des Hauses also an jedem Morgen und an jedem Abend weit mehr als eine Stunde lang auf Wanderschaft durch Zimmer, Flure und Säle, als Hüterin der Flammen, die in der Weihnachtszeit dafür sorgten, dass das 24 Charming Street weithin glitzerte und all seinen Gästen stets das wärmste, freundlichste Licht bot.

Bis zu jenem 21. Dezember, an dem ein Mann in Hoodie feststellte: »Das irritiert brutal. Könnt ihr bitte mal die ganzen dämlichen Kerzen aus dem Bild nehmen?«

Annemarie von Schwan darf man sich als eine zierliche, andere würden vielleicht sagen drahtige Person vorstellen, die sich im Leben vor allem durch eines auszeichnete, dass sie nämlich immer wusste, was sie wollte. Oder vielmehr: was sie *nicht* wollte. »Diese Windlichter können Sie gleich wieder mitnehmen«, ordnete sie deshalb an, als das Zimmermädchen sich anschickte, die Suite für den Abend vorzubereiten, und wedelte mit ihren zarten, andere würden vielleicht sagen dürren Fingern Richtung Fenster. »Wir haben ja hier keine Liebschaft zu erwarten, nicht?«

Und an Roberta gewandt, verkündete sie: »Ab morgen tragen Sie bitte Schwarz, ja? Wie sich das gehört.«

»Gewiss, Ma'am«, erwiderte das persönliche Dienstmädchen der eidgenössischen Herrschaften und faltete in einer demutsvollen Geste die Hände. »Um wie viel Uhr beabsichtigen Sie aufzustehen, Ma'am?«, wagte Roberta zu fragen.

»Frau von Schwan, bitte, ja?«, erklärte die Lady. »Um sieben Uhr fünfzehn.«

»Und wie wünschen die Herrschaften geweckt zu werden?«

»Diskret«, stellte die Dienstherrin in aller Knappheit fest, blickte das Dienstmädchen voll Befremden an und fügte hinzu. »Nicht?«

»Gewiss, Frau von Schwan.«

»Sieben Uhr fünfzehn«, murmelte Attila von Schwan kopfschüttelnd, während er sich in einen der üppigen Fauteuils fallen ließ. »Sind wir denn nicht im Urlaub, meine Beste?«

»Schlafen kannst du genauso gut zu Hause«, erklärte seine Ehefrau und deutete auf die Musikauswahl. »Was hat man denn hier zu hören?«, wollte sie wissen, und Roberta griff nach den CDs, um vorzulesen: »*Scottish Christmas Traditionals, Tschaikowskis Nussknacker, Das Weihnachtsoratorium* von Bach, die *Weihnachtsmesse* von …«

»Gibt es Wagner?«

»Soweit ich sehe, nein, Frau von Schwan.«

»Bruckner?«

»Leider …«

»Besorgen Sie mir beides, ja? Wir sind ja hier nicht in …« Sie zögerte, behielt den Vergleich dann aber für sich und wandte sich stattdessen ab, um das Badezimmer zu inspizieren, während Roberta die CDs wieder wegräumte und ihr folgte. »Rosenduft«, hörte sie sie missbilligend sagen. »Tststs. Soll es ein Grandhotel sein oder ein französisches Boudoir?« Annemarie von Schwan reichte ihrem Dienstmädchen diverse Toilettenartikel und bestimmte: »Wir tauschen diese hier um, ja? Ich erwarte etwas Gediegenes und Hochwertiges.«

»Sehr wohl, gnädige Frau«, erwiderte Roberta. »Gibt es diesbezüglich irgendwelche Vorlieben?«

»Nichts, das wie aus einem zweitklassigen Etablissement riecht, ja?«

Es ist unnötig zu erwähnen, dass das 24 Charming Street ausschließlich Körperpflegeprodukte von Louis Pernet & Fils aus Grasse nutzte, die es sich von der seit über zweihundert Jahren tätigen und weltberühmten Parfümerie mehrmals im Jahr direkt liefern ließ. Aber es mag ein ebenso erhellendes wie delikates Detail sein, dass die Handseife und die Lotion in der Suite der First Lady (in diesem Jahr: der ehemaligen First Lady) nach jedem ihrer Aufenthalte zu fehlen pflegten.

Roberta nickte, beschloss für sich, Kernseifen aus der Hauswäscherei zu holen oder, falls dort nicht vorhanden, aus dem Örtchen Portree, wo sich dergleichen sicher finden ließ, und lauschte den weiteren Wünschen ihrer Arbeitgeberin.

Vielleicht mochte Annemarie von Schwan ja eine etwas spezielle Frau sein, vielleicht hätte sie auch etwas weniger akkurat und zackig auftreten können. Gleichwohl ernörgelte sie sich Robertas Respekt: Wer so tief davon überzeugt war, die Welt nach seinem Willen formen zu müssen, war jedenfalls auf nachgerade vorbildliche Weise dagegen geschützt, sich selbst immerzu von der Welt formen zu lassen. Und war es nicht das, was man Persönlichkeit nannte? Allerdings gab es im Leben nicht nur Manipulation und Standhaftigkeit, es gab auch noch etwas anderes: Inspiration! Man würde sehen …

Als Roberta sich für die Dauer des Dinners zurückziehen durfte, war in der Suite kaum mehr ein Sessel, eine Vase, ein Gesteck, eine Decke oder eine Kerze zu finden, die noch am selben Platz stand, an der von Schwans sie vorgefunden hatten. Nun, es würden interessante Tage mit dieser Familie werden, so viel stand fest.

Dass nach den unbeschreiblichen Schmerzen, die er gelitten hatte, sein Rücken einmal mehr so prompt und so völlig wieder schmerzfrei sein könnte, damit hätte Oliver niemals gerechnet. Er fühlte sich geradezu wie neu! Am liebsten hätte er Bäume ausgerissen. Doch das hatte Roberta ihm nach der zweiten Behandlung, die sie ihm auf dem Weg zu einigen Besorgungen quasi im Vorbeigehen hatte zuteilwerden lassen, verboten – und an ihren Rat würde er sich unbedingt halten, so viel stand fest. Wenn es einen Menschen auf dem Planeten gab, der sich mit so etwas auskannte, dann die Nichte von Mr Atkins. Irgendwie wunderte es Oliver gar nicht: Der Chefportier war sein Vorbild, seit er im Frühling hier als Page angefangen hatte. Oliver Brown hatte bis dahin für Jimmy's Grocery in Portree gearbeitet, davor bei UPS in Glasgow und davor für HMPS, ein Unternehmen, auf das er in seinem Lebenslauf nicht sehr stolz war: Her Majesty's Prison and Probation Service – die Gefängnisverwaltung von HM Prison Perth. Es gehört zu den Ungerechtigkeiten des Lebens, dass man es im Nachhinein nicht mehr ändern kann. Zu den Wundern des Lebens gehört allerdings, dass es manchmal gegen alle Wahrscheinlichkeit eine glückliche Wendung nimmt, mit der niemand gerechnet hätte und die einem Menschen Perspektiven eröffnet, von denen er bis dahin nicht einmal zu träumen gewagt hätte. Wie etwa im Falle der Begegnung eines erst kürzlich in der Resozialisierung gelandeten jungen Mannes, der wegen diverser jugendlicher Torheiten für einige Zeit hinter Gittern gelandet war und den Job als Hilfskraft in Jimmy's Grocery nur deshalb bekommen hatte, weil Mr James »Jimmy« Woodford dafür beträchtliche Leistungen des Staates einstrich, mit einem Mitarbeiter des feinsten Hotels der Insel – Mr Richard Atkins.

Der Chefportier hatte einige Einkäufe getätigt und war von Oliver in Abwesenheit des Ladeninhabers beraten worden (»Wenn ich Ihnen einen Tipp geben darf, Sir, die belgischen Erdbeeren sind heute deutlich besser als die spanischen«), bedient worden (»Lassen Sie mich das machen, Sir!«) und zum Wagen begleitet worden (»Wenn Sie erlauben, trage ich das für Sie«), um am nächsten Tag zu seinem Chef zitiert zu werden: »Brown!«, hatte Mr Woodford gebellt. »Darf ich fragen, was das soll?« Der Ladenbesitzer hatte seinem Mitarbeiter einen Brief hingeworfen, dessen Kopf der elegante Schriftzug »24 Charming Street – Grandhotel seit 1888« zierte.

»Ich bin nie da gewesen!«, hatte Oliver dem Gemüsehändler versichert, in der Annahme, dass man ihm irgendetwas Ungesetzliches vorwarf.

»Aber die waren hier.« Mr Woodford nickte Richtung

Lager. »Kannst deinen Spind gleich räumen. Lohn zahle ich bloß bis gestern, damit das klar ist.«

»Aber ...«

»Ich hätte es mir denken können. Geh mir aus den Augen. Undankbarer Kerl.« Damit hatte James Woodford sich selbst ins Büro verzogen und auf jedwede Erwiderung seitens seines jungen Mitarbeiters verzichtet. Schockiert hatte Oliver den Brief aufgehoben und gelesen – und festgestellt, dass er keineswegs irgendeines Vergehens bezichtigt worden war. Vielmehr lud ihn das 24 Charming Street ein, sich dort um eine Stelle als Page zu bewerben. *Wir sind stets auf der Suche nach engagierten jungen Mitarbeiterinnen und Mitarbeitern, die gerne für und mit Menschen arbeiten und immer ein kleines bisschen besser sein wollen als nötig. Unser Eindruck war, dass Sie ein solcher Mitarbeiter wären. Da wir dringend auf der Suche nach einem neuen Pagen sind, würden wir uns über Ihre Bewerbung sehr freuen ...*

Oliver war nicht überrascht gewesen. Das zu behaupten, wäre eine gewaltige Untertreibung. Wenn man, wie er, unter vom Glück nicht sonderlich begünstigten Umständen aufgewachsen ist, wenn man ein paarmal die falsche Abzweigung genommen hat im Leben und dabei dann auch noch – und sei es noch so unabsichtlich und unsinnigerweise – mit dem Gesetz in Konflikt geraten ist, dann ist man es nicht gewohnt, dass sich etwas einstellt, das man unter anderen Umständen eine »glückliche Fügung« zu nennen pflegt. Entsprechend ungläubig war Oliver gewesen, als er noch am selben Tag hinüber ins 24 CS gefahren war (übrigens mit Harolds Bus), um dort nach Mr Atkins zu fragen (übrigens bei dem netten Herrn, der erst zwei Tage zuvor im Jimmy's eingekauft hatte). »Sie haben ihn gefunden!«, hatte der Portier erwidert. »Wie schön, dass Sie sich gleich die Mühe gemacht haben vorbeizukommen.«

Die Mühe gemacht, dachte Oliver, wer spricht schon so mit einem ehemaligen Jugendhäftling. Obwohl der feine Herr in Uniform das natürlich nicht wissen konnte.

»Ich fand das sehr nett. Mit der Einladung, meine ich«, hatte Oliver gesagt. »Aber ich fürchte, ich habe keine Chance.«

»Tatsächlich? Nun, ich hätte eher angenommen, Ihre Chancen stehen gut«, hatte Richard erwidert. »Immerhin sind wir an Sie herangetreten und nicht umgekehrt, nicht wahr?«

Oliver hatte sich in der Hotelhalle umgeblickt und tiefer geseufzt, als er es gewollt hatte. »Tja, aber Sie haben meine Bewerbungsunterlagen nicht gesehen.«

»Sie meinen, Ihre Zeugnisse wären demotivierend?«

Ein trockenes Lachen hatte sich Olivers Brust entrungen. »So kann man es sagen, ja. Absolut.«

»Darf ich einen Vorschlag machen?«

Die zwei Männer, der noch sehr junge und der schon in die Jahre gekommene, standen sich Auge in Auge gegenüber. Ein jeder von ihnen mit außergewöhnlicher Menschenkenntnis, wenn auch aus sehr unterschiedlichen Gründen.

»Denken Sie wirklich …?«

»Wir machen es so«, hatte Richard vorgeschlagen. »Sie fangen bei uns an, und wir prüfen einander drei oder vier

Wochen lang. Wenn dann beide Seiten zufrieden sind, wüsste ich nicht, was Ihre Bewerbungsunterlagen daran ändern sollten. Wir wollen ja hier nicht an Ihrer Vergangenheit teilhaben, sondern an Ihrer Gegenwart und vielleicht dann auch an Ihrer Zukunft.«

In den Kreisen, in denen sich Oliver früher bewegt hatte, hatte man gelegentlich von Angeboten gesprochen, »die man nicht ausschlagen kann«. Nun, auf eine ihm bisher völlig unbekannte Art und Weise war dies ein solches Angebot gewesen. Und der junge Mann hatte zugepackt. Vielleicht konnte man in sehr großen Ausnahmefällen tatsächlich die Vergangenheit hinter sich lassen …

Nicht nötig zu erwähnen, dass der Ausnahmefall hier Realität geworden war. Das Gespräch an der Rezeption lag inzwischen sieben Monate zurück, und es fiel den Kolleginnen und Kollegen so schwer, sich das 24 CS ohne Oliver vorzustellen, wie es dem jungen Mann fiel, sich selbst ohne das Hotel vorzustellen. Wenn es aber einen Menschen gab, dem er sein Leben lang dankbar sein würde, dann war es Mr Atkins.

Entsprechend schlecht war sein Gewissen, als er an der Rezeption vorsprach.

»Mr Atkins, Sir?«

»Oliver? Was kann ich für Sie tun?«

»Es ist mir schrecklich peinlich, Sir …«

»Dann besprechen wir es besser in meinem Büro«, unterbrach ihn Richard und deutete auf den winzigen Raum neben dem Empfang, wo außer einem Pult mit Telefon und einem Stuhl sowie einem Regal mit Unterlagen über alles Mögliche kaum etwas Platz hatte. Dort erledigten die Portiers schriftliche Angelegenheiten oder kümmerten sich um Dinge wie Reservierungen für die Gäste, Organisatorisches oder erstellten die Dienstpläne für den Empfang.

»Ihre Nichte …«

»Gibt es ein Problem mit Roberta?«

David lachte irritiert. »Im Gegenteil, Sir! Sie ist großartig!« Und auf Richards erstaunte Miene hin erläuterte der Page, was vorgefallen war – nicht zuletzt die Bandscheibe. »Und nun sagt mir Miss Roberta, ich dürfe auf keinen Fall etwas Schweres heben. Also: für ein paar Tage oder so.«

Für einen Pagen war das natürlich eine eher schwierige Angelegenheit. »Verstehe«, sagte Richard und überlegte einen Moment, während er aus dem kleinen Fenster neben der Tür zur Rezeption hinblickte, wo gerade einer der Filmmänner versuchte, das Bord mit den Schlüsseln zu verrücken, zweifellos, um eine bessere Kameraperspektive dadurch zu ermöglichen. »Da ja nun mit den Herrschaften von Schwan alle Gäste angereist sind, die wir über die Weihnachtstage beherbergen dürfen, wird es kein Gepäck mehr zu erledigen geben. Ich hätte da eine Idee, wie wir Sie, sagen wir, schonender einsetzen könnten …«

Eine Dame bittet zu Tisch

Einen Tisch im Rigg's Inn zu reservieren, war an den meisten Tagen des Jahres eine Herausforderung, wenn man nicht zu den Gästen des 24 CS zählte. Denn Letztere neigten dazu, im Hotel zu speisen, der fabelhaften Küche wegen – und weil das Restaurant des Hauses eine unwiderstehliche Atmosphäre bot. An den Fensterplätzen konnte man den spektakulären Blick über den Sound of Raasay genießen, tagsüber beherrscht vom überwältigenden Klippenpanorama, nachts verzaubert durch die Lichterketten der gegenüberliegenden Küste des schottischen Festlands. An den Weihnachtstagen war eine solche Reservierung vollends unmöglich. Das Rigg's Inn war allabendlich bis auf den letzten Platz besetzt.

Dies stellte staunend auch Harold fest, als er an den Empfang trat, wo er von Euna begrüßt wurde.

»Guten Abend, Sir!«

»Guten Abend«, erwiderte Harold mit skeptischem Blick auf den Saal. »Ich fürchte, es ist wohl schon alles besetzt.«

»Aber nein, Sir! Wir haben selbstverständlich einen Tisch für Sie reserviert!«

»Ähm, ich hatte aber leider gar nicht Bescheid gegeben …«

»Unser Ehrengast hat immer einen Tisch im Rigg's Inn, Sir!«, versicherte ihm die junge Frau aufgeräumt und gut gelaunt, während ihr Blick mit einem kleinen Kopfnicken zur Seite wanderte, über seine Schulter, wo ein weiterer Gast des Hauses aufgetaucht war.

»Sie sind der diesjährige Ehrengast?«, sagte die Frau, die einen halben Kopf größer war als Harold (und er zählte keineswegs zu den Kleinen!). Harold wandte sich um und erblickte zu seinem Erstaunen niemand Geringeren als die ehemalige First Lady des Landes, Mildred Porter.

»Guten Abend, Ma'am«, sagte er und verbeugte sich tief.

»Um Himmels willen!«, rief Mrs Porter lachend. »Ich komme mir ja vor wie die Queen. Und das, nachdem man meinen Mann wie einen Hund vom Hof gejagt hat. Zu Recht übrigens.«

»Guten Abend, Ma'am«, sagte auch Euna und machte eine einladende Geste. »Darf ich Ihnen beiden gleich Ihre Tische zeigen?«

»Bitte Mrs Porter zuerst«, beeilte sich Harold zu sagen und trat einen Schritt in den Hintergrund.

»Sie sind heute Abend alleine?«, fragte Euna die ehemalige First Lady. Die seufzte und lächelte entschuldigend, wobei ihr Blick auch Harold streifte. »Mein Sohn zieht es vor, auf dem Zimmer zu speisen. Nun ja, er ist vierzehn, wenn Sie verstehen, was ich meine …«

»Gewiss, Ma'am. Wenn Sie mir folgen wollen?«

»Warten Sie!« Sie wandte sich an Harold. »Speisen Sie etwa auch allein, Mr …«

»Baker. Harold Baker.«

Mildred Porter beugte sich zu Euna und flüsterte: »Er sagt es wie Bond, James Bond, finden Sie nicht?« Worauf sie ein wenig kicherte, während Harold erstaunt feststellte, dass er nach dem Vergleich mit Sean Connery nun auch noch dem Vergleich mit dessen berühmtester Rolle standhalten musste. Offenbar war er darob ein wenig errötet, und die Frau des ehemaligen Premierministers hatte es bemerkt. Denn sie schlug die Augen nieder und erklärte: »Entschuldigen Sie, Mr Baker. Das war eine unpassende Bemerkung.« Nur um sogleich wieder völlig unbefangen vorzuschlagen: »Wollen Sie nicht mit mir gemeinsam zu Abend essen? Ich finde es immer entsetzlich öde, allein am Tisch zu sitzen. Sie können sich gar nicht vorstellen, wie oft ich in meiner Ehe allein gegessen habe. Nun ja, es ist das Los einer Politikergattin. Aber wenn Sie auch allein sind …«

Gerne, hätte Harold spontan geantwortet. Wenn ihm etwas eingefallen wäre. Doch außer einem leicht mechanischen Lächeln bekam er in dem Moment nichts zustande. Die Frau, die vor wenigen Wochen noch in Downing Street Nr. 10 gelebt hatte, lud einen Busfahrer ein, sich zu ihr zum Dinner zu gesellen?

»Dann ist das also abgemacht«, stellte Mildred Porter ganz entspannt fest, hakte Harold unter und ließ sich von ihm und Euna zu ihrem angestammten Tisch geleiten, der in der Nähe des Flügels stand und durch zwei hübsch geschmückte Tannenbäumchen etwas abgetrennt war. »Dann erzählen Sie mal«, sagte sie, als sie saßen. »Wer sind Sie, was machen Sie so?«

»Oh«, erklärte Harold. »Ich … ich bin im Transportgewerbe.«

Wie ihr aufgetragen worden war, hatte Roberta den Pyjama von Zwingli & Schneider für den gnädigen Herrn herausgelegt und das Nachthemd von Hochmeyers: teuer, solide, gediegen, gebügelt. Es schien den Herrschaften nichts auszumachen, dass sich das Dienstmädchen in der Suite nützlich machte, während sie sich aufs Schlafengehen vorbereiteten. Annemarie von Schwan hatte eine Maske aufgelegt, während ihr Mann sich noch die Nachrichten anschaute und gelegentlich über die Unvernunft der Welt und der Kapitalmärkte mokierte. Als die Meldungen zur Kultur kamen, drehte er aus und griff nach der Karaffe mit Whisky, die auf der Kommode stand. Doch auf einen strengen Blick seiner Frau hin ließ er es seufzend bleiben und widmete sich stattdessen dem Studium des Sportteils der *Neuen Zürcher Zeitung*, die man extra für das Schweizer Ehepaar ins Hotel bestellt hatte.

Annemarie von Schwan gefiel sich darin, das Dienstmädchen jeden Handgriff für sie erledigen zu lassen. »Reichen Sie mir bitte die Feuchtigkeitscreme, Roberta.« – »Hier, die Nagelzange. Bitte ins rechte äußere Fach.« – »Hängen Sie den Morgenmantel über den Stuhl und stellen Sie ihn neben mein Bett, damit ich ihn in der Nacht gleich zur Hand habe, ja?« – »Die Vorhänge sind ungleichmäßig zugezogen. Korrigieren Sie das.« –

»Wenn Sie bitte die Musik ausmachen, während mein Mann die Nachrichten schaut.« – »Ihr Haar sieht ungepflegt aus. Ich erwarte, dass Sie morgen tadellos hier erscheinen. Gute Nacht.«

»Gute Nacht, Frau von Schwan. Herr von Schwan …«

»Ähm, gute Nacht, ja. Gute Nacht«, erwiderte etwas zerstreut der gnädige Herr und blickte kaum zu ihr hin.

Keine Frage: Die beiden würden sich ebenfalls kaum ansehen, ehe sie zu Bett gingen. In dieser Ehe, so viel verstand Roberta von Beziehungen, war das Feuer seit Langem erloschen. Ob es daran lag, dass die gnädige Frau so kühl war, oder ob sie so kühl war, weil es kein Feuer mehr in dieser Ehe gab – wer hätte das schon zu beantworten vermocht.

Jedes Paar, das seit langer Zeit zusammenlebte, trug eine Geschichte mit sich herum. Und wie jede große Geschichte bestand auch diese Geschichte nicht nur aus Siegen und Sternstunden, sondern auch aus Niederlagen und bitteren Erlebnissen. Roberta hatte für die Schwans eine Patience gelegt. Sie hatte die Königin gesehen und den Bauern, sie hatte die Trauer gesehen und die Not. Aber sie hatte auch das Feuer gesehen – und das Licht. Nein, in dieser Beziehung war nicht alles erloschen. Es gab Hoffnung. Aber Hoffnung braucht manchmal ein wenig Hilfe. Vielleicht ja die Hilfe eines Dienstmädchens?

Wie sich – nicht zuletzt beim anschließenden Digestif in Kiharus Bar – herausstellte, konnte sich die ehemalige First Lady durchaus für die Erlebnisse und Erkenntnisse eines gewöhnlichen Busfahrers interessieren, zumal es deren einige gab und Harold eben doch alles andere als »gewöhnlich« war. Mehr aber noch interessierte sie sich für die Menschen auf der Insel, für die Bräuche, die man hier so pflegte, für die Eigenheiten, die Marotten, denen man sich auf Skye hingab – und selbstredend für den neuesten Klatsch, von dem ihr Tischherr zu berichten wusste.

Die anfängliche Befangenheit des bescheidenen Insulaners war – vielleicht auch dank zweier Gläser Driver's Home for Christmas – inzwischen völlig verflogen, und weder Harold noch gar Mildred Porter verschwendeten nur einen Gedanken daran, dass die ehemalige First Lady die ehemalige First Lady war. Im Gegenteil: Als Kiharu mit einem Schälchen kleiner Snacks an den Tisch trat und fragte, ob die Herrschaften noch Wünsche hätten, waren die beiden kaum ansprechbar, so sehr hatten sie sich ins Gespräch vertieft. Mehr als einmal wandten sich die Gesichter anderer Gäste der Bar dem so ungleichen Paar zu, als Mildred Porter ihr ungewöhnlich tiefes und kräftiges Lachen tönen ließ.

Der gute alte Mr Richmond saß an seinem Flügel und spielte leise die großen Weihnachtsklassiker – wobei es zu seinen Spezialitäten gehörte, auch tausendmal gehörte Songs klingen zu lassen, als wären sie ganz neu. Das galt für »Jingle Bells« genauso wie für »Winter Wonderland«, ja sogar für »White Christmas«!

Kiharu, die nun doch schon einige Jahre im 24 CS arbeitete, genoss die musikalische Weihnachtszeit jedes

Jahr aufs Neue und staunte jedes Jahr aufs Neue darüber. Während sie am Piano vorbeiging, stellte sie dem eleganten Herrn, der stets im Smoking spielte, ein Glas seines geliebten Talisker hin, jenes Whiskys, der zur Insel gehörte wie der Wind und die Klippen oder der für Fremde völlig unverständliche Dialekt der Einheimischen.

Als sie wieder hinter ihre Theke trat, blitzten sie zwei große grüne Augen aus dem Dunkeln an. »Aha? Da bist du also wieder?«, bemerkte Kiharu und bewunderte einmal mehr das rätselhafte Lächeln dieser Katze und die Eleganz, mit der sie im nächsten Moment zur Seite gesprungen war und zwischen den dekorativ präsentierten Champagnerflaschen hindurchstreifte. Sie würde ihr wohl oder übel ein Schälchen Milch geben müssen. Obwohl das wahrscheinlich bedeutete, dass die Katze wieder und wieder kommen würde. Aber wenn sie ehrlich mit sich selbst war, hatte Kiharu es vielleicht sogar ein klitzeklein wenig darauf abgesehen. Denn Katzen hatte sie seit jeher bewundert – und diese hier war eindeutig ein ganz besonderes Exemplar. »Ich werde dich Felicity nennen, die Glücksbringerin«, beschloss sie und goss einen Schluck Milch in eine Untertasse, um sie ihrem persönlichen Gast unauffällig unter die Theke zu stellen. »Du bist hier jederzeit willkommen. Aber bring mir keine Maus, verstehst du?« Wie sehr sie mit ihrer Namenswahl richtiglag – und wie falsch, das konnte sie zu dem Zeitpunkt nicht wissen.

Harold und Mildred (man war längst beim Vornamen angekommen) indes beobachteten, wie sich die Bar nach und nach leerte. Denn seit sie sich hier niedergelassen und den ersten Drink zu sich genommen hatten, waren Stunden vergangen.

»Meine Güte!«, fiel es dem Ehrengast des Hotels ein. »Ihr Sohn ist ja ganz alleine auf dem Zimmer!«

Die ehemalige First Lady lachte. »Egal, wie lange ich weg bin«, erklärte sie, »er sagt immer: ›Du bist schon wieder da?‹, wenn ich zurückkomme.« Sie verdrehte die Augen. »Das Zeitalter des Internets.«

Harold konnte sich ein Schmunzeln nicht verkneifen. »Aber Sie wissen doch, dass es hier keines gibt?«

Schlagartig wurde Mildred Porter, die nun wirklich zu den langjährigen Gästen des Hauses zählte, bewusst, dass dem so war. »Tatsächlich! Ich frage mich, ob er einfach nur fernsieht.«

»Nun, Sie werden es herausfinden«, vermutete der Busfahrer.

»Wahrscheinlich ist er vor dem Gerät eingeschlafen. Wie sein Vater immer. Den hält nur Fußball wach.«

»Oh, ich kann das verstehen«, versicherte ihr Harold. »Fußball und Oper.«

»Oper? Sie überraschen mich stets aufs Neue, Harold!«

»Weshalb?«, fragte der und wirkte etwas pikiert. »Auch Busfahrer können Sinn für Schönes haben.«

»Unbedingt!«, beeilte sich Mildred Porter ihm zu versichern. »Absolut! Und wenn es dafür eines Beweises bedarf, so heißt er Harold Baker!« Womit sie zweifellos recht hatte. Und dem Mann aus Dunvegan schmeichelte es.

Tilda Tucker, die nach dem Dinner noch einige Zeit im Headquarter, der alten Bibliothek hinter der Rezeption, zugebracht hatte, um die sogenannte Disposition, die »Dispo«, durchzugehen, den Zeit- und Ablaufplan für den nächsten Tag, der der erste Drehtag sein würde, wenn auch nur für einige Aufnahmen des Gebäudes, spielte mit dem Gedanken, endlich schlafen zu gehen. Als Oliver die Bibliothek mit einem Tablett betrat und ihr Tee sowie etwas Gebäck brachte (vom Whisky gar nicht erst zu reden), blickte sie ihn mit müden Augen an. »Ich hatte nichts bestellt«, sagte sie.

»Gewiss, Ma'am. Aber manchmal muss man auch umsorgt werden, wenn man nicht darum gebeten hat.«

Verwundert musterte sie den gut aussehenden jungen Mann mit der hellbraun schimmernden Hautfarbe. »Danke«, sagte sie. »Stammt das von Ihnen?«

Oliver lächelte, fast ein wenig, wie Mr Atkins es zu tun pflegte. »Sagen wir so, Ma'am: Wenn man hier arbeitet, gewöhnt man es sich an, auf diese Weise zu sprechen. Und zu denken.«

Vielleicht war es die vorgerückte Stunde, vielleicht war es die viele Arbeit, die hinter ihr lag. Vielleicht kam es von der Müdigkeit, vielleicht war es auch einfach ein für Ms Tucker sehr ungewöhnlicher Anfall von Dankbarkeit, jedenfalls durchströmte sie plötzlich ein Gefühl der Wärme, und sie lud den jungen Mann ein, ihr doch beim Tee Gesellschaft zu leisten. »Wie lange arbeiten Sie schon hier?«, wollte sie wissen. Ja, sie wollte es wirklich wissen, obwohl sie eigentlich hundemüde war. Und Oliver erzählte. Was er ihr nicht erzählte, war, dass er von Richard zum »Projektmanager Film« des Hauses ernannt worden war. Was er erst recht nicht erwähnte, war, dass Oscar D. Fletcher, der neue Manager des Hotels, davon nicht die geringste Ahnung hatte.

Wenn er ehrlich zu sich war, hatte Harold sich seinen Aufenthalt im 24 Charming Street erholsamer vorgestellt. Schwer von den Köstlichkeiten des Rigg's Inn und aus Kiharus Bar, vor allem aber erledigt vom anregenden Plausch mit Mildred Porter, schleppte er sich in die Weihnachtssuite und hatte kaum einen Blick für die liebevolle Dekoration und die fürsorgliche Ausstattung. Er musste sich sogar überlegen, ob er überhaupt noch einmal einen Driver's Home for Christmas aus der Karaffe zu sich nehmen sollte (konnte aber dann natürlich doch nicht widerstehen; auch ein müder Mensch ist schließlich nur ein Mensch).

Der Blick vom gemütlichen Ohrensessel aus zeigte vor allem ihn selbst: sich spiegelnd im Fenster. Das Buch, das er zu lesen begonnen hatte, lag – mit der Einladungskarte für den Gratisaufenthalt im kleinen Grandhotel eingemerkt – auf dem Tischchen, direkt neben der Karaffe. *Winterträume*. Fast war er zu müde, um mit der Lektüre fortzufahren. Doch dann war die Neugier doch größer. Außerdem würde er seinen Drink nicht so schnell stürzen, wenn er ein wenig las. Vor allem aber wollte er wissen, wie es mit der Comtesse Patrycia weiterging. Zuletzt war sie aus dem Varieté geflüchtet, in dem Fjodor Iwanowitsch Rimski sie genötigt hatte, auf die Bühne zu kommen, um sich von ihm vor den Augen aller wegzaubern zu lassen.

Sie wusste selbst nicht, wie das geschehen war. Aber auf einmal fand sie sich in einem schmalen Schrank wieder, der betörend duftete nach ... Erschrocken wandte sie sich um.
»*Sie sind das?*«
»*Wer sonst?*«, *sagte er, und er war so nah, dass sie ihr Spiegelbild in seinen Augen erkennen konnte.*
»*Sie stehen doch auf der Bühne!*«
»*Das Leben ist eine Illusion*«, *erklärte Fjodor und nahm ihre Hand.*
»*Was ist das?*« *Patrycia spürte, dass er ihr einen Zettel zugesteckt hatte.*
»*Bringen Sie es dem Grafen. Und sagen Sie kein Wort. Zu niemandem.*«
Im nächsten Augenblick war der Magier verschwunden, Patrycia blieb nicht einmal die Zeit, etwas zu erwidern. »*Mesdames et Messieurs*«, *hörte sie seine Stimme wie von fern.* »*Und nun ... die Comtesse!*« *Unvermittelt klappte der Schrank auf, und Patrycia Ivana Charkov fand sich im Licht der Scheinwerfer wieder – und in tosendem Applaus. Hastig verbarg sie den Zettel, den der Magier ihr zugesteckt hatte, in ihrem Ärmel und bemühte sich, so graziös wie möglich nach draußen zu treten.*
Mit galanter Verbeugung reichte Fjodor Iwanowitsch ihr die Hand, half ihr und begleitete sie zu ihrem Platz neben Fürst Charkov, der die Szene mit sichtlicher Missbilligung verfolgt hatte. »*Danke*«, *flüsterte Fjodor der Comtesse ins Ohr.* »*Und beeilen Sie sich. Es geht um Leben und Tod.*«

Nun war er doch wieder hellwach! Vergnügt schenkte Harold sich nach, stellte anerkennend fest, dass der Cocktail, den die Barfrau zu seinen Ehren kreiert hatte, nicht nur außerordentlich köstlich schmeckte, sondern auch etwas Belebendes hatte – offenbar hatte sie es nicht darauf angelegt, ihn besonders hochprozentig zu machen –, und vertiefte sich sogleich wieder in seine Lektüre. Er liebte es, wenn er sich die Figuren einer Geschichte gut vorstellen konnte. Und hier konnte er es. Er sah die Comtesse förmlich vor sich: zart, zierlich, elegant – aber zugleich abenteuerlustig, tough und, wenn es sein musste, todesmutig. Den Illusionisten Rimski stellte er sich als hochgewachsenen, schlanken Mann vor, der vielleicht einen elegant getrimmten Bart trug, stets vorzüglich gekleidet war und dessen Bewegungen so geschmeidig waren wie die einer Katze. Außerdem war Fjodor verschlagen, aber nicht in einem bösartigen Sinne. Schließlich ging es bei seiner Mission darum, den Thron des Zaren zu retten. Und dessen Liebe.

Kiharus Drink war dann doch stärker als der bärenstarke Mann aus Dunvegan. Weshalb Harold den Schatten nicht mehr sah, der über seine Fensterbrüstung schlich. Und weshalb er vor dem ersten Kuss zwischen Patrycia und Fjodor eingeschlafen war.

Spiele

Der zweite Tag im Dienste derer von Schwan erwies sich als kaum weniger anspruchsvoll als der erste: Roberta hatte selbstverständlich schwarze Garderobe gewählt, wie es ihre Dienstherrin erwartete, sie hatte die Herrschaften »diskret« geweckt, was bedeutete, dass sie zunächst behutsam klopfte, dann die Suite betrat und sich im Salon nützlich machte, leise Musik einlegte (sie wählte Bachs *Air* in der Annahme, die sachte und zugleich aufgeräumte Suite könnte insbesondere Frau von Schwan zusagen, womit sie übrigens nicht völlig falschlag) und ein wenig lüftete (womit sie sogar goldrichtig lag!).

Die Herrschaften ließen sich Wasser bringen (die gnädige Frau) und die *Neue Zürcher Zeitung* (der gnädige Herr), sie ließen sich den Stuhl ein wenig näher ans Fenster rücken (der gnädige Herr) und den Vorhang ein wenig zurückziehen (die gnädige Frau), dann schickten sie Roberta, das Frühstück zu holen, während sie selbst ihre Morgentoiletten erledigten (die gnädige Frau) beziehungsweise die wichtigsten Neuigkeiten aus aller Welt lasen (der gnädige Herr).

Annemarie von Schwan hatte sich entschlossen, an diesem Tag nur einen kurzen Ausflug über die Hügel hinter dem Hotel zu machen, weil sie beabsichtigte, später noch den Pool zu besuchen. Attila von Schwan indes hegte den Plan, den Billardtisch in der Bibliothek des Hauses zu konsultieren. Er hatte darüber in einer Kritik des 24 Charming Street gelesen, und namentlich der Umstand, dass der Tisch einst dem Prinzgemahl Albert, Königin Victorias geliebtem Ehemann, gehört haben sollte, beeindruckte und machte ihn neugierig.

Roberta indes erledigte alle ihr übertragenen Aufgaben ebenso zügig wie akkurat und hielt sich im Übrigen im Hintergrund und zur Verfügung. Es gehörte nun einmal zu den hervorragenden Eigenschaften eines perfekten Dienstmädchens, jederzeit einsatzbereit zu sein, ohne sich jemals aufzudrängen. Annemarie von Schwan machte ebenso wenig einen Hehl daraus, dass ihr genau das ausgesprochen wichtig war, wie ihr Gatte den Anschein zu vermeiden versuchte, dass ihm die stete Anwesenheit einer Dienstbotin auf die Nerven ging. Er ließ im Grunde keine Gelegenheit aus, sie mit irgendwelchen Erledigungen zu betrauen, deren Pointe war, dass sie die Suite verlassen musste.

Das immerhin gab Roberta Gelegenheit, das 24 Charming Street näher kennenzulernen – das Hotel und seine Mitarbeiter! Menschen interessierten Roberta. Sie beobachtete sie gerne und studierte gerne die Rollen, die sie spielten. David zum Beispiel, hinter dessen stets etwas kühler, manchmal fast arroganter Freundlichkeit sich vor allem eine große Portion Unsicherheit versteckte. Euna, die so herzlich und entgegenkommend war, dass man sich geradezu bemuttert fühlte. Oliver, der stets sein Bestes geben zu wollen schien und ganz offensichtlich vor etwas flüchtete – vermutlich vor sich selbst oder vor seiner Vergangenheit. Penny, die Roberta spontan besonders ins Herz schloss: Das Mädchen war von solchem Eifer und mit solcher Freude bei der Sache, es schien so stolz auf seine Arbeit in diesem Haus und so leidenschaftlich engagiert, dass man sich beinahe hätte Sorgen machen müssen. Denn Menschen dieser Art werden immerzu ausgenutzt – an jedem anderen Ort der Welt. Doch nicht im 24 CS, das war offensichtlich. Hier herrschte eine solch familiäre Atmosphäre, dass Roberta schon nach zwei Tagen ganz das Gefühl hatte, als hätte man sie in den Kreis der engsten Freunde und Verwandten aufgenommen.

Mildred Porter liebte es, draußen auf den Klippen zu wandern. Sie tat es nicht allzu oft, denn noch mehr liebte sie es, drinnen am Fenster zu sitzen und ein gutes Buch zu lesen, dabei eine Tasse Tee zu trinken und mit ihren Gedanken abzuschweifen. Doch an diesem Tag war der Wind so frisch und klar, es fiel zur Stunde weder Regen noch Schnee, und ihr Sohn hatte sich ohnehin mit dem Bus Richtung Portree davongemacht, sodass sie fand, es sei die richtige Zeit, wieder einmal den guten alten Spaziergang über der Küstenlinie zu machen.

In einiger Entfernung entdeckte sie die Frau aus der Schweiz, die mit ihrem Mann ebenfalls im 24 Charming Street logierte. Diese Person, fand Mildred Porter, hätte eine ausgezeichnete Politikergattin abgegeben. Denn gute Politikergattinnen besaßen mehrere Eigenschaften, die man in dieser Kombination nicht allzu oft fand: Sie mussten innerlich stark sein und nach außen beherrscht, sie mussten in der Lage sein, ihre Meinung klar zu sagen, sie aber öffentlich für sich zu behalten. Sie mussten ihren Mann bedingungslos unterstützen, auch wenn sie wussten, dass sie ihm meilenweit überlegen waren. Vor allem mussten sie über seine zahlreichen und beträchtlichen Schwächen hinwegsehen und ihre eigenen verbergen können. Frau von Schwan war zweifellos mit all diesen Eigenschaften gesegnet, nur dass ihr Mann (zumindest soweit die ehemalige First Lady wusste) keine politischen Absichten hegte und schon gar kein Amt bekleidete.

Vielleicht war es Zufall, vielleicht auch nicht wirklich, dass sich die beiden Frauen wenig später über den Weg liefen. Jedenfalls grüßte Mildred Porter die Schweizerin und fragte sie, ob man ein Stück gemeinsam wandern wolle.

Sie würden keine Freundinnen werden, so viel erkannte die Engländerin schon nach wenigen Metern. Aber für die Dauer dieses Urlaubs konnten sie vergnügliche Gespräche führen.

Die Bibliothek war geschlossen. Das hieß: Sie war nicht geschlossen, sondern von den Filmleuten besetzt! Attila von Schwan war nicht der Typ Mensch, der sich in heftigen Vorwürfen erging, wenn sich die Dinge nicht genau nach seinem Willen fügten. Aber er war auch nicht sehr gut darin, eine Enttäuschung zu verbergen, wenn sie tief genug saß. Auf eine Runde Billard – und sei es mit sich selbst – hatte er sich jedenfalls gefreut. Und nun war ihm dieses Vergnügen verdorben.

»Wir könnten die Filmleute auch im Kaminzimmer unterbringen«, schlug Richard vor, den es in der Seele quälte, dem Gast seinen Wunsch nach einer Partie Billard nicht erfüllt zu haben.

»Kommt nicht infrage«, befand der neue Manager. »Wissen Sie, wo das Kaminzimmer ist?«

Eine rhetorische Frage. Das Kaminzimmer war, wo es seit achtzig Jahren war und wo Richard es seit über fünfzig Jahren kannte: in einem Bereich hinter der Bar, der zugegebenermaßen abgelegen, aber eben auch angenehm ruhig war. »Die Filmarbeiten haben Priorität. Und deshalb haben es auch die Filmleute«, erklärte Oscar D. Fletcher und widersprach damit einem der fundamentalen Grundsätze Richards, der jederzeit darauf zu schwören bereit gewesen wäre, dass im 24 Charming Street vor allem eine Sorte Mensch Priorität hatte: die Gäste.

»Sehr wohl, Mr Fletcher, Sir«, erwiderte er und verbeugte sich leicht.

Wenn der Prophet nicht zum Berg kommt, muss der Berg eben zum Propheten kommen, beschloss der Chefconcierge und rief nach Oliver, David und dem Hausmeister Jeeves. »Meine Herren«, sagte er. »Wir haben eine etwas herausfordernde Aufgabe vor uns.«

Eine Stunde später klopfte es an der Tür der Suite der Gäste aus der Schweiz. Da Attila von Schwan das Dienstmädchen geschickt hatte, um seine Krawatten aufzubügeln, musste er die Tür selbst öffnen und sah sich zu seiner Überraschung einem jungen Mann gegenüber, den er bisher nicht zur Kenntnis genommen hatte.

»Ja, bitte?«

»Sir«, erklärte David. »Falls Sie noch beabsichtigen, ein wenig Billard zu spielen, dann können wir Ihnen anbieten, das nun zu tun.«

»Hm«, bemerkte der Schweizer Geschäftsmann etwas verdrießlich. »Die anderen Herrschaften brauchen die Bibliothek wohl nicht mehr, da kann also ich sie nutzen, richtig?«

»Im Gegenteil, Sir«, beeilte sich David, ihm zu versichern. »Die Bibliothek wird für mehrere Tage ausschließlich von der Filmcrew genutzt werden – wobei ich Ihnen jederzeit jedes Buch Ihrer Wahl von dort holen werde!«, versicherte er dem Gast.

»Ich wollte kein Buch, ich wollte Billard spielen.«

»Eben das können Sie jetzt tun, Sir!« David gab sich keine Mühe, seine eigene Begeisterung zu verbergen. »Wir haben uns erlaubt, den Tisch ins Kaminzimmer zu bringen. Es ist, wenn ich das sagen darf, meiner Meinung nach der schönste Raum im ganzen Haus, außerdem sehr ruhig gelegen. Tja, und nun hat es auch einen Billardtisch.«

»Wir müssen Ihren Auftritt besprechen«, sagte Tilda Tucker und setzte sich ungefragt an Harolds Frühstückstisch.

»Pardon?« So zumindest hätte es heißen sollen, indes nur ein Ächzen aus dem Mund des Busfahrers kam (und ein Stückchen Ei, am restlichen Bissen hatte er sich verschluckt).

»Es ist nur eine kleine Rolle. Aber Charles Laughton hat auch nicht gleich als Hamlet angefangen, nicht wahr?« Die Regisseurin erwartete keine Antwort, sondern schob Harold ein Stück Papier hin. »Das ist das Drehbuch. Das heißt: der Part, in dem Ihr Auftritt enthalten ist.«

Ungläubig starrte Harold auf das Blatt, entdeckte aber nirgends seinen Namen, was ihn gleichermaßen verwirrte wie beruhigte. »Ich stehe gar nicht drauf«, stellte er fest.

»Doch. Hier.« Tilda Tucker deutete auf den Namen »Falstaff«.

»Falstaff?«

»Wir wussten nicht, wie Sie heißen. Falstaff ist nur ein Platzhalter.«

Harold fragte besser nicht nach, sondern klärte die Regisseurin lieber über seinen wahren Namen auf.

»Fein, fein, mein Guter«, murmelte Tilda Tucker und klopfte ihm auf die Hand wie einem unverständigen Kind, das man beiläufig zu beruhigen versuchte. »Ich muss jetzt weiter.« Sprach's und verschwand, worauf Harold sich sicherheitshalber noch eine doppelte Portion Weihnachtsporridge bringen ließ, das war gut für die

Nerven. Dann faltete er den Zettel, steckte ihn weg und schlug sein Buch wieder auf.

Patrycia liebte die feine Gesellschaft, die sich jeden Vormittag im Kaffeehaus Oblajew einfand. Die Damen trugen ihre prächtigsten Kleider und Hüte, die Herren bevorzugt Uniform. Patrycia wusste, dass sie Kondraschoff am Alexander-Orden erkennen würde. Und an der Losung, die vereinbart war. Er würde sie fragen …

»Darf ich Ihnen zu Ihrem exquisiten Kopfputz gratulieren, Madame?«

Erschrocken blickte sie auf. Sie hatte den Mann nicht kommen sehen, obwohl sie so aufmerksam gewesen war wie nur möglich.

»Seien Sie nicht überrascht«, sagte der Kavalier, der die gleichen Augen hatte wie Fjodor.

»Aber wie kann das sein?«, hauchte sie.

Die Frage schien ihn nicht zu überraschen. »Er ist mein Bruder.«

Ja, es waren wirklich die gleichen Augen. Diese Augen, in die sie sich doch schon einmal verliebt hatte und die nun …

»Wir haben nicht lange Zeit, Madame«, drängte der Mann.

»Oh ja, natürlich«, erwiderte Patrycia und tat, als fiele ihr der Fächer ganz versehentlich zu Boden.

Ihr Besucher gab den Gentleman und hob den Fächer auf, nicht ohne den Zettel an sich zu nehmen, den Patrycia hineingefaltet hatte. Er lächelte ihr zu und flüsterte: »Ich bedaure, dass wir nicht mehr Zeit haben, Madame.« Er verbeugte sich galant und fügte kaum hörbar hinzu: »Und ich beneide meinen Bruder.«

Dann war er so unvermittelt weg, wie er gekommen war. Staunend blickte Patrycia hinunter auf die Straße, wo sie ihn für einen winzigen Augenblick zwischen den Droschken hindurchhuschen sah. Er hob die Hand, wie zum Gruß – und im nächsten Moment wirbelten Schneeflocken so wild über den Newski-Prospekt, als hätte er sie mit seiner Geste herbeigezaubert.

Diven

Der Tag vor Christmas Eve begrüßte die Gäste mit einigen wenigen Schneeflocken, die bedeutsam um die goldene Glocke wirbelten, die Mr Fletcher unter dem großen Dachgiebel hatte anbringen lassen, die »Christmas Bell«. Die zweite Nacht im ungewohnten Bett war Annemarie von Schwan leichter gefallen als die erste. Entsprechend gnädiger war sie, als sie Roberta auftrug, ihr das Frühstück aufs Zimmer zu bestellen. »Zwei Eier, hart gekocht. Kaffee mit Milch, ohne Zucker. Etwas Gebäck, aber nicht diese klebrigen schottischen Puddings, damit das klar ist.«

»Darf ich außerdem noch die Croissants empfehlen?«, wagte Roberta anzuregen.

»Habe ich Sie danach gefragt?«, antwortete die Dienstherrin und scheuchte sie mit einer unmissverständlichen Geste aus dem Schlafzimmer der Suite, um sich ins Bad zu begeben.

Attila von Schwan stand währenddessen am Fenster und blickte hinaus in das schüttere Schneetreiben, beobachtete ein Schiff, das den Sound of Raasay durchquerte und von einigen Möwen begleitet wurde, und atmete tief durch.

»Kannst du es hier denn gar nicht genießen?«, fragte er

seine Frau, nachdem das Dienstmädchen die Tür hinter sich geschlossen hatte.

»Solange sie tun, was man ihnen sagt, ist alles in Ordnung«, erklärte Annemarie von Schwan kategorisch.

»Aber tun sie nicht eigentlich viel mehr?«

»Ich lehne es ab, mir von anderen sagen zu lassen, was ich wünsche.«

»Verstehe«, murmelte ihr Mann und blickte wieder auf die eisengraue See, die die Insel umgab. »Schade«, schob er hinterher, aber so leise, dass seine Gemahlin es wohl nicht hörte.

Auf das Beistelltischchen im Salon hatte das Zimmermädchen die aktuelle Ausgabe der *24 CS Times* gelegt. Darauf prangte in Versalien die Überschrift: *Beginn der Dreharbeiten! 24 CS wird Filmset.*

Der Artikel selbst war dürftig, nicht des Hauses würdig. Attila von Schwan verstand etwas von der Materie, er war in jungen Jahren selbst Journalist gewesen. Für ein Regionalblatt nur, das er übrigens später gekauft und mit beträchtlichem Gewinn auch wieder verkauft hatte. Der Newswert einer Meldung ging gegen null, wenn man alles, was in einem Artikel berichtet wurde, praktisch in Echtzeit selbst erlebte. Es war etwa wie die Livereportage eines Fußballspiels, das man gerade im Stadion erlebte. Ein guter Zeitungsartikel musste entweder mit überraschenden Neuigkeiten aufwarten oder mit überraschenden Erkenntnissen.

»Ich beabsichtige, vor dem Frühstück etwas zu wandern«, erklärte Annemarie von Schwan, als sie wenig später wieder aus dem Badezimmer kam.

»Das ist sicher eine gute Idee«, stimmte ihr Mann zu, allerdings ohne den Vorschlag zu machen, sie zu begleiten. Sie nahm es mit wissendem Blick zur Kenntnis. Dass ihr Gatte zur Bequemlichkeit neigte (wie ja bekanntlich die meisten Menschen), war ihr nicht neu – und man sah es ihm leider auch an. »Dein Frühstück wird allerdings sicher bald da sein«, gab er zu bedenken.

»Und du? Was wirst du tun?«

»Ich werde mich bilden, meine Liebe.«

»Nun gut.«

Augenblicke später war Annemarie von Schwan schon aus der Tür, während ihr Ehemann die Zeitung aus der Hand legte und aus dem Fenster in das sachte Schneegestöber blickte. Auf anrührende Weise trist fand er die Landschaft – und das Hotel umso gemütlicher, auch wenn seine Frau sich nach Kräften darum bemüht hatte, diesem Ort jegliche Romantik auszutreiben. Doch, man hatte es gemütlich hier, Alfred Skjöllborn, sein schwedischer Geschäftspartner, hatte ganz recht gehabt mit diesem Tipp. Ob sich aber eine Annemarie von Schwan ähnlich vom Zauber des Hauses beeinflussen ließ wie Skjöllborns Gemahlin, das war eine ganz andere Frage. Denn Grete Skjöllborn litt – anders als seine Gattin – seit vielen Jahren an Depressionen, über die ihr das 24 CS stets für einige Zeit hinweghalf. Der Zürcher Geschäftsmann seufzte. Frauen! Warum konnte man einfach nicht schlau aus ihnen werden?

Tilda Tucker erwachte in Nummer 17 und musste sich selbst eingestehen, dass sie froh war, ein Zimmer im Haus bekommen zu haben. Eigentlich hatte sie in Portree übernachten wollen. Auch das ein Kaff, aber zumindest nicht die reinste Einöde, so wie die Umgebung des 24 Charming Street. Doch nach dem langen und arbeitsreichen Vorabend und angesichts des himmlisch weichen Betts, das sie hier hatten, fühlte sie sich – anders als sonst, wenn sie mitten in einer Produktion steckte – wunderbar erholt, als sie an diesem Morgen die Augen aufschlug und den Betthimmel betrachtete, an den eine nach Wald und Weihnacht duftende Girlande aus Tannenzweigen und vergoldeten Zapfen gehängt worden war. Wie gerne wäre sie jetzt im Bett geblieben! Ein Blick zur Uhr allerdings machte ihr klar, dass sie im Gegenteil kaum noch Zeit für ein Frühstück haben würde. Sie musste sich beeilen, wenn sie …

In dem Moment klopfte es an die Tür.

»Ja?«

»Zimmerservice, Ma'am«, hörte sie und war überrascht: Sie hatte nichts bestellt.

»Stellen Sie es einfach hin!«

Tilda Tucker zu sein, war an manchen Tagen gar nicht so einfach. Wer einmal den Emmy gewonnen hat, Preise in Locarno und Venedig erhalten hatte und von der *Times* als »größte Hoffnung des britischen Films« bezeichnet worden war, war verflucht zu liefern. Mit jedem neuen Projekt.

Nur dass das mit jedem neuen Projekt schwieriger wurde.

Ihren inneren Widerstand überwindend schlüpfte die Regisseurin aus dem Bett und in den Bademantel, der sie mit seiner Wärme und Weichheit umhüllte wie ein tröstlicher Kokon, ehe sie die Tür ihres Zimmers einen Spaltbreit öffnete und zu ihrem Erstaunen einen Servierwagen mit einem vollständigen Frühstück vorfand.

Es war ein Frühstück, das auch für zwei gereicht hätte. Alles, was ihr überhaupt nur in den Sinn hätte kommen können, hatte man ihr gebracht: Tee *und* Kaffee. Frischen Obstsalat, Müsli, Toast, allerlei Marmeladen, Honig, Schinken, Käse, Wurst, ein Frühstücksei, Pancakes, Joghurt, ein Schälchen mit Pralinen, ein weiteres mit Weihnachtsgebäck, einen entzückenden kleinen Black Bun, etwas Früchtebrot, ein Schälchen mit Nüssen, eine winzige Karaffe mit einem weihnachtlichen Gruß aus der Bar ...

Tilda Tucker war noch nie so viel zu spät zu einem Termin gekommen wie an diesem Tag. Allerdings auch noch nie so satt und zufrieden. Mit Auswirkungen auf die gesamte Arbeit! Denn der Stress und die Hektik der Crew – und insbesondere Fynn Garlands – würden sich unter diesen Umständen schwerlich auf sie übertragen. Andererseits: Wenn sie erst einmal in das Flirren am Set eintauchte, dann würde all das ganz von alleine kommen. Und wenn endlich ihre beiden Hauptdarstellerinnen eintrafen ...

»Guten Morgen, Ms Tucker!«, grüßte Oliver sie und hielt ihr die Tür auf, als hätte er extra für sie vor der Lobby gewartet. »Die Crew ist schon vollzählig versammelt. Darf ich Ihnen vielleicht einen Tee bringen?«

Tilda Tucker hatte gelacht und auf ihr Frühstück verwiesen, »das wahrscheinlich dazu geführt hat, dass ich in meinem ganzen Leben nie wieder etwas werde essen können!« Und ihm dennoch einen dankbaren Blick zugeworfen. Dieser Mann war ja ein wahrer Schatz.

Zu ihrer grenzenlosen Überraschung fand Tilda Tucker die Mannschaft bei Tee und Gebäck sitzend vor, das in der Dispo so definitiv nicht vorgesehen war.

»Alles bereit?«, fragte sie in die Runde.

»Jederzeit«, erwiderte Fynn Garland, dessen Füße in riesigen, wolligen Hausschuhen steckten. Für einen Moment war die Regisseurin versucht, an einen Streich von *Versteckte Kamera* zu denken. Doch für derlei Ulk war sie natürlich bei Weitem nicht prominent genug.

»Ms Tucker!«, sprach Oliver sie diskret an. »Darf ich?« Er bedeutete ihr, Platz zu nehmen, und stellte ein Paar dieser sonderbaren Treter neben sie hin. »Glauben Sie mir, Sie werden es genießen.«

Das war der Moment, in dem Tilda Tucker den teuflischen Plan erkannte, dessen Opfer sie werden sollte.

Als Richard wenig später ins Büro des Managers gerufen wurde, stand jedenfalls fest, dass sein Plan zumindest vorerst nicht aufgegangen war. Er hatte schlicht die Dickköpfigkeit Tilda Tuckers unterschätzt. Man mochte sie mit einem weichen Himmelbett beeindrucken und mit einem opulenten Frühstück ein klitzeklein wenig korrumpieren – aber Ms Tucker war Britin genug, um zu wissen, dass Pflicht Pflicht ist und dass ein Film nun einmal die drei Hauptzutaten britischen Selbstverständnisses erforderte: Blut, Schweiß und Tränen.

»Ich weiß nicht, was Sie sich dabei gedacht haben, Mr Atkins«, knarrte Oscar D. Fletcher und musterte seinen Chefportier aus kleinen, lauernden Augen.

»Wobei denn genau, Sir?«

»Sie haben das doch ausgeheckt, oder etwa nicht?« Und auf Richards Schweigen hin: »Ein bisschen Luxus, ein bisschen Bauchpinselei, ein Whisky hier, ein Muffin da ... Alles, damit die Filmleute sich amüsieren, statt hier zu arbeiten.«

»Wenn Sie erlauben, Sir«, erwiderte Richard, »wir sind es, die zuallererst hier arbeiten müssen. Und das bedeutet, dass man uns hier auch arbeiten *lassen* muss. Kiharu kann ihre Bar nicht benutzen, weil die Hälfte der Tische rausgeräumt wurde. In der Küche müssen sich alle Köche auf einer Seite der Herde drängen, weil auf der anderen die Kamera steht und der Tonmeister und noch andere, die dort eigentlich gar nichts zu suchen haben. Mein Empfang wurde weitgehend abgebaut und umgestellt ...«

»Aha«, sagte Oscar D. Fletcher knapp. »Da liegt doch der Hase im Pfeffer.«

»Bitte?«

»Sie fühlen sich in Ihrer Ehre als Empfangschef gekränkt. Sie sind beleidigt, weil man Ihnen die polierte Theke weggenommen hat!«

Für den Bruchteil eines Augenblicks war Richard tatsächlich geneigt zu lachen. Weil man ihm solche niederen

Beweggründe unterstellte. Doch dann besann er sich auf seine Methode, auf Unterstellungen zu reagieren, und entgegnete: »Gewiss, Sir, wenn Sie das sagen ... Ich gebe aber zu bedenken, dass wir das Hotel ja nicht für mich betreiben, sondern für die Gäste.«

»Nun, dann kümmern Sie sich doch um die Gäste und nicht um das Filmteam!«, fuhr ihn Fletcher an.

»Mit dem größten Vergnügen, Sir – wenn man uns denn lässt.«

Oscar D. Fletcher richtete sich zu seiner vollen Größe auf (was nicht viel hieß) und blickte Richard eisig in die Augen. »Hören Sie, guter Mann, dies ist nicht das erste Hotel, in dem ein Film gedreht wird, und Sie sind nicht der erste Portier, der die Zeichen der Zeit nicht erkennt. Wenn Sie hier noch eine Zukunft haben möchten, empfehle ich Ihnen, sich zu arrangieren.«

Harold hatte beschlossen, seinen Tag im neuen Spa des Hotels zu beginnen. Nachdem er erfahren hatte, dass es jetzt auch einen Pool im 24 Charming Street gab, war er bei seinem letzten Aufenthalt in Glasgow eigens zum Merchant Square gefahren, nur um dann doch in der Buchanan Street in ein Kaufhaus zu gehen – die Boutiquen am Merchant Square waren einfach zu exklusiv und zu teuer gewesen, zumal für seine Ansprüche.

Immerhin: Die neue Badehose saß perfekt und verstand es, den Umstand halbwegs zu kaschieren, dass rein figürlich betrachtet nichts mehr an die Zeiten erinnerte, als Harold Baker ein echter Sportsmann gewesen war. Nicht, dass es Harold besonders schwergefallen wäre, sich mit dem Lauf der Dinge zu arrangieren. Er gehörte eher nicht zu den Zeitgenossen, die vergangener Jugendblüte besonders leidenschaftlich hinterhertrauerten. Allerdings wollte er sich auch nicht eines Tages in der Rolle des typischen verwahrlosten Junggesellen wiederfinden, nur weil es – und *das* bedauerte er tatsächlich – mit der holden Weiblichkeit für ihn nicht hatte klappen wollen.

Selbst das Schwimmbad war weihnachtlich geschmückt! Dienstbare Geister hatten einen Weihnachtsbaum aufgestellt und ihn mit bunten Kugeln behängt, die Fenster, die zu einem seitlich gelegenen Teil des Gartens hinausgingen, dorthin, wo das kleine Gewächshaus lag, waren mit Lichterketten umrahmt, die sich im Wasser des Pools spiegelten. Aus unsichtbarer Quelle tönte leise Weihnachtsmusik, interessanterweise scheinbar von einer karibischen Band eingespielt, auf den Liegen waren dunkelgrüne Badetücher mit goldbesticktem Signet »24 CS« ausgebreitet, und es duftete nach Zimt und Orange. Harold war vom ersten Moment an verzaubert. Im zweiten Moment erblickte er den Jungen, der sich offenbar an einem physikalischen Experiment versuchte: Er hatte einige der Weihnachtskugeln vom Baum genommen und sie ins Wasser gesetzt, wo sie nun munter auf den leichten Wellen schaukelten und von ihm bald in die eine, bald in die andere Richtung gepustet wurden.

»Ich bin nicht sicher, ob das eine gute Idee ist«, merkte Harold an, als er näher gekommen war.

»Ist es«, erklärte der Junge, er mochte zwischen zwölf und vierzehn Jahre alt sein, Harold fehlte da etwas die Erfahrung. »Die Großen sind schneller als die Kleinen.« Er pustete erneut, um es dem Neuankömmling zu beweisen. Und es stimmte! Die großen Kugeln bewegten sich schneller auf dem Wasser als die kleineren. »Machen wir ein Wettpusten?«

»Auf keinen Fall!«, erklärte Harold und stieg ins Becken. Wenige Augenblicke später befanden sich die beiden in einem heftigen Wettbewerb – einer Christbaumkugelregatta, vermutlich der ersten weltweit! Wobei es ein ungleiches Rennen war. Denn der Junge hatte es faustdick hinter den Ohren und schlug den Herrn in mittleren Jahren um Längen.

Irgendwann hielten sich beide, nach Luft schnappend, am Beckenrand fest und lachten.

»Was für ein herrlicher Unsinn!«, rief Harold, als er wieder zu Atem gekommen war. Er musterte den Jungen. »Du bist der kleine Porter, richtig?«

»Ich bin vierzehn«, stellte der Junge fest.

»Eben.«

»Das ist nicht klein.«

»Nein. Ist es nicht. Aber ein Porter bist du?«

»Geoffrey. Sie können mich Jeff nennen.«

»Angenehm. Ich bin ein Baker. Harold.«

»Sie sind der Einzige, der vor dem Frühstück schwimmen geht«, stellte Jeff fest. »Sie sind ein echter Sportsmann.«

»Na ja«, erwiderte Harold. »Ich schätze eher, ich versuche mich zu verstecken.«

»Verstecken?« Der Junge betrachtete Harold mit leuchtenden Augen. »Haben Sie was ausgefressen?«

»Noch nicht. Aber es fühlt sich so an.« Harold erklärte ihm, was ihm die Regisseurin am Vortag klargemacht hatte, dass er nämlich in ihrem Film mitspielen würde, ob er wolle oder nicht. »Aber ich kann so etwas nicht«, sagte er leise. »Vor der Kamera? Ich? Da komme ich mir doch vor wie ein Hochstapler.«

»Wow!«, erwiderte Jeff zu Harolds Befremden. »Cool.«

Annemarie von Schwan nahm den scharfen Wind, der sie bestürmte, die Schneeflocken, die sie blinzeln ließen, die raue Schönheit der Insel mit Interesse zur Kenntnis. Mit festen Schritten marschierte sie über das karge Eiland. Wenn sie sich umwandte, konnte sie in der Ferne das Hotel und dahinter die See erkennen.

Was um alles in der Welt hatte ihren Mann dazu bewogen, ausgerechnet an Weihnachten die tausendmal schönere Schweiz zu verlassen, um hierherzukommen! Dort waren die Berge majestätischer, der Schnee dichter und weißer, Chalets schmückten die Hänge, rot-weiße Flaggen die Dörfer. Hier war alles Grau in Grau, außer ein paar schroffen Felsen gab es nichts zu sehen. Das Meer war grau und abweisend, und die schlichten Häuser duckten sich unter dem ewigen Gestürme, das hier zweifellos herrschte. Und doch schienen sich in dem Hotel Menschen aus allen Himmelsrichtungen geradezu närrisch über den Budenzauber zu freuen, der dort veranstaltet wurde, über diese Weihnachtsseligkeit, die Überfülle an Licht und Duft und Musik. Kopfschüttelnd blickte die Frau aus Zürich hinüber zur Klippe, über der das 24 Charming Street thronte. Es war ja fast wie ein Raumschiff vom Planeten Kitsch, gelandet in einer Wüste der Ödnis.

Seit vielen Jahren war es Annemarie von Schwan zur Gewohnheit geworden, dass sie ihren Tag mit einem ausgedehnten Spaziergang begann. So wie sie ihn mit Lektüre beendete, etwa ein wenig Schopenhauer oder – noch lieber – Nietzsche. Dass ihr ausgerechnet der Koffer mit den Büchern am Flughafen Glasgow abhandengekommen war und sie es erst im Hotel bemerkt hatte, quälte sie. In dieser Wildnis auf die Schnelle an Qualitätsliteratur zu gelangen, war einigermaßen aussichtslos, zumal so kurz vor Weihnachten. Aber man durfte ja hoffen. Das Hotel hatte sich offenbar eine reichhaltige Auswahl an Lektüre für seine Gäste zum Markenzeichen erkoren. Womöglich gab es ja sogar etwas Brauchbares – auch wenn Annemarie von Schwan ihre Zweifel hatte.

Okay, er hatte es ein wenig übertrieben. Aber musste sie ihn deshalb gleich völlig abservieren? Etwas gekränkt war Oliver schon, als Tilda Tucker ihn unmissverständlich gebeten hatte, »das Set« zu verlassen. Nun, genau genommen, hatte sie ihn gar nicht *gebeten*.

Das Set – damit war an diesem Tag die Lobby gemeint. Das machte es für einen Pagen nicht eben leicht, sich im

Hintergrund zu halten. Zum Glück hatte der Producer befunden, dass »der Boy dort« unbedingt mal durchs Bild laufen müsse, weil er »perfekt dekorativ« sei. Das mochte zwar nicht unbedingt die Art von Beschreibung sein, die auf Olivers Präferenzliste der eigenen Identifikationsmerkmale ganz oben stand, zumal er sich völlig im Klaren darüber war, dass das vor allem mit seiner Hautfarbe zu tun hatte. Aber es führte immerhin dazu, dass er versuchen konnte, seinen Fehler wiedergutzumachen. Denn er wollte insbesondere Mr Atkins nicht enttäuschen, der ihm den Neuanfang im 24 CS ermöglicht hatte. Und er *würde* ihn nicht enttäuschen.

»He, du!«, rief der Aufnahmeleiter, ein Mann in mittleren Jahren, dem man den übertriebenen Zigarettenkonsum ansah. »Stell dich mal neben die Rezeption.«

Dorthin also, wo an diesem Morgen Henry Dienst tat, weil Richard Atkins mit den Vorbereitungen auf Christmas Eve beschäftigt war. Ergeben nahm Oliver den ihm zugewiesenen Platz ein und ließ sich auf Geheiß der Lichttechnikerin von einem Assistenten hin und her schieben und drehen, während verschiedene Filter über die Scheinwerfer gelegt wurden.

Tilda Tucker befand sich indessen in einer angeregten Diskussion mit ihrem Producer, dem es offenbar nicht gelang zu erklären, weshalb »die Darsteller« immer noch nicht hier wären.

»Ich habe gleich gesagt, dass wir Wohnwagen brauchen«, erklärte die Regisseurin giftig.

»Dann hätten wir die ganze Versorgungslogistik gebraucht«, hörte Oliver den Producer sich rechtfertigen.

»Strom, Wasser, Heizkörper ... Es ist Winter, da frieren die Tanks zu und ... Jedenfalls wäre das budgettechnisch absolut ...«

»Budget!«, rief Tilda Tucker. »Budget! Wenn ich das schon *höre*. Immer denken alle nur ans Geld. Wie soll man da ein Meisterwerk drehen?« Sie stampfte davon und ließ Fynn Garland stehen, dessen Miene nicht das leiseste Anzeichen verriet, er könnte den Ausbruch der Regisseurin womöglich schwernehmen. Vielmehr trat er zu Oliver und sagte: »Besorgen Sie mir mal ein Päckchen Zigaretten, Mann. Das wird hier noch dauern.«

Es dauerte. Und zwar, bis Harold sein kräftiges Frühstück beendet hatte und – zum exakt gleichen Zeitpunkt, in dem vor dem Haus ein silberner Jaguar vorfuhr – in die Hotelhalle trat. Wie abgesprochen, waren sie damit alle vor Ort: die beiden Darstellerinnen aus London. Und der Busfahrer aus Dunvegan, der allerdings erst langsam zu ahnen begann, worauf er sich da eingelassen hatte.

»Ms Winslet!«, rief der Producer und eilte auf die frisch Eingetroffenen zu, und etwas leiser: »Ms Smith!«

Oliver bemerkte, wie es Henry hinter seiner Empfangstheke gelang, zu stolpern, obwohl er sich keinen Millimeter wegbewegt hatte.

»Maggie Smith?«, keuchte er leise und starrte zum Eingang.

»Margie«, bemerkte der Beleuchter, der inzwischen zu ihm getreten war, um auch ihn hin und her zu schieben, bis alles perfekt stimmte. »Die Schwester. Sie übernimmt die billigeren Rollen.«

»Dann nehme ich an, es handelt sich auch bei Ms Winslet um den billigeren Ersatz?«, fragte Oliver ahnungslos.

»Bitte? Sie ist natürlich das Original!«

Was unvermittelt dazu führte, dass es in der Lobby vor Menschen wimmelte. Das gesamte Filmteam war plötzlich versammelt, der Frühstücksraum leerte sich, weil die Gäste – niemand hätte zu sagen vermocht, wodurch – mitbekommen hatten, dass die berühmte Schauspielerin im Hotel eingetroffen war. Sogar der größte Teil des Personals fand Gründe, sich in der Lobby herumzutreiben – obwohl es für die Zimmermädchen oder die Küchenjungen kaum einen nachvollziehbaren Anlass geben konnte.

Auch Mr Fletcher tauchte natürlich auf. Er war der Charme in Person und konnte jederzeit für einen Lehrgang im Dienern als Beispiel stehen. »Willkommen im 24 Charming Street!«, rief er. »Wir sind geehrt, Sie bei uns begrüßen zu dürfen.« Indes Henry verzweifelt im Empfangsbuch blätterte, vergeblich einen Eintrag suchend, der die Ankunft zweier bedeutender Schauspielerinnen hätte erklären können.

Der Hotelmanager schnippte mit dem Finger: »Henry! Die schönsten Zimmer bitte für unsere neuen Gäste!«

»Gewiss, Sir!«, erklärte Henry, weil es üblich war, jederzeit mit »Gewiss, Sir« zu antworten. Ein winziges Problem gab es in diesem Fall jedoch: Es waren absolut alle Zimmer besetzt.

Was würde Shakespeare tun?

Die ungeteilte Aufmerksamkeit, die die beiden Schauspielerinnen auf sich zogen, ermöglichte es Harold, sich diskret zurückzuziehen. Nicht, dass er nicht ebenfalls über die Maßen daran interessiert gewesen wäre, ihrer Ankunft weiter beizuwohnen. Aber mit einem Mal wurde ihm klar, was von ihm erwartet wurde, und dass es definitiv mehr war, als er jemals zu leisten imstande sein würde!

»Darf ich Ihnen einen kräftigen Tee anbieten, Mr Baker?«, fragte ihn jemand, als er sich eben hinter den über Nacht in der Lobby aufgestellten Weihnachtsbaum geschoben hatte.

»Oh! Kiharu! Ähm, sehr freundlich. Aber …« Mit sorgenvoller Miene schweifte sein Blick zurück zum Empfang.

»Ah, ich sehe«, erklärte die Barfrau. »Dann mache ich ihn *besonders* stark.« Sie zwinkerte Harold zu und deutete auf die Hocker an ihrem Tresen. Mangels eines besseren Plans nahm Harold dort Platz und versuchte, irgendeine Ordnung in sein aufgewühltes Innenleben zu bringen. Natürlich vergebens.

Zwischenzeitlich war drüben auch Richard aufgetaucht, der eine beruhigende Wirkung auf die Szenerie zu haben schien. Jedenfalls bat er die Ladies Smith und

Winslet abzulegen, sich an einen der liebevoll dekorierten Tische zu setzen und ein Glas Champagner anzunehmen.

Mit einem Mal erschien die Lobby wie eine Bühne, auf die sich zwei Darstellerinnen begeben hatten, um vom Rest der Anwesenden bestaunt zu werden. Auch Harold, der von der Theke aus einen guten Blick auf die Szenerie hatte, staunte. Dass es so schlimm war, wenn man berühmt war, das hatte er sich bisher nicht ausgemalt. Wohin immer eine Ms Winslet kam, wurde sie also umringt und angestarrt und angehimmelt, egal, was sie gerade sagte oder tat. Gewiss, man kannte das Phänomen. Aber wie es *wirkte*, das ließ sich erst ermessen, wenn man es leibhaftig erlebte. Nein, für ihn wäre das nichts. Auch wenn sich die Frage natürlich niemals stellen würde.

»Ich habe ihn mit etwas Talisker verdünnt«, merkte Kiharu an, als sie den Tee vor ihn hinstellte.

Harold schmunzelte. Talisker war eine gute Wahl, so viel stand fest. Der Whisky von der Insel, einer der besten überhaupt, wenn man ihn fragte. Und das nicht nur, weil sein alter Schulfreund Ralph in der Destillerie arbeitete. »Danke. Dann wird er umso köstlicher sein.«

Harold führte die Tasse vorsichtig an die Lippen und war gerade im Begriff zu nippen, als ihn von der Seite Tilde Tucker ansprach. »Da sind Sie ja! Wir brauchen Sie für die Stellprobe, mein Guter!« Sie sagte »mein Guter«, allerdings in einem Ton, in dem sie auch »Sie Armleuchter« hätte sagen können.

Demütig fügte Harold sich in sein Schicksal und ließ

sich – so jedenfalls fühlte es sich in dem Moment für ihn an – von der Regisseurin abführen.

Zu den hervorragendsten Eigenschaften eines Grandhotels gehört es, Dinge möglich zu machen, die ihrer Natur nach eher in den Bereich des Unmöglichen gehören. Ein Zimmer herzurichten, das nicht existiert (oder in diesem Fall genauer gesagt sogar zwei), zählt zweifellos zu den größeren Herausforderungen dieser Disziplin. Aber das 24 Charming Street wäre nicht das 24 Charming Street, wenn es nicht auch dies zu leisten imstande gewesen wäre: Während nämlich die Ladies Smith und Winslet in der Lobby ihren Tee tranken, bemühten sich dienstbare Geister unter der Leitung von Mrs Hickham um die perfekte Ausstattung, Beheizung und Dekoration einer VIP-Suite, die zuvor noch niemand jemals im 24 CS bezogen hatte – weil es sie bis dahin gar nicht gegeben hatte. Nicht als Wohnraum. Nun, zumindest nicht für Menschen.

Seufzend betrachtete Mrs Hickham die Fensterfront. »Ich frage mich nur, wie wir das Problem der Vorhänge lösen.«

»Keine Sorge, Mrs Hickham!«, beeilte sich Jeeves, der Hausmeister, sie zu beruhigen. »Ich werde hier oben in den Schrägen eine Vorrichtung anbringen, in der ich einige Gardinenstangen einhängen kann, die ich dann …«

Sie staunte viel zu sehr über den unerschütterlichen

Pragmatismus dieses wundervollen Menschen, den ein gütiges Schicksal von Mumbai nach Skye verschlagen hatte, als dass sie auf den Rest seiner Ausführungen geachtet hätte. Sie wusste ja, dass Jeeves jederzeit hielt, was er versprach. »Verlässlichkeit« hätte sein zweiter Vorname sein können. Selbst unter Umständen wie diesen.

»Und oben?«, fragte sie und deutete an die Decke, das hieß: dorthin, wo üblicherweise eine Decke zu sein pflegte.

»Die vorderen Dachfenster verhüllen wir mit einem der Rosengitter, die wir für das kommende Frühjahr angeschafft haben. Kevin wird Tannenzweige hineinflechten, sodass es sehr romantisch aussieht und absolut blickdicht ist.«

Das konnte sich Cordelia Hickham unbedingt vorstellen. Ein Dach aus Tannenzweigen … vermutlich würden sie in Zukunft eine solche »Special Suite« zur Weihnachtszeit anbieten müssen. Wenn sich erst einmal herumsprach, dass es das gab und wer dort in der Vergangenheit übernachtet hatte … Wobei diese Vergangenheit momentan noch in der Zukunft lag.

Cordelia Hickham blickte sich um. Immerhin, es war sehr wohnlich. Binnen Minuten hatten Jeeves und seine Assistenten Ruth und Kevin (in der warmen Jahreszeit Gärtner des 24 CS) aus dem kargen, kalten Raum mittels Teppichen, Sofas, Sesseln, zweier Kommoden, eines Louis XVI.-Schreibtischs nebst dazugehörigem Stühlchen, Lampen und unzähligen Kissen eine wohnliche Suite gemacht, wobei die Suite dadurch entstanden war, dass in der Mitte des lang gezogenen Raumes ein schwerer Vorhang aufgehängt worden war, sodass zumindest der hintere Teil vollkommen separiert wurde.

Für die delikate Frage nach angemessenen Betten hatte – wie so oft – Euna die rettende Idee gehabt. Denn selbst wenn es im Hause nicht genutzte Bettgestelle gegeben hätte (was nicht der Fall war), hätte man diese nicht hier hereinbringen können, ohne die Tür oder eines der Fenster zu zerstören – oder eben das Gestell. »Warum zaubern wir nicht zwei Prinzessinnenbetten?«, hatte Euna gesagt und erklärt: »Drei Matratzen übereinander, darüber ein hübscher Betthimmel. Der sorgt auch dafür, dass es in der Nacht nicht zu kalt wird.«

So war es geschehen. Denn Ersatzmatratzen hatte man selbstverständlich im 24 CS. Erfreulicherweise genau sechs Stück, die nun in zwei Stapeln zu je drei in den beiden neu erschaffenen Räumen lagen, zur Sicherheit mit Gurten zusammengebunden, von Rosa und ihren Kolleginnen geschickt und elegant überzogen, von Jeeves mit schweren dunkelgrünen Samtvorhängen umrahmt, sodass sie wirkten wie die Nachtlager auf Schloss Windsor oder Balmoral. Auch Richard staunte, als er neben Mrs Hickham trat.

»Nichts lässt erkennen, was hier vor einer Stunde gewesen ist«, stellte er anerkennend fest.

»Ich kann es kaum glauben«, stimmte die Managerin zu.

Die Truppe hatte sich selbst übertroffen. Gut, man mochte im 24 CS rasch den Bogen heraushaben, wie man perfekt dekoriert. Es mochte hilfreich sein, dass man Zugriff auf so viel Material hatte, Möbel, Accessoires,

Werkzeug, Ausstattung aller Art. Aber es stimmte, was der Chefportier sagte: Nichts ließ erkennen, *woraus* die dienstbaren Geister des Hotels dieses wohnliche Weihnachtswunderland gezaubert hatten, aus Kiharus Kräutergarten nämlich: dem kleinen Gewächshaus, in dem sommers wie winters Kräuter für die Bar und für die Küche gezogen wurden, einem kleinen Glasgebäude, das ganz und gar nicht als Wohnung gedacht war, schon gar nicht im Winter.

»Ich frage mich nur, wie wir es mit den Badezimmern machen sollen«, gab Richard zu bedenken. Denn in der Tat, was man hier nicht aus dem Stegreif zu verändern in der Lage war – nicht einmal als Spezialkommando des besten Hotels der Welt –, war der Umstand, dass es in einem Gewächshaus keine sanitären Einrichtungen gab, schon gar kein Badezimmer, wie man es in einem Haus der Klasse des 24 CS zu Recht erwartete.

»Ach, das war der geringste Aufwand«, erklärte Mrs Hickham zu Richards höchstem Erstaunen.

»Bitte?«

»Wir mussten nur den Zugang zum östlichen Flur im Untergeschoss sperren. Und natürlich den Durchgang zur Bar.« Die Managerin deutete zum Haus hin. »Penny stellt noch eine Reihe von Windlichtern auf, die über den Flur die Treppe hinunterführen.«

Die Treppe hinunter! Natürlich! Mit dem Swimmingpool im Untergeschoss waren auch etliche geräumige Duschen, Wannen und Ruheräume eingerichtet worden, von denen Jeeves nun einfach einige abgesperrt und so zum Bestandteil der neuen »Suite« gemacht hatte. Mit anderen

Worten: Vor einer Stunde hatte es keinen noch so kleinen freien Raum im Hotel gegeben, jetzt gab es eine geräumige Duplex-Suite mit weitläufigem Wellnessbereich.

Richard konnte ein Lächeln nicht unterdrücken. »Kompliment«, meinte er. »Sie haben sich noch einmal selbst übertroffen, Mrs Hickham.«

»Danke, Richard. Es bedeutet mir viel, dass Sie das sagen«, erwiderte die scheidende Managerin und wurde sich zugleich bewusst, dass sie die zukünftige Nachfrage nach der Winterwundersuite nicht mehr in diesem Hause würde erleben dürfen.

Als Annemarie von Schwan später wieder in die Lobby kam, fand sie sich in einer seltsamen Mischung aus einem Tableau vivant und einem aberwitzigen Tohuwabohu: eine absurde Menschenmenge bevölkerte die Hotelhalle, in der Unmengen an Gerätschaften aufgestellt waren, überall lagen Kabel, standen Kästen und hingen Reflektoren, aber nichts bewegte sich. Doch! Zwei Frauen schritten an ihr vorbei, bis jemand schrie: »Cut!«

Überrascht wandte die Besucherin aus der Schweiz den Kopf, um sich ein »Was will denn die Schnepfe jetzt hier?« an denselben werfen lassen zu müssen. »Könnten Sie mal bitte aus dem Bild gehen?«

Halb blickte sich Annemarie von Schwan um, weil sie dachte, diese Aufforderung müsse sich an jemanden richten, der hinter ihr gekommen war. Tat sie aber nicht. Die Frau, deren Stimme jedem preußischen Feldwebel zur

Ehre gereicht hätte, hatte tatsächlich sie gemeint. Ohne zu zögern, schritt Annemarie von Schwan nun Richtung Empfang und erklärte dem hochroten Kopf, der auf Henrys Schultern saß: »Ich wünsche, einen solchen Fauxpas in diesem Hause nicht mehr zu erleben. Ich erwarte eine Entschuldigung, und zwar von Ihnen und von dieser ... Person.« Damit ließ sie den untröstlichen Portier stehen und verschwand in Richtung ihrer Suite.

»Ich will sie in meinem Film haben«, sagte Tilda Tucker ungerührt mit einem Wink an ihre Regieassistentin. »Kümmere dich darum, dass wir sie noch einmal mit einem solchen Auftritt bekommen.«

»Bitte?«, wagte Fynn Garland, der neben ihr stand, zu fragen.

»Aber sicher! Das hier ist ein Grandhotel! Da sind die Gäste biestig. Beschweren sich, dass sie den falschen Champagner in der Minibar haben, dass der Teppich nicht weich genug ist und die Matratze nicht hart genug, dass das Shampoo kratzt, was weiß ich! Das müssen wir einfangen.«

»Das *Shampoo* kratzt?«

»Egal.«

»Dir ist klar, dass wir hier keine Milieustudie machen?«, fragte Fynn Garland skeptisch.

»Siehst du, mein Guter«, erwiderte Tilda Tucker. »Deshalb wirst du es nie zum Regisseur bringen. *Jeder* Film ist eine Milieustudie!« Sie zuckte die Schulter. »Mach einfach, was ich dir sage, ja?« Sie wedelte mit der Hand Richtung Harold und lächelte den beiden Schauspielerinnen zuckersüß zu. »Alles wieder auf Anfang, bitte!«

Sekunden später stand das Tableau vivant wie gehabt, und die Regisseurin rief: »Und bitte!«, worauf Ms Smith und Ms Winslet sich erneut in Bewegung setzten und auf die Empfangstheke zuschritten, hinter der Henry sie mit einem festgetackerten Lächeln erwartete und hoffte, dass er nicht gleich in Ohnmacht fallen würde, weil er vergessen hatte, gelegentlich Luft zu holen.

»Wir sollten in Erwägung ziehen, unseren Urlaub hier abzubrechen«, stellte Annemarie von Schwan fest, während sie missbilligend auf ihren Gatten blickte, der ein Exemplar der *24 CS Times* in Händen hielt.

»Abbrechen? Warum um alles in der Welt?«, warf Attila von Schwan ein und ließ die Zeitung sinken. »Ist etwas nicht nach deinem Geschmack?«

»Etwas?« Seine Frau schüttelte den Kopf. »Sieh dich doch nur um! Diese Insel ist so trist und grau. Wenn ich da an unsere Schweizer Berge denke … Und das Hotel ist dekoriert wie die Weihnachtsabteilung im Harrods. Kaum zu ertragen.«

Attila von Schwan schenkte seiner Frau einen verständnisvollen Blick, während er verständnislos fragte: »Dir ist es zu lieblich und zugleich fehlt dir die Idylle?«

Annemarie von Schwan wurde der Notwendigkeit einer Antwort enthoben, da in dem Augenblick Roberta zur Tür hereinkam.

»Frau von Schwan«, sagte sie. »Gnädiger Herr.« Und nickte in Richtung der Herrschaften. »Ich habe alles bekommen.« Denn auch an diesem Tag hatte ihr die Dienstherrin allerlei Besorgungen aufgetragen.

»Da siehst du«, erklärte der Schweizer Industrielle in Richtung seiner Frau. »Sie tun, was sie nur können.«

»Dann bringen Sie jetzt alles in Ordnung und kümmern Sie sich anschließend darum, dass meine Garderobe picobello bereitliegt, wenn ich aus dem Badezimmer komme, ja?«

»Sehr wohl, gnädige Frau«, sagte Roberta und machte einen kleinen Knicks, während sie ihrer Arbeitgeberin nachblickte, die im Schlafzimmer verschwand.

Eilig räumte Roberta den Hornhauthobel, die Wurzelbürste, die sie zusätzlich besorgt hatte, sowie das Fichtenshampoo und die Latschenkieferkörperlotion ins Bad und war schon wieder draußen, als Annemarie von Schwan sich hineinbegab, um sich frisch zu machen.

»Sie ist im Grunde sehr friedfertig«, murmelte Attila von Schwan, als spräche er mit sich selber.

»Das ist Sie gewiss«, murmelte Roberta ihrerseits. Dann beeilte sie sich, das Schlafzimmer zu richten und die Kleider der gnädigen Frau bereitzulegen, als es an der Tür klopfte. Rasch lief sie hinüber und öffnete.

»Onkel Richard!«

»Sind die Herrschaften von Schwan zu sprechen, Roberta?«

»Moment.« Roberta lief in den Salon und fragte ihren Dienstherren, der den Chefportier bitten ließ.

»Sir«, erklärte Richard. »Wir sind untröstlich, dass Ihre Gattin vorhin durch ein Missverständnis in eine sehr unangenehme Situation geraten ist. Es war zweifellos niemandes Absicht, ihr zu nahezutreten. Ich möchte mich jedenfalls im Namen des 24 Charming Street nachdrücklich bei ihr entschuldigen.«

»Nun, sie ist gerade nicht da, wie Sie sehen«, erwiderte Attila von Schwan. »Aber ich werde es ihr gerne ausrichten.«

»Das ist sehr liebenswürdig, Sir. Und wir würden Sie beide als Zeichen unserer Wertschätzung gerne zu einem Champagner-Diner einladen, das unser Küchenchef exklusiv für Sie komponieren würde. Es wäre mir eine Ehre, dazu eine Flasche unseres besten Jahrgangs von Ruinart oder, falls Ihnen das lieber ist, Krug, für Sie zu öffnen.«

Die Mundwinkel des Schweizer Industriellen zuckten ein wenig. Er schien amüsiert. »Ich wüsste zu gerne, was vorgefallen ist.«

»Nun, Ihre Gattin wird es Ihnen sicherlich genau schildern können, Sir. Ich kann nur sagen, dass es uns sehr leidtut.«

»Verstehe. Nun, dann nehmen wir Ihr Angebot an. Vor allem, weil ich neugierig bin, was sich Ihr Küchenchef einfallen lässt.«

»Er wird Sie nicht enttäuschen, Sir.« Richard wandte sich zur Tür. »Ach!«, fiel ihm ein. »Es ist ein Gepäckstück aufgetaucht, das offenbar am Flughafen in Glasgow hängen geblieben ist. Ich lasse es Ihnen sofort heraufbringen.«

Mit erstaunlicher Behändigkeit erhob sich Attila von Schwan aus seinem Fauteuil und trat ganz nah an Richard heran. »Das sind die Bücher.«

»Pardon?«

»Meine Frau nimmt immer einen Koffer voll Bücher mit in den Urlaub.«

»Verstehe«, sagte Richard, der wohl den Inhalt dieser Botschaft verstand, nicht aber den besorgten Unterton, nun, da das abhandengekommene Gepäck wiedergefunden worden war.

»Es ist …« Der beleibte Zürcher seufzte. »Nun ja, Lektüre. Nietzsche. Solche Sachen, wissen Sie?«

Richard wusste, wann es klüger war, einfach nur zu schweigen. Jetzt zum Beispiel.

»Sie wird immer so … verdrießlich, wenn sie das liest. Ich versuche ja immer, ihr etwas Schöneres … Andere Bücher, wissen Sie? Einen Roman vielleicht … Aber …«

»Wir können das Gepäckstück gewiss bis zu Ihrer Abreise sicher bei uns verwahren«, schlug Richard mit gedämpfter Stimme vor.

»Das wäre … äußerst freundlich.« Der Gast aus der Schweiz griff in die Tasche seines Morgenrocks, ein Reflex, den Richard gut kannte. Natürlich fand Attila von Schwan dort nicht das Gewünschte, nämlich ein Trinkgeld für den Hotelbediensteten. Doch Richard schüttelte nur andeutungsweise den Kopf. Er war der Chefportier, ihm gab man ohnehin kein Trinkgeld. Er hätte es auch gar nicht angenommen. Trinkgelder waren den einfacheren Rängen im Hause vorbehalten, den Mitarbeiterinnen und Mitarbeitern, die es dringender brauchen konnten.

»Wenn ich einen Vorschlag machen darf …«

»Ich höre?«

»Wir sind stolz auf die Auswahl von Büchern, die wir unseren Gästen zur Verfügung stellen.«

»Ich weiß. Nun ja, meine Frau hat bereits alle, die Sie hier in der Suite platziert hatten, entfernen lassen.« Ein Seitenblick zu Roberta hin, die sich eifrig darum bemühte, das Sitzkissen in Attila von Schwans Sessel wieder aufzuklopfen und ein paar unsichtbare Fussel von der Lehne zu entfernen.

»Das können wir schnell wieder ändern. Ich kümmere mich persönlich darum, Sir«, sagte Richard.

»Sehr freundlich.«

Es würde eine Herausforderung werden, das wussten sie beide.

Ms Winslet und Ms Smith hätten nicht entzückter sein können, als sich die Tür des eigens für sie eingerichteten Refugiums öffnete.

»Ein solches Hotelzimmer habe ich noch nie gesehen«, erklärte die Jüngere der beiden – was einiges zu bedeuten hatte. Denn Ms Winslet lebte ja gewissermaßen aus dem Koffer angesichts ihrer vielfältigen Engagements.

»In der Tat, meine Liebe«, stimmte die Ältere zu und schien damit ihre berühmte Schwester nachahmen zu wollen. »Man fühlt sich geradezu in eine Filmkulisse versetzt.«

»Na ja«, erlaubte sich Richard anzumerken, der darauf bestanden hatte, die beiden persönlich zu ihrer Suite zu begleiten. »Da Sie hier sind, um einen Film über das 24 Charming Street zu drehen, nehme ich an, dass das ganze Haus im Grunde eine Filmkulisse ist.«

»Sie sind zu bescheiden, Sir.«
»Richard.«
»Richard.«
Neugierig trat Ms Smith ein und sah sich näher um. Es fielen ihr die Empire-Möbel auf und das Jugendstilkristall. Sie bemerkte die Lüster aus Murano und die Alten Meister aus den Niederlanden. Allerdings erkannte sie auch mit scharfem Auge die Terracotta-Fliesen unter den Teppichen aus Mashhad und Tabriz.

»Interessant«, murmelte sie und schnupperte ein wenig. »Wenn man sich den Weihnachtsduft wegdenkt ...« Sie blickte zu den Kerzen und den Tannenzweigen hin, »dann scheint es mir immer noch, als läge ein würziger Duft in der Luft.« Sie hob eine Augenbraue, und Richard hätte schwören können, dass sie damit nicht ihre berühmtere Schwester kopierte, sondern vielmehr von ihr kopiert worden war.

»Ma'am«, erklärte er. »Sie haben einen unbestechlichen Sinn für Geheimnisse.«

»Hach! Was für eine herrliche Aussage!«, rief Ms Smith geschmeichelt. »Könnte nicht einmal nur einer der Kritiker der *Times* einen solchen Satz über mich sagen?« Sie nickte dem Chefportier aufmunternd zu. »Und?«, fragte sie. »Wollen Sie es mir verraten? Das delikate Geheimnis, das sich hinter diesen Kulissen verbirgt?«

»Aber, Ma'am.« Richard deutete eine kleine Verbeugung an. »Wäre es nicht schade, wenn wir den Dingen auf diese Weise ihren Zauber nähmen?«

»Hm«, erwiderte die Actrice. »Und Sie verstehen es offenbar, ein Geheimnis für sich zu behalten.« Sie lachte und klatschte in die Hände. »Wo ist der Champagner?«

Es ist nicht überliefert, ob sie überrascht war, als Kiharu im selben Augenblick neben ihr auftauchte und mitteilte: »Ich habe mir erlaubt, eine Flasche Dom Pérignon für Sie kalt zu stellen, Ma'am. Wenn es Ihnen recht ist …« Mit geübter Hand griff die Bartenderin in einen neben das Sofa drapierten Jutesack, der aussah, als hätte ihn Santa Claus persönlich dort abgestellt, und zog eine bauchige Flasche aus dem darin verborgenen Eiskübel.

»Ein Haus voller Überraschungen«, beliebte Ms Winslet zu bemerken und ahnte wohl im Moment, in dem sie es aussprach, dass sie damit zitiert werden würde.

Nie im Leben hätte Harold gedacht, dass Schauspielerei so anstrengend sein konnte. Dabei hatte er keinen einzigen Satz gesagt – geschweige denn einen gelernt. Aber die ständige Anspannung, die permanente Beobachtung durch all diese Leute, zu wissen, dass man sich mit jeder Geste, mit jedem Blick zum Narren machen konnte, das zehrte. Wobei: Zum Narren machen brauchte er sich gar nicht mehr, er war ja ein Narr, dass er sich hatte überreden lassen, mitzuspielen bei diesem Film. Neben Margie Smith und Ms Winslet!

Völlig erledigt ließ Harold sich etwas später in seiner Suite in den Sessel vor dem Fenster fallen und starrte nach draußen, wo winzige Schneeflocken durch die Luft wirbelten. Hübsch sah das aus. Er hätte den ganzen Tag dasitzen und sich das angucken können. Zumal man ihm wieder eine Karaffe mit diesem fantastischen neuen Drink von Kiharu auf das Tischchen gestellt hatte, in Reichweite.

Von irgendwoher drang leise Weihnachtsmusik an sein Ohr. Eigentlich wäre jetzt Zeit für den Lunch gewesen. Aber wer konnte schon zu Mittag essen nach einem so opulenten Frühstück, wie man es in diesem Hotel präsentiert bekam? Nun, vielleicht Menschen, die an Büfetts weniger beherzt zugriffen. Zu denen gehörte Harold allerdings nicht. Die Entscheidung zwischen Scones und Bagels fiel in seinem Fall immer zugunsten von Scones *und* Bagels aus, die zwischen Ham und Eggs immer zugunsten von Ham *und* Eggs.

Er musste an Jeff denken, der ihm im Pool unterstellt hatte, er wäre ein Sportsmann. Seufzend überlegte Harold, wie lange diese Phase seines Lebens schon zurücklag. Ein Sportsmann, ja, das war er mal gewesen. Es schien ihm, als wäre es in einem anderen Leben gewesen. Doch die Idee des Jungen schmeichelte ihm. Irgendwie erinnerte ihn Geoffrey Porter, der Sohn des ehemaligen Premierministers, an ihn selbst in dem Alter. Auch er hatte mit der Welt der Erwachsenen nichts anzufangen gewusst, auch er hatte sich seine Freiräume gesucht und alles getan, nur nicht das, was seine Eltern von ihm erwartet hatten.

Ein Klopfen schreckte ihn auf. »Ja, bitte?«, fragte er, als er in seine gemütlichen »24 CS«-Hausschuhe geschlüpft und zur Tür gegangen war.

»Ich hab was für Sie.«

Überrascht öffnete Harold und erblickte den Jungen, mit dem er vorhin noch im Pool herumgealbert hatte. »Für mich?«

»Dachte, das interessiert Sie vielleicht.«

Geoffrey Porter reichte ihm ein Buch.

»*Was würde Shakespeare tun?*«

»Sie können es behalten«, erklärte der Sohn des Ex-Premierministers. »Es gehört meinem Vater.«

»Oh!«, sagte Harold. »Ja, dann …« Er drehte und wendete das Buch, das in der Tat ziemlich zerlesen aussah in den Händen. »Aber was …«

»Sie haben gesagt, Sie fühlen sich wie ein Hochstapler.«

»Ähm, ja, richtig. Und?«

»Mein Vater würde darüber lachen. Aber er hat ja auch das Buch gelesen. Gucken Sie mal in Kapitel sieben!« James zwinkerte dem wesentlich älteren Freund zu und hob lässig die Hand, dann verschwand er Richtung Treppe.

Kapitel sieben. *Die Welt will betrogen werden!* Neugierig ließ Harold sich später in dem gemütlichen Sessel beim Fenster nieder, wo eine reizende junge Frau vorhin einige weitere Kerzen aufgestellt und die heruntergebrannten weggenommen hatte. Er war gerade aus dem Speisesaal nach oben gekommen, um sich ein wenig zu sammeln, ehe er noch einmal auf einen Drink in die Bar zu gehen beabsichtigte. Und dann hatte er auf dem

Tischchen Geoffreys Büchlein wiederentdeckt. Es war nicht sehr dick, man konnte es wohl an einem Nachmittag oder Abend lesen. Kapitel sieben also. Hm. Die Welt will betrogen werden!

Der Satz wird gemeinhin dem großen Paracelsus zugeschrieben. Ob er wirklich von ihm stammt, lässt sich heute nicht mehr nachprüfen. Ob Shakespeare ihn gekannt hat, ist nicht bekannt. Dass er allerdings wahr ist, liegt auf der Hand. Und dass der große Dichter ihn nach Kräften beherzigt hat, erst recht. Denn sein ganzes Werk beruht auf Blendung und Täuschung. Daran ist nichts Verwerfliches. Im Gegenteil! Shakespeare hat diese Tugenden zu Künsten erhoben. Romeo und Julia? *Sein berühmtestes Liebespaar ist keineswegs ein Geschöpf seiner eigenen Fantasie, sondern existierte schon weit vorher – er aber hat es für sein eigenes Werk entdeckt.* Die Komödie der Irrungen? *Im Grunde nur die – sehr viel bessere – Neubearbeitung eines Stücks des antiken Dichters Plautus.* Ein Sommernachtstraum? *Straßentheater, das sich den Anstrich der Hochkultur gibt. Vermutlich von einer fahrenden Gauklertruppe geklaut. Nicht einmal seinen Hamlet hat er selbst erfunden.*

Was uns Shakespeare in seinem ganzen Werk zeigt, ist, dass wir uns für nichts schämen müssen. Lug und Trug, Diebstahl und Täuschung sind zutiefst menschlich. Wir genießen es sogar, betrogen zu werden – solange es nur mit der nötigen Beiläufigkeit geschieht und unterhaltsam ist. Aus diesem Grunde lieben wir Gentlemen-Gauner und charmante Bösewichte. Für die meisten Menschen gibt es in Wahrheit nichts Langweiligeres als Tugendhaftigkeit und

Korrektheit. Shakespeare wusste das wie kein anderer Theatermacher und Dichter unserer Sprache. Und er hat es nach allen Mitteln der Kunst eingesetzt. Kein Effekt, keine Zote, kein geistiger Diebstahl war ihm dafür zu heikel.

Was wir daraus lernen? Wir sollten uns nicht als Hochstapler fühlen, wenn wir uns am Werk anderer bedienen oder in eine neue Rolle schlüpfen. Theater ist Illusion, Schauspiel ist Betrug. Wer nicht blendet, wer nicht betrügt, hat das Prinzip einer guten Inszenierung nicht verstanden ...

Staunend ließ Harold das Buch sinken. So hatte er es noch nie betrachtet. Aber in gewisser Weise hatte der Autor zweifellos recht.

Ein Haus voller Überraschungen

Die Auftritte Harolds blieben eine Herausforderung. Nicht nur für ihn! »Welcher Vollidiot hat den denn gecastet?«, schimpfte der Set-Aufnahmeleiter, nachdem es dem Jungdarsteller zum wievielten Mal nicht gelungen war, den Einsatz mit den Worten: »Good afternoon, how do you do?« zu erwischen. Immer dann, wenn Harold hinter dem Zeitungsständer hervortrat und Ms Winslet erblickte, schienen sich die mühsam zurechtgelegten Wörter in Luft aufgelöst zu haben, um einem »Oh!«, einem »Well …«, günstigstenfalls einem »Sorry« Raum zu geben.

»Das war ich«, stellte Tilda Tuckert trocken fest und warf dem Producer einen Blick zu, der zweifellos so viel bedeutete wie: Dieser Kerl findet in keiner meiner Produktionen mehr statt, ist das klar?

Jener wiederum verdrehte die Augen, wie er es seit seiner Ankunft im Hotel praktisch ununterbrochen tat, und nahm dann die Entdeckung der Regisseurin zur Seite, um ihr einzubläuen: »Hören Sie, Mr …«

»Baker.«

»Ja. Hören Sie. Können Sie sich einfach vorstellen, Sie sprächen mit Ihrer ehemaligen Englischlehrerin?«

»Besser nicht«, gab Harold zu bedenken. »Sie müssen wissen, Englisch war nicht mein bestes …«

»Gut, gut!«, unterbrach ihn der Producer. »Dann stellen Sie sich vor, Sie würden Ms Winslet nicht erkennen. Oder stellen Sie sich von mir aus vor, sie wäre nackt.«

Kein guter Rat. Mehr als »Ähm« brachte Harold die nächste Stunde kaum zustande, weshalb man sich entschloss, seine Rolle vorläufig zu streichen, im Drehbuch war sie ohnehin nicht vorgekommen. Der Portier allerdings machte sich zur Überraschung aller glänzend. Er tat zwar nur, was er immer tat, indem er nämlich die vermeintlichen Ankömmlinge mit erlesener Höflichkeit begrüßte und einen so eleganten Small Talk vollführte, dass niemand auch nur daran dachte, was denn eigentlich im Drehbuch stand. Aber zu irgendeiner Art von lobender Erwähnung oder expliziter Anerkennung führte diese Darbietung gleichwohl nicht. Dergleichen war offenbar unter der Würde der führenden Köpfe der Produktion.

Mr Fletcher ließ es sich nicht nehmen, die Aufnahmen wieder und wieder mit seiner persönlichen Anwesenheit zu beehren und die Regisseurin sowie ihre beiden prominenten Hauptdarstellerinnen wissen zu lassen, dass er ihnen jederzeit jeden Wunsch erfüllen würde, jederzeit und wirklich jeden Wunsch – was irgendwann dazu führte, dass die drei Frauen beschlossen, sich seine Abwesenheit zu wünschen.

»Haben Sie das Buch nicht gelesen?«, flüsterte Geoffrey Porter, der hinter Harold getreten war und an ihm vorbei auf das Set blickte.

»Doch«, flüsterte Harold zurück. »Aber das ist alles Theorie. Wenn man plötzlich vor der Kamera steht, ist das leider viel mehr Praxis.«

»Hm«, erwiderte Jeff. »Wir könnten meinen Vater anrufen …«, schlug er dann vor. Doch als er Herolds erschrockenes Gesicht sah, fand er selbst: »Keine gute Idee.«

Es war nicht so, dass Harold die Fähigkeiten und Leistungen des ehemaligen Premierministers nicht zu würdigen gewusst hätte: ein geradezu übermenschliches Selbstbewusstsein, gepaart mit einer schier teuflischen Amoral, dem Talent, sich überall in den Mittelpunkt zu rücken und jedes Thema zum eigenen zu machen, eine beispiellose Schamlosigkeit, verbunden mit dem scheinbar festen Willen, sich überall zum Narren zu machen.

Jeff schien all diese Überlegungen in den Augen seines neuen, bedeutend älteren Freundes zu lesen. »Verstehe«, murmelte er. »Schätze, es kann nicht jeder so sein wie mein Vater.«

Gott sei Dank, dachte Harold.

»Gott sei Dank«, sagte Jeff und zwinkerte ihm zu.

»Im Grunde denke ich, ich wäre ganz froh, wenn es nichts mit einer Filmkarriere würde«, erklärte Harold und schlug vor: »Gehen wir auf eine Cola nach drüben?«

Was sie dann auch taten, den Umstand genießend, dass Kiharu, wenn man eine Cola bestellte, nicht einfach braune Brause hinstellte, sondern zuerst einmal gefrorene Kokoswürfel in ein Glas gab, einige hauchdünne Ingwerscheiben hinzufügte, natürlich auch ein Stück Limette und – vielleicht weil Weihnachten war? – eine Zimtstange hineinwarf, ehe sie den Softdrink einschenkte.

»Hören Sie, Harold, mein Guter«, sagte Tilda Tucker, die wenig später in der Bar auftauchte. »Wir haben Ihre Rolle noch einmal ein wenig angepasst.«

»Angepasst?« Harold schwante Schreckliches.

»Den Text.«

Text! »Was … was ist mit ihm?«

»Wir lassen ihn weg.«

»Den Text?«

»Den Text.«

Tante Ghislaine hatte die Eigenart gehabt, bei guten Nachrichten stets das Zeichen des Kreuzes zu machen. Harold verspürte denselben Impuls, hielt sich aber zurück. »Gut«, sagte er stattdessen nur. »Von mir aus …«

»Sie sind nicht böse?«

»Böse? Ich? Im Gegenteil!«

Der Champagner lagerte in einer besonderen Abteilung des Weinkellers des 24 CS. Das Haus, das im frühen 19. Jahrhundert über dem Keller eines ehemaligen Klosters aus dem 17. Jahrhundert erbaut worden war, verfügte über ein geziegeltes Gewölbe, das sich zwischen den Felswänden erhob. Als Kiharu diesen Keller zum ersten Mal gesehen hatte, hatte sie innerlich gejubelt: Er bot ideale Bedingungen dafür, dass edle Tropfen über Jahre, Jahrzehnte, ja über Jahrhunderte hinweg noch edler werden konnten. Und er war mit Preziosen gefüllt, die sie nicht im Mandarin Oriental in Bangkok gesehen hatte noch bei Fouquet's in Paris, wo sie einige Zeit gearbeitet hatte.

Man stieg eine sehr schmale, sehr unauffällige Treppe hinunter zu einem ersten Keller, von dem aus es noch einmal ein paar Stufen in einen zweiten hinabging, wo ein uraltes Eisengitter die Weine vom Rest abtrennte. Ein wenig erinnerte die Gestaltung des Weinkellers an die Katakomben der frühen Christen an der Via Appia Antica in Rom.

Kiharu liebte den Geruch dieses alten Gemäuers, der so geheimnisvoll war wie manche der uralten Etiketten, die die teilweise noch mit Wachs versiegelten Flaschen zierten. Manchmal vergaß sie hier unten die Zeit und studierte einfach nur die Schätze, die im Laufe vieler Jahrzehnte im 24 CS angesammelt worden waren. Dass sie hier die Aufsicht hatte und vor allem auch für die Pflege und den Ausbau des Bestands zuständig war, machte sie stolz. Weshalb es niemandem gestattet war, sich hier aufzuhalten, es sei denn, es geschah in ihrem ausdrücklichen Auftrag. Doch das kam praktisch nie vor, denn Kiharu liebte es ja, die Treppen hinabzusteigen in die Schatzkammer des Hotels.

Richard hatte ihr Bescheid gegeben, dass sie für den Abend eine Flasche vom Besten servieren würde, was die Champagner-Abteilung des 24 CS herzugeben hatte. Nun, sie würde die Herrschaften von Schwan mit einem 52er Ruinart glücklich machen. Doch das hieß, ihn nun rasch kalt zu stellen. Denn für einen so außergewöhnlichen Tropfen genügte es nicht, ihn nur mal eben in den Eisschrank zu legen und ihn dann im Kübel nachkühlen zu lassen. Er brauchte exakt neun Grad Celsius, wenn er eingeschenkt wurde, sodass er für die Zeit, die er im Glas verweilte, zwischen zehn und zwölf Grad haben würde, also die ideale Trinktemperatur.

Fast ein wenig andächtig öffnete Kiharu die abgeschlossenen Regale, in denen die kostbaren Flaschen lagerten. Den 52er Ruinart würde sie blind finden. Sie fasste schon danach, noch ehe sie sich mit der Lampe, die sie im Keller stets bei sich führte, in die Richtung drehte. Da spürte sie einen stechenden Schmerz am Daumenballen und zuckte zurück.

»Du?«

Und nicht nur sie!

»Kinder?«

Tatsächlich: In der Nische, die zwei leere Flaschen im unteren Fach des Champagnerregals gelassen hatten, hatte sich ihre neue Freundin eingenistet – samt zweier kleiner weiterer Kätzchen! Als Kiharu nichts ahnend in die Richtung gegriffen hatte, hatte sie die Krallen ausgefahren und klargemacht: Dies ist mein Revier.

Als sich Penny an diesem Abend mit ihrem Korb auf ihre Tour durch das Hotel machte, um die Kerzen zu tauschen, hatte draußen etwas kräftigerer Schneefall eingesetzt. Die ersten Gäste im Rigg's Inn blickten aus den Fenstern und hingen ihren Träumen nach oder erzählten einander Geschichten aus der Kindheit, als Schnee noch etwas Wundervolles gewesen war. Denn zu den Merkwürdigkeiten des Älterwerdens gehört ja, dass man den Zauber mancher Dinge zu erkennen verlernt. Schnee gehört dazu! Ist er in jungen Jahren noch etwas Heißersehntes, über das man jubelt, wenn es endlich eintritt, denkt man an Schneeballschlachten und Schneemänner, an Eishütten und das einzigartige Gefühl schmelzender Flocken auf der Zunge, so verwandelt sich dieses Wunder der Natur mit den Jahren zu etwas Lästigem – man seufzt, wenn man die ersten Flocken sieht, sich nur noch vage an die Freude von einst erinnernd, aber deutlich den hässlichen grauen Matsch vor Augen, der schon bald auf den Straßen liegen wird. Man denkt an Winterreifen und Stiefelimprägnierung, an Heizkosten, Rollsplitt und ans frühere Aufstehen, weil man ja entweder das Auto noch wird freischaufeln müssen oder weil der Bus bekanntlich mit der ersten Flocke automatisch zwanzig Minuten Verspätung haben wird.

An einem Ort wie dem 24 CS jedoch kommt es vor, dass all dies auf wundersame Weise wieder ein wenig rückgängig gemacht wird: Langjährige Mitarbeiter kennen das eigentümliche Phänomen, dass mit Einsetzen des Schneefalls etliche Gäste der Drang befällt, nach draußen zu gehen, ein wenig im Garten herumzuspazieren oder auch ein Stück den alten Küstenweg entlang, der bis hinüber nach Flodigarry führte.

Mr Richmond am Klavier wusste Schneefall stets mit einigen besonders sanften Songs zu begrüßen. Seine verstorbene Frau, die Contessa, hatte Schnee geliebt und oft beklagt, dass es auf den Inseln zu selten schneie. An manchen Tagen hatte sie sich von Nick oder – ganz früher – von Richard in dem alten Vauxhall hinauffahren lassen zu den nördlichen Klippen, um sich an einen der Felsen zu lehnen und sich den Schnee direkt um die edle Nase wirbeln zu lassen. Manchmal war Mr Richmond mitgekommen. Im Allgemeinen zog er es vor, den Schnee von drinnen zu bestaunen.

Kiharu hatte sich in diesem Winter für solche Anlässe einen neuen Drink überlegt, den sie nun als Aperitif anbot. Er wurde in einem mit Eiskristallen überzogenen Sektkelch gereicht und schimmerte in zartem Blau.

Dass an diesem Abend eine beinahe andächtige Stille in den Räumlichkeiten des 24 CS herrschte, hing allerdings möglicherweise auch damit zusammen, dass die Filmcrew von der Regisseurin nach draußen gescheucht worden war, um den »Winterzauber« einzufangen. Während deshalb drinnen die Gäste einen Abend mit sanfter Musik, gemütlichem Licht und dem Blick auf die vor den Fenstern tanzenden Schneeflocken genossen, froren sich in der Auffahrt die Beleuchter, Kameraleute, Assistenten, Assistenten der Assistenten, die Techniker, Allrounder und Helfershelfer sowie eine enthusiastische Regisseurin Körperteile ab, die zu erwähnen in dieser Erzählung zweifellos unangebracht wäre.

Und so konnte der Abend tun, was er sonst an den Vorabenden von Christmas Eve zu tun pflegte: sich milde über das Haus senken und seine magische Atmosphäre über die Gäste breiten, begleitet von Wildkräutersalaten, schottischem Räucherlachs, hausgebackenem Urkornbrot, getrüffeltem Gratin aus violetten Kartoffeln und Möhren, getrocknetem Schinken vom Highland-Schwein und Patisserie aus regionalen Beeren, begleitet von den köstlichsten Weinen aus dem legendären Keller des 24 CS.

Mrs Schwan befand den Lachs zu würzig. Das Gratin zu fest. Den Salat »wie Rasenschnitt«. Vor allem den Champagner zu kalt, etwas später dann zu warm. Das Brot fand ihre Gnade. Die gesalzene französische Butter nicht. Sie bestellte ungesalzene Fassbutter. Und ein Glas Luganer, ehe sie frühzeitig aufs Zimmer ging, während ihr Mann noch zu Ende aß und sich dann auf einen Drink in die Bar begab, wo er sich an den Tresen setzte und einen Whisky bestellte.

»Einen bestimmten, Sir?« Kiharu deutete auf die reichhaltige Auswahl, die in mehreren Reihen auf dem gläsernen Regal hinter ihrem Arbeitsplatz standen.

»Einen von hier.«

»Gute Wahl, Sir«, erklärte die Barfrau und griff nach einer Flasche Talisker, den sie in eines der eleganten Gläser schenkte, die das 24 CS aus den Beständen von Schloss Balmoral bei dessen letzter Revision erworben hatte.

»Arbeiten Sie schon lange hier?«, wollte der Schweizer Unternehmer wissen, während er die junge Japanerin neugierig beobachtete. Kiharu kannte diesen Blick und wusste, was er bedeutete.

»Sechs Jahre, Sir.«

»Abgelegen, nicht wahr?«

»Wenn man hier arbeitet, fühlt es sich nicht so an, Sir«, erklärte sie. »Ob man sich einsam fühlt, hängt nicht unbedingt damit zusammen, wie abgelegen man lebt.«

Attila von Schwan nahm einen kleinen Schluck von seinem Whisky, nickte anerkennend und murmelte: »Ein wahres Wort.«

»Sie entschuldigen mich kurz, Sir?« Die Bartenderin stellte mehrere Gläser mit Drinks auf ein Tablett und eilte, andere Gäste am Tresen und in der Lobby zu bedienen. Gleich würde Euna kommen, um sie zu unterstützen, denn im Laufe des Abends verlagerte sich der Bedarf an Mitarbeitern vom Rigg's Inn in Richtung Bar. Zurück am Tresen, fand sie Attila von Schwans Glas leer. »Möchten Sie noch einen? Oder soll ich Ihnen einen besonderen Cocktail mixen?«

»Einen Sergeant Pepper vielleicht?«, sagte der Gast mit leiser Stimme, während er Kiharu neugierig musterte.

Doch die schüttelte den Kopf. »Nichts für einsame Herzen«, erklärte sie. »Eher was für leidenschaftliche Männer.«

Halb amüsiert, halb irritiert lächelte Attila von Schwan über diese seltsame Aussage und zuckte die Schultern. »Also bitte …«

Kiharu sah, wie er ihre Hände bei der Arbeit beobachtete, bemerkte, wie sein Blick immer wieder zu ihrem Gesicht glitt, wie er ihren schlanken Hals musterte und ihr kurz geschnittenes schwarzes Haar bewunderte. Mit geübten Griffen stach sie in einen frischen Granatapfel und presste den Saft in ein Glas mit Crushed Ice, gab einen Spritzer Wodka dazu, Kirschlikör, Soda, eine Chilischote und groben Rohzucker sowie einige dem Gast unbekannte Gewürze. »Einmal Sweet Memories, Sir«, sagte sie und stellte ihrem Gast den Drink hin.

»Sweet Memories? Nie gehört.«

»Meine Erfindung. Er wird Sie an die schönsten Stunden erinnern, die Sie mit Ihrer Frau erlebt haben.« Es war gewagt, aber es konnte nur funktionieren. Und tatsächlich runzelte Attila von Schwan die Stirn und nippte an seinem Getränk. Nippte noch einmal. Und noch ein drittes Mal. »Hm«, sagte er. »Köstlich.« Er lächelte wehmütig. »Ich weiß nicht, ob ich solche Momente …«

»Ich bin sicher, Sir«, erklärte Kiharu und wandte sich wieder ihrer Arbeit zu. An dem Punkt, das wusste sie sehr gut, war es wichtig, den Gast seinen eigenen Gedanken zu überlassen. Das bewahrte ihn – und sie selbst – davor, dass er auf falsche Gedanken kam. Und in der Tat, Attila von Schwan schien Erinnerungen zu finden, die das Lächeln in seinem Gesicht etwas weniger wehmütig werden ließen.

Zu ihrer Überraschung fand Annemarie von Schwan in der Suite an verschiedenen Stellen neue Lektüren vor. Bücher über historische Entdeckungen und zukünftige Weltordnungen, Bücher über die Freuden der Jugend und die Genüsse des Alters. Sie fand einige bedeutende Romane aus den letzten drei Jahrhunderten (darunter Werke von Thackeray, Hugo und Tolstoi). Sie hatte schon zu *Krieg und Frieden* gegriffen und voller Missfallen festgestellt, dass auf den ersten zehn Seiten wohl hundert verschiedene Personen namentlich eingeführt wurden – man hätte dieses verfluchte Buch mit einem Merkzettel in der Hand lesen müssen –, da fiel ihr Blick auf ein schlankes Bändchen, das auf der Fensterbank platziert war. Also legte sie das in jeder Hinsicht schwergewichtige Werk des Russen beiseite und griff nach dem Büchlein mit dem Titel *Nietzsches Katze*.

Auch große Denker haben kleine Schwächen, las sie. *Die Schwäche meines Meisters war ich. Salomé, benannt nach einer jungen Frau, die er liebte, obwohl ich, wie mein Meister jedoch nie herausfand, keineswegs eine Katze bin, sondern ein Kater.*

Annemarie von Schwan war schon im Begriff, dieses dreiste Machwerk wieder wegzulegen, als sie die Widmung entdeckte, mit der das Buch versehen war: *Für A. Von Herzen, S.*

Das ließ nun ihr Herz schneller schlagen. Denn in ihrem Leben hatte es einst einen S. gegeben. Das war gewesen, ehe A. aufgetaucht war und sie mit seiner ungeheuren Kraft und Fröhlichkeit mit sich gerissen hatte.

Menschen sind eine seltsame Spezies, wusste der Kater zu berichten. *Und unter den Menschen sind die Philosophen wohl die seltsamste Kategorie. Sie neigen zur Traurigkeit, auch wenn sie keinen Anlass dazu haben. So ging es auch meinem Meister. Nächtelang konnte er in Schwermut fallen und seufzend im Zimmer auf und ab gehen. Er konnte aus dem Fenster starren, ohne etwas zu sehen, eine Flasche Wein trinken, ohne sie zu genießen, den anderen Menschen beim Leben zusehen, ohne selbst zu leben. Aber immer, wenn ich in seiner Kammer auftauchte, schien er ein klein wenig aufzuwachen. Dann winkte er mich zu sich, kraulte mein Fell und begann mir zu erzählen. Er war ein guter Erzähler. Und er war ein guter Krauler. So brachten wir manch lange Nacht zu, in der er mir seine Erlebnisse schil-*

derte – ganz unphilosophisch. Denn nach nichts sehnt sich ein Philosoph mehr, als danach, einfach nur zu leben, das Leben zu spüren, das Blut in seinen Adern zu fühlen, das Herz in seiner Brust ...

Als Annemarie von Schwan wieder aufblickte, war es weit nach Mitternacht. Aus dem Spiegel über der kleinen Kommode gegenüber lächelte ihr eine alte Bekannte zu, die sie schon lange nicht mehr gesehen hatte. Sie wirkte ein wenig müde und zugleich munter, ihre Wangen waren leicht gerötet, und im gnädigen Licht dieses Hotels war ihr Haar sogar beinahe noch so dunkel wie einst.

Sie nahm die Bewegung nur aus dem Augenwinkel wahr und erschrak ein wenig, als ein Schatten draußen über die Fensterbank huschte. Neugierig trat sie ans Fenster und blickte hinaus, während mindestens ebenso neugierig jemand zu ihr hereinblickte. »Du?«, sagte sie, obwohl es natürlich völlig unsinnig war. Dennoch öffnete sie das Fenster und ließ das Tier herein, das mit einem eleganten Satz auf dem Teppich landete und dann aufmerksam durch die Suite wanderte, um sich kurz darauf auf den Sessel zu legen, auf dem eben noch Annemarie von Schwan gelesen hatte. »Das geht ein bisschen zu weit«, lachte die und schob die Katze zur Seite, um sich danebenzusetzen. Nietzsches Katze, dachte sie und schüttelte belustigt den Kopf. »Die kannst du nicht gut sein. Aber wem gehörst du dann? Dem Hotel?«

Natürlich nicht. Katzen gehören, wie jeder weiß und wie auch Frau von Schwan wusste, nur sich selbst. Wem sie aber Vertrauen schenken, der darf ihr Mensch sein. Und so fühlte sich die Frau in Suite Nr. 13 geschmeichelt vom Auftauchen dieses edlen Tiers und wagte nicht nur, es zu streicheln, sondern begann schon wenig später das zu tun, was einst auch Nietzsche mit seiner Salomé getan hatte: Sie erzählte aus ihrem Leben, berichtete von ihren Ideen und Träumen, von ihren Erlebnissen und Glücksmomenten, beichtete ihre Hoffnungen und Sehnsüchte, bis sie überrascht irgendwo leise eine Uhr die zweite Stunde schlagen hörte. Erstaunt stand sie auf und stellte fest, dass sie völlig die Zeit vergessen hatte.

Es war der Moment, in dem die Tür aufging und ihr Gatte endlich die Suite betrat.

»Du bist noch wach?«, fragte er überrascht.

»Ja, mein Lieber«, antwortete sie, ihrerseits überrascht, dass sie sich freute, ihn zu sehen. »Ich hatte ...« Sie wollte sagen: Ich hatte Gesellschaft. Doch als sie zum Sessel blickte, war die Katze verschwunden. Und als sich die Tür hinter ihrem Ehemann langsam lautlos schloss, sah sie gerade noch einen geheimnisvollen Schatten davonhuschen. »Wie war dein Abend?«

Attila von Schwan trat zu ihr und sagte beinahe schüchtern: »Ich weiß noch nicht ...«

Große Erwartungen

Am 24. Dezember überraschte das 24 Charming Street seine Gäste alljährlich damit, dass das ganze Hotel noch prächtiger dekoriert war als in der Vorweihnachtszeit. Über Nacht pflegten die dienstbaren Geister des Hauses, dirigiert von Jeeves, dem Hausmeister, in jeden nur denkbaren Winkel Girlanden aus Tannenzweigen zu hängen, Gestecke von Stechpalmen zu platzieren, Mistelzweige anzubringen, alles mit Lichterketten, kleinen Windlichtern und Kerzen zu illuminieren. Sogar etliche Lampenschirme wurden ausgetauscht, was zur Folge hatte, dass an den Wänden des 24 CS unzählige Sterne funkelten.

Auf den Tischen verteilten die Servicemitarbeiter Teller mit Weihnachtskonfekt, Gebäck und Nüssen, über dem Empfang hing ein Schild mit der Aufschrift *Merry Christmas,* und in der Mitte der Lobby prangte der Weihnachtsbaum in überwältigendem Schmuck und behängt mit tausend Lichtern. Dazu verbreiteten etliche Gefäße mit Zimtstangen und Zitrusschalen über kleinen Flämmchen einen betörenden Wohlgeruch nach Weihnachten, Frieden und Zuhause.

An den Weihnachtstagen trug das gesamte Personal des Hotels Uniformen, die um einiges schmucker waren als im restlichen Jahr. Die männlichen Mitarbeiter glänzten mit goldenen Manschetten und Epauletten, die weiblichen mit goldenen Bordüren an ihren im dunkelgrünen Grundton gehaltenen Kostümen von schottischem Karo, wie es dem Familienmuster des einstigen Earls of Charming und seines Clans entsprach.

Alles schien an diesen Tagen etwas gedämpfter, in etwas milderem Licht und von noch ausgesuchterer Zuvorkommenheit als sonst. Und wer immer das Hotel betrat, wurde von einer Atmosphäre umfangen, die das Herz ein kleines bisschen schneller schlagen ließ.

Auf den Tischen im Frühstücksraum erwartete die Gäste ein Exemplar der hauseigenen Zeitung, die an diesen Tagen *24 Christmas Times* hieß und ausnahmsweise in dunkelroter Schmuckfarbe gedruckt wurde. Nun, genau genommen war es in diesem Jahr ein Vierfarbdruck, das heißt: Das Titelblatt wurde dominiert von einer bunten Fotografie, die Tilda Tucker im Gespräch mit Oscar D. Fletcher zeigte, die berühmte Regisseurin und den Hotelmanager. Darüber prangte in Versalien die Überschrift: WINTERTRÄUME IM 24 CS. Und etwas kleiner darunter: »Luxus, Laster, Abenteuer – Tilda Tucker im Gespräch«.

Gewiss hätte diese Überschrift Anlass zu Diskussionen gegeben, wäre nicht Mr Fletcher Herausgeber, Chefredakteur und alleiniger Autor des Blatts in Personalunion gewesen und hätte er die Publikation bis zur Verteilung im Haus nicht zu seinem Privatgeheimnis erklärt. So aber nahm Richard erst in dem Moment Kenntnis von der aktuellen Weihnachtsausgabe der Hotelzeitung, in dem es die Gäste taten.

Manche Augenbraue hob sich, manches Räuspern war zu vernehmen, allerdings auch manch amüsiertes Lächeln zu sehen. Tatsächlich schienen sich Unverständnis und Unterhaltung einigermaßen die Waage zu halten, was sicher daran lag, dass Ms Tucker durchaus geistreiche Antworten gegeben hatte – insbesondere auf wenig geistreiche Fragen. Richard konnte nicht umhin, ihr heimlich Respekt zu zollen. Wobei natürlich der Portier stets dazu neigte, jedem Menschen eher mit mehr Respekt zu begegnen, als ihm womöglich zustand, das gehörte gewissermaßen zu seiner weltanschaulichen Grundausstattung.

Alles in allem darf also festgestellt werden, dass der Morgen des Heiligen Abends im 24 Charming Street wie stets zu den ganz besonderen Augenblicken des Jahres zählte und seinen Zauber zuverlässig verbreitete, weil die vielen guten Geister des Hauses alles dafür getan hatten, eine einzigartige Stimmung im Hotel zu erschaffen. Jedenfalls bis der Lieferwagen aus Portree vor dem Haus eine Handvoll Leute ausspuckte, die schon an ihrer Kleidung unschwer als Mitglieder der Filmcrew zu erkennen waren. Und wer das nicht durchblickt hätte, der hätte den Zweck des überfallartigen Auftretens dieser Mannschaft daran erkannt, dass einmal mehr Unmengen an Equipment in die Lobby geschafft wurden und von dort in die Bar, in den Frühstücksraum, an die Rezeption und auf das Zwischenpodest, hinter dem das Treppenhaus sich in einem eleganten Bogen zum ersten Stockwerk hin erhob.

»Was …?«, keuchte Richard, den kaum etwas aus der Ruhe zu bringen vermochte. »Heute?«

»Lassen Sie mal, lassen Sie mal«, erklärte Oscar D. Fletcher, der wie an einer unsichtbaren Schnur gezogen aus seinem Büro getreten war, und wedelte in Richards Richtung, als wollte er ihn verscheuchen (was er zweifellos auch wollte).

»An Christmas Eve, Mr Fletcher?«

»Authentizität, mein Lieber!«, erklärte der Manager wichtig. »Authentizität! Aber das verstehen Sie natürlich nicht.«

»Sicher, Sir«, murmelte Richard. »Authentizität. Davon verstehen Sie zweifellos mehr als ich.«

Zur Feier dieses besonderen Tages sah die Dispo vor, dass erst ab Mittag gedreht würde. Was hieß, dass das Equipment im Laufe des Vormittags aufgebaut wurde und sich dann die gesamte Crew noch einmal zur Besprechung im Hauptquartier traf, also in der Bibliothek.

Oscar D. Fletcher hatte großzügig Sandwiches für alle in der Küche geordert: wahlweise Graved Lachs oder Highland-Ziegenkäse, beides mit frischen Kräutern, dazu Kombucha und andere energetisch wertvolle Getränke. Während Euna die Snacks austeilte und Oliver Tabletts mit Gläsern präsentierte, räusperte sich der Manager und hob zu einer Rede an: »Meine Damen und Herren, heute ist ein besonderer Tag. Christmas Eve ist im 24 Charming Street seit jeher ...«

»Wie lange werden Sie ungefähr brauchen?«, unterbrach ihn der Producer.

»Pardon?«

»Mit Ihrer Ansprache.«

»Nun, ein paar Minuten. Man sagt ja, eine gute Rede sollte …«

»Fein«, unterbrach ihn der Producer. »Dann wär's hilfreich, wenn Sie jetzt zum Ende kämen.«

»Also. Ja …«, stotterte Oscar D. Fletcher.

»Danke«, sagte Tilda Tucker. »Ich möchte gerne den Portier in der ersten Szene.«

»Den Portier? Aber der bereitet die Abendveranstaltung vor.«

»Und der Empfang?«

»Muss zurzeit nicht vom Chefconcierge besetzt sein«, erklärte der Manager. »Es sind ja alle Gäste anwesend, die ersten werden erst nach den Feiertagen wieder abreisen und …«

»Gut. Holen Sie ihn.«

»Wen?«

»Den Chefconcierge. Wir brauchen ihn.«

»Hm.«

Die Regisseurin ergriff das Wort. »Okay, Leute. Heute ist Großkampftag. Wir drehen am Nachmittag noch einmal die Szene am Empfang und machen die Kamerafahrt durch die Lobby. Dann bereiten wir die Aufnahmen für das Early Dinner vor, das sie hier an Heiligabend haben, das drehen wir laut Dispo an insgesamt drei Abenden, damit wir rechtzeitig in der Bar sind für die Show. Irgendwelche Fragen?«

Eine der Assistentinnen des Aufnahmeleiters hob müde die Hand. »Wieso drehen wir nicht die Vorbereitungen, die das Hotel für die Show trifft. Die sind doch jetzt, oder?«

»Genau genommen laufen diese Vorbereitungen schon seit gest...«, versuchte sich Oscar D. Fletcher einzubringen, wurde aber von Tilda Tucker unterbrochen: »Die drehen wir morgen. Dafür ist heute keine Zeit.«

Der Hotelmanager war offenbar der Einzige, der darüber gerne noch diskutiert hätte, wurde aber mit seinen Versuchen, noch einmal das Wort zu ergreifen, nicht gehört. Dass die Filmleute eine Szene drehen wollten, *nachdem* sie stattgefunden hat, schien niemanden aus der Crew zu irritieren. Aber vielleicht verstand er es ja auch nur nicht wirklich.

»Du gibst den Ladies Bescheid?« Was wie eine Frage klang, war natürlich ein Befehl, den die Regisseurin ihrem Assistenten gab, der auch sofort aufsprang, um sich zum ehemaligen Gewächshaus zu begeben. Denn mit den »Ladies« waren niemand anderes als die beiden Stars des Films, Ms Smith und Ms Winslet, gemeint.

Auf seine private Bibliothek war der neue Manager des Hauses stolz. Er hatte sie über die Jahre zusammengetragen und führte sie stets mit sich, um sie an seinem jeweiligen Arbeitsplatz um sich zu haben. Besonders die diversen Ausgaben seiner beiden Säulenheiligen lagen ihm am Herzen: Clausewitz und Sun Tzu. *Die Kunst des Krieges* gehörte nach Oscar D. Fletchers Dafürhalten zur geistigen Grundausstattung jedes zivilisierten, das hieß: wirtschaftlich erfolgreichen Menschen. Weshalb er – ähnlich wie es fromme Menschen in Form eines Morgengebets tun – seinen Tag stets mit einer besonderen Weisheit des fernöstlichen Philosophen begann. Christmas Eve hatte ihm einen der zehn berühmten Grundsätze Sun Tzus als Leitspruch beschert: *Sei auf das Schlimmste vorbereitet.*

Wie sehr sich dieser Grundsatz an diesem Tag bewahrheiten sollte, konnte er jedoch noch nicht einmal ahnen, als ihn der Zufall zur Personalakte des Pagen Oliver Brown greifen ließ. Nun gut: Genau genommen war es die sehr eigentümliche Beschwerde Tilda Tuckers gewesen, die eine Art Sabotage ihrer Arbeit durch Überfürsorglichkeit beklagte. Das Gegenteil von Dienst nach Vorschrift, wenn man so wollte. Aber Fletcher war ein heller Kopf. Er war sich sicher, dass dahinter in Wirklichkeit Atkins steckte, der Chefportier, der stets sein eigenes Süppchen kochte und ein ausgeprägtes Problem mit Hierarchien hatte, auch wenn er sich immerzu gab, als sei er schon im Frack eines Butlers geboren worden.

Das Anschreiben war ein Witz. Fletcher konnte sich nicht erinnern, jemals eine so lahme Bewerbung gelesen zu haben:

Dear Madams and Sirs,

hiermit überlasse ich Ihnen meine Unterlagen für die Bewerbung als Mitarbeiter in Ihrem Hotel.

Yours sincerely,
Oliver Brown

Unwillkürlich blätterte der Manager nach einer Seite zwei, einem Bewerbungsschreiben, das die Bezeichnung wert war. Denn so viel war klar: Um sich in einem Haus wie dem 24 Charming Street zu bewerben, bedurfte es mehr als eines einzigen Satzes aus dem Standardbaukasten Briefeschreiben der Primary School. Er selbst hatte seinem – selbstredend geschliffen formulierten – Anschreiben ein zusätzliches Motivationsschreiben hinzugefügt, in dem er auf zwei eng bedruckten Seiten dargelegt hatte, weshalb die Stelle im 24 CS praktisch seinem Lebenstraum gleichkäme und weshalb auf diesem Planeten mit an Sicherheit grenzender Wahrscheinlichkeit nur ein einziger Kandidat sie mit höchster Perfektion ausfüllen würde: nämlich er. Er hatte Bezüge zu seinem Urgroßvater hergestellt (der von der Isle of Man stammte, aber Insel ist schließlich Insel), zu seinem Ausbilder auf der Hotelfachschule (der das 24 CS stets als Vorbild für vollendete Hotellerie genannt hatte; gut, in Wahrheit war es das Baur au Lac in Zürich gewesen, aber wen interessierte das) und zu seiner Liebe zu schottischen Legenden (als welche er auch das 24 CS klassifizierte; ein raffinierter Schachzug, wie er fand). Er hätte Himmel mit Hölle vereinbaren können, Männchen Weibchen sein lassen und umgekehrt, um Bezüge zu zaubern, die es zwar so gar nicht gab, die aber den Anschein zwangsläufiger Zusammengehörigkeit erzeugten. Und das hatte er auch getan. Mit Erfolg, wie seine Anwesenheit in diesem Büro bewies! Und da kam dieser unerfahrene Jungspund und erlaubte sich ein Anschreiben wie dieses?

Kopfschüttelnd blätterte Oscar D. Fletcher weiter und

landete auf der übernächsten Seite bei einem Zeugnis, das den Titel »Entlassungsurkunde« trug und als Qualifikationen »gute Führung«, »hohe Resozialisierungswahrscheinlichkeit« und »Anerkennung für die Arbeit in der Waschküche und in der Bibliothek des HMPS nannte. Her Majesty's Prison and Probation Service Perth?

Attila von Schwan konnte sich nicht erinnern, wann er zuletzt so gut geschlafen hatte – und so wenig. Vor allem konnte er sich nicht erinnern, wann er zuletzt vor seiner Frau aufgewacht war. Oder wann er ihren Atem in seinem Ohr gespürt hätte. Erstaunt und ein wenig ungläubig lag er in den weichen Daunen dieses in jeder Hinsicht himmlischen Bettes und blickte auf den Mistelzweig, der über ihnen an der Decke hing und den Annemarie offenbar versehentlich nicht hatte abdekorieren lassen (oder hatte sie ihn am Ende absichtlich »vergessen«?). Ein Lächeln glitt über sein Gesicht, als ihm in den Sinn kam, wie vortrefflich dieses verheißungsvolle Grün seinen legendären Zweck erfüllt hatte. Allein dafür hatte sich aus Sicht des Schweizer Unternehmers die Reise gelohnt. Mehr als gelohnt!

Ein dezentes Klopfen an der Tür riss ihn aus seinen Gedanken. Die kleine Uhr auf der Kommode verkündete eine Uhrzeit, die weit jenseits des Üblichen lag. Unter normalen Umständen hätte zu dieser Stunde des Tages seine Frau bereits ihren Morgenspaziergang beendet gehabt und stünde vermutlich gerade unter ihrer üblichen eiskalten Dusche. Kurz überlegte Attila von Schwan, ob er das Klopfen ignorieren sollte – und entschied sich dafür. Gab es *einen* vernünftigen Grund auf der Welt, an Heiligabend in einem entzückenden kleinen Grandhotel am Rande der Welt das Bett und die Arme seiner Frau zu verlassen, um *irgendjemandem* die Tür zu öffnen und damit unweigerlich den Zumutungen des Alltags Eintritt zu gewähren?

Gab es.

»Mr von Schwan, Sir?«

Das Dienstmädchen. Seufzend zog Attila von Schwan den Arm unter dem Kopf seiner Gattin hervor und rollte sich aus dem Bett. Er war schon ein paar Schritte gegangen, als ihm auffiel, dass er entgegen dem Üblichen keineswegs in einen dieser exklusiven Pyjamas von Zwingli & Schneider gewandet war, die ihm seine Frau mit schöner Regelmäßigkeit zu Weihnachten schenkte (und vermutlich auch dieses Jahr bereits für ihn hatte verpacken lassen), sondern vielmehr in des Kaisers neue Kleider. Hastig griff er nach dem Morgenmantel (ebenfalls Zwingli & Schneider) und warf ihn sich über.

»Ja?«, flüsterte er, kaum die Nasenspitze nach draußen streckend.

»Die gnädige Frau hat um Frühstück aufs Zimmer gebeten«, erklärte Roberta, ohne sich anmerken zu lassen, ob sie die Situation durchblickte.

»Man stellt es vor die Tür, wenn niemand öffnet«, erklärte Attila von Schwan, etwas verdrossen, da er spürte, wie das Wohlgefühl, das ihn eben noch im Bett umschmeichelt hatte, einer gewöhnlichen Nüchternheit wich.

»Die Frage ist, ob ich mich um frischen Tee und Kaffee kümmern soll«, erwiderte Roberta. »Da nun schon alles kalt ist.«

»Wir werden zum Frühstück nach unten gehen«, beschloss ihr Dienstherr. »Lassen Sie alles wegbringen.«

»Sie soll es reinbringen und frischen Kaffee besorgen!«, hörte er hinter sich die Stimme seiner Frau.

Als er sich umwandte, sah er gerade noch die Tür des Badezimmers sich schließen. »Sie haben es gehört«, knurrte er unzufrieden und dachte sich, was wir alle uns schon gelegentlich gedacht haben: Warum können selbst die schönsten Augenblicke nicht gegen den Alltag bestehen?

Attila von Schwan ließ das Dienstmädchen mit dem Servierwagen ein und folgte ihr nach drinnen. »Hören Sie«, sagte er leise. »Egal, welchen Auftrag Sie haben: Wenn Sie keine Reaktion auf Ihr erstes Klopfen erhalten, lassen Sie es. Ich gebe schon Bescheid, wenn wir Sie brauchen.«

»Sehr wohl, gnädiger Herr«, entgegnete Roberta, während sie begann, mit flinken Händen den Tisch zu decken.

Unauffällig drehte sich Attila von Schwan so, dass seine Frau nicht mitbekam, dass er einen Auftrag für das Dienstmädchen hatte: »Hören Sie«, flüsterte er. »Sie müssen noch eine Besorgung für mich erledigen. Ich denke … in Glasgow.«

»In Glasgow?«

»Pssst!«

»In Glasgow, Sir?«, wiederholte Roberta, diesmal leiser, und nahm respektvoll und neugierig die Anweisungen (und eine erkleckliche Summe Bargeld) entgegen. Attila von Schwan schien's zufrieden und verschwand ebenfalls im Badezimmer.

Im selben Augenblick tauchte seine Frau aus dem Schlafzimmer auf. »Roberta?«

»Gnädige Frau?«

Annemarie von Schwan senkte die Stimme, sodass ihr Mann nicht mitbekam, dass sie noch einen Auftrag für das Dienstmädchen hatte. »Hören Sie«, sagte sie. »Sie müssen noch etwas für mich besorgen.«

»In Glasgow?«, fragte Roberta intuitiv.

»In Glasgow? Woher wissen Sie das?«

Roberta zuckte die Schultern und nahm die Anweisungen (und eine erkleckliche Summe Bargeld) von ihrer Dienstherrin entgegen. »Möchten Sie, dass ich noch rasch das Bett mache? Oder soll ich mich gleich auf den Weg begeben?«

»Gehen Sie nur«, sagte Annemarie von Schwan. »Eilen Sie. Und sagen Sie in der Küche Bescheid, dass man uns einen Snack bringen soll. Eine Kleinigkeit.«

»Irgendetwas Bestimmtes, gnädige Frau?«

»Wir lassen uns überraschen«, erklärte die Dienstherrin zu Robertas sichtlicher Überraschung. »Aber mit Champagner.«

Harold würde an diesem Tag drehfrei haben, was ihn endlich wieder in die Lage versetzte, das zu tun, was er sich für die unverhofften Ferien vorgenommen hatte! Nach einigen belebenden Runden im hoteleigenen Pool setzte er sich – und hier gönnte er es sich auch, einfach nur im Bademantel zu entspannen – in den gemütlichen Lehnstuhl seiner Suite und griff nach seiner Lektüre. Den Shakespeare wollte er zumindest noch einmal probieren, auch wenn er nicht das Gefühl hatte, dass das Buch es in die Liste seiner Lieblingswerke schaffen würde. Diesmal ging es um »Twists« in den Stücken des großen Dichters, also um überraschende Wendungen. Der Autor war offenbar der Meinung, dass es ein Talent im Leben sei, allem und jedem einen solchen »Twist« zu geben. Harold sah das anders. Er fand, dass es erlaubt sein musste, die Dinge auch auf sich zukommen und geschehen zu lassen. Überraschende Wendungen brachte das Leben von alleine in Überfülle mit sich. Wozu alles noch komplizierter machen?

Seufzend legte er das Buch beiseite. Jeff mochte es gut gemeint haben, Harold war nicht der Typ für diese Art von Lektüre. Aber er hatte ja noch diesen kleinen Roman, den er zu lesen begonnen hatte und der es einem so leicht machte, sich fortzuträumen in eine andere Zeit, eine andere Welt, an die Seite von bezaubernden Comtessen …

Im zarten Licht der Morgendämmerung studierte sie seine fein geschnittenen Gesichtszüge. Ruhig atmend lag er neben ihr und schien dabei unendlich weit entfernt. Ein leichtes Stirnrunzeln, ein Zucken der Augen deutete an, dass er träumte. Was er wohl sah?

Behutsam, um ihn nicht zu wecken, legte die Comtesse ihre Hand auf seine Brust, um seinen Herzschlag zu spüren. Und sie spürte ihn! Nach dieser Nacht wollte sie dieses Herz nie wieder fern von sich wissen. Nicht nur, weil er der schönste und geheimnisvollste Mann war, den sie je kennengelernt hatte, sondern mehr noch, weil sie erkannt hatte, was all seine Magie, was all die Tricks und Illusionen zum Zweck hatten: sie glücklich zu machen, ihre Träume wahr werden zu lassen!

Eine Frage aber ließ die Comtesse im selben Augenblick schaudern: Woher wusste Fjodor von diesen Träumen? Wie konnte er in ihr Innerstes schauen? Konnte er es überhaupt? Oder war auch das nichts anderes als eine Illusion?

Patrycia würde diesem Geheimnis auf die Spur kommen! Ja, das würde sie. Sobald er die Augen aufschlug, würde sie ihn zur Rede stellen. Denn wahre Liebe verlangte nach Wahrheit und Aufrichtigkeit. Und Liebe war es, das sagte ihr Herz ihr überdeutlich.

Voller Sehnsucht, wieder in seine Augen zu blicken, stand sie auf, denn sie wollte ihn noch nicht wecken. Sie hüllte sich in ihren seidenen Morgenmantel und ging ein wenig ratlos im Zimmer auf und ab. Wie war sie nur hierhergekommen? Was, wenn jemand sie gesehen hatte? Erst jetzt wurde ihr klar, dass es nicht nur darum ging, unerkannt ins Hotel zu gelangen – sie musste es auch unbemerkt wieder verlassen können! Patrycia spürte unvermittelt Panik aufsteigen. Sie wollte sich zu Fjodor umwenden, als es plötzlich an der Tür klopfte.

»Comtesse Patrycia? Im Namen des Zaren, öffnen Sie!«

Schneller, als sie etwas sagen konnte, war Fjodor bei ihr.

»Sprich mit ihnen«, flüsterte er ihr ins Ohr. »Leise, aber deutlich. Frag, was sie wollen.«

»Aber ich ...«

»Tu es. Bitte. Es wird alles gut, glaub mir.«

Patrycia holte Luft und fragte: »Wer ist da?«

»Marschall Pjotr Orlow. Öffnen sie, Comtesse, sonst müssen wir uns gewaltsam Zutritt verschaffen!«

»Zähl bis zehn und öffne«, flüsterte Fjodor.

Und Patrycia zählte. Eins ... zwei ... drei ... vier ...

»Ich zähle bis drei, Comtesse«, polterte der Marschall vor der Tür. »Eins ...«

Fünf ... sechs ... sieben ...

»Zwei ...«

Acht ... neun ... zehn!

»Drei!«, brüllte Marschall Orlow. Patrycia riss die Tür auf und starrte in sein wutverzerrtes Gesicht. Mit gezücktem Säbel stand er vor ihr. »Wo ist er?«

»Wo ist ... wer?«, hauchte die Comtesse und fühlte sich einer Ohnmacht nahe. Orlow achtete gar nicht auf sie, sondern stürmte in das Zimmer.

»Rimski!«, bellte er. »Kommen Sie raus!«

Doch Fjodor Iwanowitsch Rimski, der Illusionist und Spion, war wie von Zauberhand verschwunden.

Harold blickte von seinem Roman auf und sah sich um. *Was all seine Magie, was all die Tricks und Illusionen zum Zweck hatten*, dachte er. *Sie glücklich zu machen, ihre Träume wahr werden zu lassen!*

Es war ein wenig wie hier. Hier hatten sie auch kein anderes Ziel, als die Gäste tagtäglich glücklich zu machen und ihre Träume zu erfüllen – sogar die Träume, von denen die Gäste selbst noch gar nichts wussten.

Im Bereitschaftsraum für das Personal fand unterdessen Oliver zu seiner Überraschung die Liege besetzt vor – oder vielmehr belegt. Dornröschengleich lag die jüngste Mitarbeiterin des 24 CS dort schlafend, das Haar halb übers Gesicht gefallen, etwas zur Seite gewandt, als hätte sie beabsichtigt, gleich wieder aufzustehen, und sei dann doch wieder hingesunken.

Den fast leeren Korb, in dem sie die Kerzen herumtrug, hatte die junge Frau neben der Liege abgesetzt, die Schuhe hatte sie nicht ausgezogen. Sie musste unendlich müde gewesen sein. So leise wie möglich und behutsam, als müsse er ein Türschloss knacken (was er natürlich nie im Leben tun würde, also: *nicht mehr*), zupfte Oliver die Bänder auf und zog ihr die Schuhe von den Füßen, um sie auf den Boden zu stellen. Dann nahm er eine der Decken aus dem Regal und breitete sie über ihren schmalen Körper. Ein schwaches Seufzen kam über ihre Lippen. Sie drehte sich ein wenig zur anderen Seite und schob ihre Hand unter die leicht gerötete Wange. Ein zartes Lächeln umspielte ihre Lippen. Zu gerne hätte Oliver gewusst, was sie jetzt träumte. Einen Augenblick noch blieb er neben ihr stehen und betrachtete sie, ziemlich hingerissen und auch ein wenig beschämt, weil er natürlich wusste, dass sich das nicht ziemte, danach verließ er den Bereitschaftsraum und schloss die Tür so leise hinter sich wie nur möglich. Vielleicht weil er so leise war, konnte er auch ein zweites Seufzen von Penny erahnen, und er meinte, sie sogar ein »Thank you« murmeln gehört zu haben.

»Und Sie haben es nicht für nötig erachtet, das Hotel über diese Umstände zu informieren?« Die Stimme des Hotelmanagers war schneidend wie der Wind über dem Sound of Raasay.

»Er hat sich von seinem ersten Tag an bewährt, Mr Fletcher«, erklärte Richard in größtmöglicher Gelassenheit.

»Wissen wir das mit Sicherheit? Jeder Kriminelle kann sich hinter der Fassade einer bürgerlichen Existenz verbergen, solange er nicht erwischt wird.«

»Seien Sie versichert, Sir, dass ich ihn jederzeit genauestens im Auge habe.«

»Aha!«, rief Oscar D. Fletcher. »Sie trauen ihm also selbst nicht!«

»Im Gegenteil, Sir! Ich beobachte seine Entwicklung Tag für Tag mit großem Wohlgefallen. Aus diesem Grunde bin ich überzeugt, etwaige Schwierigkeiten würden mir nicht verborgen bleiben.«

»Schwierigkeiten!« Der Manager katapultierte sich aus seinem Sessel hoch (es war ein Exemplar des »Chief Executive XP-Z 3« von Luxury Office Monte Carlo, eigens auf seinen Wunsch hin angeschafft) und stemmte sich mit beiden Fäusten auf die Platte seines wuchtigen Schreibtischs. »Wir sprechen hier nicht von *Schwierigkeiten*, Mann! Wir sprechen hier von Verbrechen. Und wir sprechen von der Reputation unseres Hauses! Haben Sie eine Vorstellung von dem Shitstorm, der über uns hereinbrechen wird, wenn bekannt wird, dass wir einen Sträfling bei uns beschäftigen?«

»Einen *Ex*-Sträfling«, gab Richard zu bedenken, der – um der Wahrheit die Ehre zu geben – sich unter einem »Shitstorm« nicht viel vorstellen konnte, da er mit den Eigenheiten des Internets oder gar mit Social Media nur vage vertraut war.

»Ein Verbrecher ist nun einmal ein Verbrecher«, erklärte Mr Fletcher kategorisch. »Und als solcher hat er in einem Haus wie unserem nichts zu suchen.«

»Also solcher gewiss nicht«, stimmte Richard zu. »Da gebe ich Ihnen völlig recht. Aber er arbeitet ja nicht als Verbrecher hier, sondern als …«

»Es reicht!«, bellte der Manager und deutete zur Tür. »Sie haben ihm die Anstellung hier verschafft, wider besseres Wissen! Sie werden ihm sagen, dass er morgen nicht mehr zum Dienst erscheinen muss. Er erhält sein Gehalt bis zum Ende des Monats.«

»Aber Sir! Laut Arbeitsvertrag hat er eine Kündigungsfrist von …«

»Dieser Arbeitsvertrag ist unter Vorspiegelung falscher Tatsachen zustande gekommen. Er kann von Glück sagen, wenn wir ihn nicht wegen arglistiger Täuschung verklagen!«

Richard zog es vor, nicht mehr zu antworten, sondern verließ das Büro des Managers in einem Zustand, der

ihm alles andere als vertraut war, nämlich dem der tiefen
Ratlosigkeit.

Nachdem sich die Damen Winslet und Smith in ihrer
Suite mit Scones, Clotted Cream, Black Bun, reichlich
Tee und Punsch hatten verwöhnen lassen, tauchten sie
mit einer kleinen Verspätung von etwa einer Stunde am
Set auf, von Tilda Tucker mit einer Mischung aus Erleichterung, Liebenswürdigkeit und unterdrückter Mordlust
begrüßt.

»Was ich nicht verstehe, meine Liebe«, sagte Margie
Smith mit dem entgegenkommendsten Lächeln. »Wir
beide, wie sollten wir in dieser Konstellation in einem
Hotel einchecken?«

Eine Frage, die sich zweifellos alle an dem Film Beteiligten längst gestellt hatten und auf die es nur eine
äußerst unbefriedigende Antwort gab: Unter normalen
Umständen gar nicht – aber wir drehen nun einmal einen
Film für verschiedene Altersgruppen.

»Wir könnten als Schwestern reisen«, schlug Ms Smith
vor, worauf sich der in der Nähe befindliche Portier
Henry verschluckte.

»Ja, das wäre eine Möglichkeit«, stimmte Ms Winslet
pro forma zu, ohne sich Mühe zu geben, ihre Belustigung zu verbergen.

»Aber nein, meine Damen!«, widersprach Tilda Tucker.
»Sie checken als die ein, die Sie sind: als zwei berühmte
Schauspielerinnen!«

»Und was verschlägt uns um alles in der Welt hierher?«, wollte Ms Winslet wissen.

»Sie drehen einen Film! Verstehen Sie, das hier ist weder eine reine Doku noch ist es Fiktion. Es ist Scripted Reality.«

»Scripted Reality«, wiederholte Margie Smith und signalisierte mit ihrer Augenbraue, dass sie das nicht für die feine englische Art hielt.

»Ja«, bekräftigte die Regisseurin. »Sie sind hier, weil Sie einen Film über das Hotel drehen.«

Es entspann sich ein Gespräch über Anspruch und Wirklichkeit und darüber, wie »Scripted« eine »Reality« sein durfte, wenn man sie noch als solche bezeichnen wollte. Eine leidenschaftliche Diskussion, an der im Laufe der folgenden zwei Stunden der Producer, der Aufnahmeleiter, der Redakteur von Quickpick, der am Morgen angereist war, die Regieassistentin sowie mehrere andere Crewmitglieder teilnahmen – und natürlich Oscar D. Fletcher, der vor allem damit beschäftigt war, die Gemüter zu beruhigen und seine Mitarbeiter zwischendurch wegen vermeintlicher Fehler abzukanzeln.

So verging der Tag, und die früh einsetzende Dunkelheit senkte sich über das kleine Grandhotel, das nur umso prächtiger auf seiner Klippe funkelte.

Eine hauchdünne Schneedecke lag über dem Rasen und auf den Sträuchern und Bäumen. Es war ein romantischer Blick über den Park des Hotels hinaus auf die wie immer winterlich raue See des Sound of Raasay. Mildred Porter liebte dieses Panorama. Sie hätte stundenlang am Fenster stehen und hinausschauen können. Nun, mitunter tat sie das auch. An diesem Tag aber wurde ihre Aufmerksamkeit von einer Fußspur im Schnee abgelenkt, die wie hingetupft wirkte – und beinahe die Form eines Herzens hatte. Als hätte sich jemand nicht so recht entschließen können, wohin ihn der Weg führen solle. Und dann tauchte dieser Jemand plötzlich hinter einem kleinen Holzstapel neben dem Gewächshaus auf, das gestern aus unerfindlichen Gründen von innen verhängt worden war: eine Katze! Mit eleganten Bewegungen stromerte sie durch den Garten, immer wieder zögernd und aufmerkend, um dann abermals weiter zu stolzieren, einer kleinen Königin gleich, die ihr Reich begutachtete. Bis auf einmal ganz unvermittelt Schnee von dem Baum herabrieselte, unter dem sie sich gerade befand. Sie sprang zur Seite und suchte Schutz unter einem Strauch. Aber auch von dem fiel plötzlich Schnee herab und erschreckte das Tier erneut.

»Das ist doch …«, murmelte Mildred Porter lächelnd. Da hörte sie unerwartet ein Lachen, das ihr bekannt vorkam. Sehr bekannt. Und dann entdeckte sie Geoffrey, der etwas abseits neben dem Gartenausgang des Hotels stand und einen Schneeball in der Hand hielt. Er hatte die Lawinen ausgelöst! Amüsiert und empört zugleich, überlegte die ehemalige First Lady, ob sie ihn von seinem schändlichen Tun abhalten sollte, fand es dann aber trotz allem zu entzückend, wie sich das Tier über die unvermittelten Schneegestöber wunderte und immer wieder aufs Neue Schutz an Orten suchte, an denen es nicht besser sein würde – bis die Katze zu ihrer Überraschung geradewegs auf Jeff zulief, nein: auf den Gartenausgang und an ihm vorbei nach drinnen strebte.

Der Junge warf den Schneeball, den er noch in Reserve hatte, weg und sprach das Tier an. Die Katze hielt inne und blickte zu ihm auf, dann schlich sie näher an ihn heran und strich um seine Beine.

»Du bist jetzt mein Mensch«, flüsterte Mildred Porter. So hatte sie es gelernt. Das war es, was Katzen zum Ausdruck brachten, wenn sie ihren Duft am *Homo sapiens* hinterließen. Nun also war Geoffrey ihr Mensch. Und tatsächlich beugte er sich zu dem Tier hinab, ging in die Hocke und streichelte es, unbefangen, plauderte mit der Katze, man konnte nicht hören, was. Aber es wirkte so friedlich, so natürlich, dass der großen, stolzen, erfahrenen Frau oben am Fenster unwillkürlich Tränen in die Augen stiegen. Winston, ihr Großer, der jetzt mit dem Vater Davos unsicher machte, mochte ein Tunichtgut sein. Geoffrey aber war ein ganz besonderer Mensch, der sogar mit vierzehn Jahren in der Lage war, Freundschaft zu schließen, mit wem auch immer – und sei es mit einer streunenden Katze. Sie dankte dem Himmel, dass er so wenig von seinem Vater hatte. Und ja, und so wenig von ihrem Ex-Mann.

Von alledem bekamen die übrigen Gäste des Hotels wenig bis gar nichts mit. Sie erlebten zufrieden einen

Tag der Ruhe und des Genusses, umsorgt von den Mitarbeiterinnen und Mitarbeitern des 24 Charming Street, umgeben von zauberhafter Dekoration, gestärkt durch Köstlichkeiten von der Bar und aus der Küche und umhüllt von sanfter Musik, die leise im Hintergrund spielte, entweder aus den gut versteckten Lautsprechern oder vom Klavier, das etwas später von der Bar in die benachbarte Lobby gebracht werden würde. Mr Richmond, der legendäre alte Pianist des Hauses, hatte wie immer eine berührende Mischung von Weihnachtsliedern aus aller Welt, vor allem aber aus der schottischen Heimat und aus dem für ihn so bedeutenden Repertoire des Swing zusammengestellt, die er mit der ihm eigenen Nonchalance gab, bis er sich am Nachmittag gegen fünf Uhr für eine Weile zurückzog.

Im Bereitschaftsraum erwachte unterdes Penny, die erschrocken feststellte, dass sie praktisch den ganzen Tag verschlafen hatte und es höchste Zeit war, ihren Korb wieder zu füllen und ihre Tour durchs Hotel zu unternehmen. Zumal an Christmas Eve jede Menge Extraarbeit zu tun war!

Erstaunt stellte sie fest, dass ihr jemand eine Decke übergelegt und ihr die Schuhe ausgezogen hatte. Beschämt stellte sie fest, dass sich ihr linker großer Zeh durch den Strumpf gebohrt hatte. Entzückt stellte sie fest, dass ihr Korb frisch mit Kerzen aufgefüllt worden war, sie musste also gar nicht mehr ins Warenlager im Keller, sondern konnte gleich nach oben (denn von oben fing sie mit ihrer Tour regelmäßig an), um das ganze Haus mit neuen Lichtern zu versorgen. Das ganze Haus bis hin zur Lobby, wo sie Hilfe von Rosa bekommen würde, denn das Zimmermädchen musste an diesem Abend allerlei zusätzliche Aufgaben übernehmen – wie alle Mitarbeiter des Hotels.

Nachdem sie in ihre Schuhe geschlüpft war und sich kurz frisch gemacht hatte, griff sie nach ihrem Korb und machte sich auf den Weg zum nördlichen Teil des Hauses, als ihr in der Tür Euna begegnete.

»Hello«, grüßte sie und wollte schon an der Restaurantchefin vorbeihuschen.

Doch Euna hielt sie zurück. »Stopp! Wann hast du zuletzt etwas gegessen?«

»Ich … sorry?«

»Ich habe dich vorhin hier schlafen sehen.«

»Tut mir leid, Miss Euna, ich … ich muss kurz eingeschlafen sein.«

Die Küchenchefin hob amüsiert eine Augenbraue. »Kurz? Ich war um zwölf Uhr hier und um zwei Uhr. Um vier habe ich noch mal den Kopf reingestreckt …«

»Es tut mir wirklich leid, Miss Euna!«, versicherte Penny, die um ihre Stelle fürchtete. Denn wenn eines selbstverständlich war, dann, dass man sich nicht im Dienst auf der Liege im Bereitschaftsraum ausschlief.

»Oh, das macht mir nichts«, erwiderte Euna zu ihrer Überraschung. »Die Nacht wird lang genug – und die nächsten Tage werden auch ganz schön anstrengend, das darfst du mir glauben. Ich denke mir nur: Wenn du nach deiner Schicht hier durchgeschlafen hast und jetzt wieder stundenlang deine Runde durchs Haus drehst, wirst du irgendwann umkippen, wenn du nichts isst. Deshalb schlage ich vor, du gehst rasch hinüber zu Luis, der sowieso gerade Häppchen vorbereitet. Er soll dir einen Teller davon geben, und wenn du die gegessen hast, dann kannst du loslegen.«

»Das ist sehr freundlich von Ihnen, Miss Euna.«

»Nur Euna«, erwiderte die Restaurantchefin lachend. »Ich komme mir ja vor wie eine Gouvernante, wenn du mich Miss nennst.«

»Natürlich, Miss … Euna.«

Auf in die Schlacht!

Es gehört zu den Mysterien des 24 Charming Street, dass an diesem ganz besonderen Tag, wenn die Dunkelheit sich über die Insel senkt, ein eigentümlicher Zauber sich des Hotels bemächtigt. Die Musik klingt noch ein wenig sanfter, das Licht schimmert noch ein wenig milder, ja selbst die Stimmen der Gäste scheinen eine gewisse Behutsamkeit anzunehmen. Annemarie von Schwan bemerkte es unvermittelt, als sie vor die Tür ihrer Suite trat.

Da sie und ihr Mann die meiste Zeit des Tages dort verbracht hatten, waren sie hungrig und neugierig, was an Christmas Eve im 24 CS geboten würde. Die Unternehmergattin wandte sich um und rief: »Atti?« (So hatte sie ihn früher immer genannt – und heute war es ihr plötzlich wieder über die Lippen gegangen.) Doch anders als sonst klang ihre Stimme nicht scharf und herrisch, sondern weich und überraschend leise. »Atti?« Sie lauschte und staunte selbst.

Auch ihr Mann staunte und erschien in der Tür. »Anni?«, entgegnete er, ebenfalls den Kosenamen von einst nutzend. Woraufhin sie beide lauschten und lächelten.

»Wollen wir?«
»Unbedingt!«

»Und das Mädchen?«

»Wir sollten ihr freigeben, findest du nicht? Es ist immerhin Heiligabend.«

»Ich bin froh, dass du das sagst, mein Schatz«, erklärte Annemarie von Schwan und hängte sich bei ihrem Gatten ein.

Sie gingen hinunter in die Halle, die überwältigend schön geschmückt war (wenn man von dem Filmequipment absah, das die Mitarbeiter des Hotels hinter Tannenzweigen und weihnachtlich dekorierten Paravents zu verstecken versucht hatten), durchquerten sie und gaben dem Concierge Bescheid, dass sie Roberta für den Rest des Tages nicht mehr brauchten. Dann suchten sie sich einen Platz, etwas zurückgezogen in einer der Fensternischen, wo auf den Tischchen zwischen den gemütlichen Sesseln Etageren mit Weihnachtsgebäck standen – zu Herrn von Schwans Entzücken auch Vanillekipferl, die er seit frühester Kindheit so liebte und die ihn an seine Großmutter Gretli erinnerten.

Über ihnen war ein Mistelzweig aufgehängt, was Attila von Schwan zum Anlass nahm, seiner Frau prompt noch einen leidenschaftlichen Kuss zu rauben. Und noch einen. Bis sie ihn sanft von sich schob und flüsterte: »Atti, ich bitte dich. Doch nicht hier.«

»Sollen wir wieder nach oben gehen?«, fragte er mit einem Schimmer in den Augen, den sie schon so lange nicht mehr gesehen hatte, dass sie ihn beinahe vergessen hatte. Annemarie von Schwan wurde einer Antwort enthoben, weil einer der Pagen an den Tisch trat und fragte: »Darf ich den Herrschaften etwas bringen? Einen

Cocktail vielleicht? Unsere Barkeeperin hat sich für den heutigen Abend einige neue Kreationen einfallen lassen!«

Er sagte es so verheißungsvoll, dass beide lachen, und vor allem: dass beide zusagen mussten. »Gerne«, erklärte der Schweizer Unternehmer. »Bringen Sie uns die Empfehlung von Miss Kiharu.«

»Du kennst ihren Namen?«, fragte seine Frau neugierig.

»Sie hat mir gestern ein paar gute Ratschläge gegeben«, blieb Attila von Schwan im Vagen. Heimlich aber dankte er der Barfrau, dass sie ihn in eine Richtung geschubst hatte, die ihm beinahe so etwas wie einen zweiten Frühling bescherte, nur schöner. Und vor allem: mit seiner eigenen Frau! Liebevoll blickte er auf seine Anni. »Diese Drinks, die sie da zaubert«, erklärte er, »die haben wirklich etwas Besonderes.«

Und als hätte sie gehört, dass von ihrer Freundin gesprochen wurde, tauchte plötzlich die Katze neben Annemarie von Schwan auf, strich um ihre Beine und blieb dann – deren Mann mit geheimnisvollen grünen Augen betrachtend – neben ihr sitzen.

»Grüezi«, sagte dieser freundlich. »Wer bist du denn?«

»Das ist eine Freundin von mir«, erklärte Annemarie von Schwan. »Ich habe sie Nietzsche genannt.«

Attila von Schwan lachte. »Seltsamer Name für eine Katze.«

»Vielleicht ist sie ja ein Kater?«

»Jedenfalls hat sie einen guten Geschmack. Wenn sie dich zur Freundin gewählt hat …«

Normalerweise wäre Richard an diesem Tag ununterbrochen im Hause unterwegs gewesen, so wie er es jedes Mal an Christmas Eve war, um die letzten und die allerletzten Vorbereitungen für die abendliche Gala zu unterstützen. Doch an diesem Tag war vieles anders als sonst – und manches sehr anders. Weshalb der Chefportier zu diesem Zeitpunkt in seiner kleinen Wohnung unter dem Dach saß und einen Brief schrieb. Er wählte seine Worte sorgsam und achtete darauf, alles so zu formulieren, wie es dem Anspruch, den der erste Mitarbeiter des Stabs eines solchen Hauses hatte, entsprach. Und so leicht es ihm gemeinhin fiel, stets den perfekten Ton zu treffen, so schwer war es für ihn, diesmal alles nach der Kunst zu formulieren.

Eben rang er um die ideale Schlussfloskel, da klopfte es an der Tür.

»Oliver!«

»Mr Atkins, Sir, wir bräuchten Sie unten im Mitarbeiterraum. Es geht um den Ablauf. Jenna hat sich den Fuß verstaucht und …«

»Ich bin in einer Minute bei Ihnen, Oliver«, entgegnete Richard. »Aber für Sie habe ich auch eine Aufgabe.« Er beendete den Brief rasch mit »Yours sincerely, Richard Atkins«, faltete ihn sorgsam, steckte ihn in einen Umschlag und reichte ihn dann dem Pagen. »Seien Sie so gut und bringen Sie das ins Büro. Legen Sie es einfach auf Mr Fletchers Schreibtisch, ja?«

»Sicher, Mr Atkins, Sir. Gerne.« Im nächsten Augenblick war Oliver verschwunden, und Roberta tauchte in der Tür auf.

»Du bist hier?«

»Ich hatte kurz etwas Privates zu erledigen«, erklärte der Chefportier mit seinem typischen feinen Lächeln. »Aber jetzt muss ich wieder nach unten, es gibt viel zu tun. Du hast keine Aufgaben?«

»Meine Herrschaften haben noch einen Auftrag für mich gehabt. Ich muss rasch nach Glasgow.«

Überrascht blickte Richard auf die Uhr. »Dann musst du dich beeilen, wenn du heute noch zurück sein willst.«

»Bin schon weg.«

»Tja«, sagte Richard und betrachtete seine Nichte mit Wohlwollen. »Das ist es, was unseren Beruf ausmacht: Wir müssen stets mit Überraschungen rechnen.«

»Da hast du recht«, erwiderte Roberta lachend. »Und manchmal sind es sogar schöne!«

»Manchmal, ja. Manchmal«, murmelte Richard geheimnisvoll, während sein Blick sich in eine unbestimmte Ferne richtete.

»Und Sie haben wirklich noch nie in einem Film mitgespielt?«, fragte Margie Smith, als wäre es geradezu unfassbar, dass jemand noch nie vor einer Kamera gestanden haben könnte.

»Wissen Sie, Ma'am …«, versuchte Harold zu erklären, doch sie unterbrach ihn.

»Wenn Sie Ma'am sagen, komme ich mir vor, als wäre ich siebzig!«, rief sie. »Sagen Sie doch bitte Margie.«

»Ähm, Margie, hm, gerne«, stotterte Harold und fragte

sich, ob sie wirklich fand, dass Ma'am nach siebzig klang. Denn er hätte sie für deutlich älter geschätzt. »Also«, fuhr er fort, »es ist so: Wenn Sie Busfahrer auf Skye sind, dann haben Sie nicht so oft mit Filmemachern zu tun.«

»Ich verstehe«, warf die beinahe berühmte Schauspielerin ein. »Es ist nicht leicht, entdeckt zu werden, wenn man am Ende der Welt lebt.«

»Hm. So könnte man es sagen.« Harold griff nach seinem Bier und wartete, ob sie noch mehr einwerfen würde. Was sie nicht tat. »Ja, um es kurz zu machen ...«, setzte er wieder an, worauf Ms Smith sich zu fragen erlaubte: »Gibt es denn überhaupt Schauspieler, die von Skye kommen? Jemanden, den man kennen muss?«

»Oh! Da ist natürlich Emma Thompson, die ...«

»Nicht wahr! Die kommt von hier? Ich habe in Shakespeares *Sommernachtstraum* mit ihr gespielt! Das heißt, ich *hätte* beinahe mit ihr gespielt. Ein Missverständnis, wenn Sie verstehen, was ich meine.« Sie kippte ihren Tee mit Talisker und zuckte die Achseln. Harold verstand nicht, doch das schien ihm das kleinere Problem. »Ich fürchte, wir sprechen über verschiedene Emma Thompsons. Ich meine die Frau von Greg. Dem Fischer von Uig.«

»Von wo?«

»Uig. Ein kleiner Ort am Northern Minch. Sie hat in einer Dokumentation über das Landleben in Schottland mitgespielt. Also, eigentlich hat sie nicht gespielt, denn sie war ja sie selbst, es war schließlich eine Dokumentation und ...«

»Das ist genau der Punkt!«, fiel ihm die Actrice ins Wort. »Du musst immer den spielen, der du bist.«

»Aber ich bin Busfahrer«, erlaubte sich Harold anzumerken. »Ich glaube nicht, dass es sehr viele Filme gibt, in denen ein Busfahrer …«

»Nein! Doch nicht *so*, Sie Dummerchen!«, rief Margie Smith glucksend. »Ich meine, Sie müssen immer die Person sein, die Sie spielen, müssen immer ganz in die Rolle hineinschlüpfen. Wenn ich eine Gouvernante im neunzehnten Jahrhundert spiele, dann muss ich mich bewegen, mich ausdrücken und mich *fühlen* wie eine. Wenn ich die Queen spiele, muss ich die Queen werden, und zwar mit jeder Faser meines Körpers. Wenn ich eine sexbesessene Frau aus der Upperclass darstellen soll, dann …«

»Ähm, ja«, wagte Harold zu bemerken. »Ich, ähm, verstehe. Also, was mich betrifft, dann fürchte ich, ich kann nun einmal nichts anderes darstellen als einen … Busfahrer.«

Margie Smith winkte ab. »Sie unterschätzen Ihre Fähigkeiten, mein Lieber, aber bei Weitem! Was ich bisher von Ihnen gesehen habe – Sie sind praktisch ein Naturtalent, ach, was sage ich, ein Naturereignis!«

Hastig nahm Harold noch einen Schluck von seinem Bier, schon um nichts erwidern zu müssen. Denn weder wollte er sich vorstellen, was es bedeutete, ein Naturereignis zu sein, noch wollte er sich ausmalen, welche Art von Naturereignis Ms Smith durch den Sinn ging. Dankbar nahm er zur Kenntnis, dass Kiharu an den Tisch trat und fragte, ob die Herrschaften noch etwas zu trinken wünschten.

»Woran liegt das eigentlich, dass es zu Hause nie so gut schmeckt wie woanders?«, fragte er.

»Das gilt für alle Getränke«, erklärte die Barfrau. »Es liegt an Ihnen!«

»An mir?«

»Aber sicher, Sir. Die Umgebung schärft Ihre Sinne. Und das stärkt Ihre Fähigkeit zu genießen.«

»Zu genießen!«, rief Margie Smith und legte ihre Hand auf seine. »Haben Sie gehört, Darling? Es ist alles eine Frage der Leidenschaft.« Sie senkte ihre Stimme und blickte ihm tief in die Augen. »Die Frau weiß, wovon sie spricht.«

Darling, dachte er. Leidenschaft. O Gott.

Man hatte die Szene am Empfang mit Glück am Vortag noch fertig bekommen, Ms Winslet und Ms Smith hatten als Ms Winslet und als Ms Smith brilliert, Harold hatte den Ständer mit Presseerzeugnissen fest im Blick behalten und dann erstaunt aufgesehen, als die berühmten Schauspielerinnen eingetreten waren. Zu guter Letzt hatte die Crew ihm lang anhaltend Beifall geklatscht, vermutlich aus Erleichterung. Natürlich hoffte Tilda Tucker, dass damit das Eis endlich gebrochen war, denn sie war entschlossen, diesen herrlich schrulligen und ungemein sympathischen Busfahrer noch mehrmals in ihrem Film in Szene zu setzen. Ein solches Juwel an Schlichtheit und Natürlichkeit durfte man sich unter keinen Umständen entgehen lassen.

Der Nachmittag des Heiligen Abends war einigen »ungezwungenen Aufnahmen« der Gäste sowie der großen

Kamerafahrt durch die Halle und die Bar gewidmet gewesen. Nun saß die Regisseurin über der Dispo für den abendlichen Dreh und versuchte, ihn mit dem Ablaufplan der Gala abzugleichen, was ihr aber schwerfiel angesichts des mehr als offensichtlichen Interesses von Ms Smith an Harold. Immer wieder musste sie zu den beiden hinüberblicken, die in der Bar nahe dem Piano saßen und sich augenscheinlich bestens unterhielten – zumindest die Schauspielerin tat das. Und sie ließ keine Gelegenheit aus, ihre Begeisterung für den Busfahrer zu zeigen.

»Unsere Margie scheint einen neuen Schwarm gefunden zu haben«, bemerkte prompt Ms Winslet, die sich ohne Ankündigung und Vorwarnung in den nebenstehenden Sessel geworfen hatte.

Natürlich gab Tilda Tucker nicht vor, nichts bemerkt zu haben. »Verständlich, oder?«, sagte sie stattdessen. »Er ist ja auch ein ...« Sie suchte nach einem unverfänglichen Ausdruck.

»Schon klar«, sagte Ms Winslet. »Absolut. Weißt du, ob er alleinstehend ist?«

»Harold? Ich habe keine Ahnung. Ja.«

»Wie jetzt?«, fragte die Schauspielerin mit amüsierter Miene. »Keine Ahnung? Oder ja.«

»Ja.«

»Hmmmmm.«

»Du etwa auch?«, fragte Tilda Tucker erschrocken.

»Ob ich ihn mir auch angeln möchte?« Ms Winslet winkte ab. »Dir sollte bekannt sein, ich bin in festen Händen.«

Was für die Regisseurin nach allem anderen als einer

klaren Absage klang. »Verstehe«, murmelte sie und beugte sich wieder über ihre Papiere.

»Was finden die alle an diesem Dorftrampel?«, murrte Finn Garland, der Producer, als er mit dem Set-Aufnahmeleiter bei einem Bier ganz hinten in der Bar saß und die weiblichen Mitglieder der Crew beobachtete, die alle die Augen nicht von Harold lassen konnten (und Margie Smith auch nicht ihre Finger).

»Du meinst Mr Flechter?«

»Ich meine den Busfahrer.«

»Haben wir einen Busfahrer?«

»Unseren *Hauptdarsteller*.«

»Harold?«

»Genau den.«

»Am Ende werden sie ihn sowieso rausschneiden«, vermutete der Aufnahmeleiter und bescherte damit Finn Garland, ohne es zu ahnen, einen Moment tiefer Befriedigung. Den er allerdings im nächsten Augenblick mit der Frage zerstörte: »Sollten wir nicht langsam alles vorbereiten?« Denn natürlich hatte er recht: Die Hälfte des Equipments war in der Bibliothek verräumt, die andere Hälfte hinter irgendwelchen Hilfskonstruktionen versteckt, damit die weihnachtlich-romantische Atmosphäre des Abends nicht beeinträchtigt würde.

»Na gut«, stimmte Garland zu. »Gib den Ladies Bescheid, dass sie in die Maske sollen. Ich kümmere mich um Tilda.«

Mit den Ladies waren die beiden Stars gemeint, die – wie alle großen weiblichen Schauspielerinnen – es als ebenso große Zumutung empfanden, in die Maske gebeten zu werden, wie jeglichen öffentlichen Auftritt ohne Maske absolvieren zu sollen (sie standen ihren männlichen Kollegen darin in nichts nach).

Auch wenn ihn so ziemlich alles an diesem Dreh tierisch nervte, so konnte Finn Garland doch eine gewisse freudige Erregung nicht bestreiten, die ihn stets befiel, wenn es an die Aufnahmen der jeweils nächsten Szene ging. Die ungeheure Konzentration, die Anspannung des gesamten Teams, die Neugier auf den anstehenden Take, dieses Knistern, das buchstäblich in der Luft lag, alles das war es, wofür er sich einst entschlossen hatte, eine gut dotierte Stelle in der Steuerkanzlei seines Onkels sausen zu lassen, um stattdessen ein rudimentäres Studium an der London Film School zu absolvieren und danach mies bezahlte Jobs an lausigen Sets lausiger Produktionen anzunehmen, um sich peu à peu nach oben zu strampeln.

Selbstverständlich beneidete er Tilda Tucker für ihren Erfolg und verachtete sie zugleich, weil ihr alles in den Schoß fiel, während er die Ochsentour machte und niemand es würdigte.

»Tilda!«, rief er kumpelhaft. »Immer noch über der Dispo?«

»Ist nicht einfach, das Programm des Abends so breit wie möglich einzufangen. Ich musste noch ein paar Dinge umstellen.«

»Du bist die Beste«, versicherte ihr Finn Garland.

»Ach, ich hoffe, es passt jetzt.«

»Nein, wirklich: Ich bin unglaublich stolz, mit dir arbeiten zu dürfen!«

Tilda Tucker betrachtete ihren Producer aus zusammengekniffenen Augen. »Keine Drinks, ja?«

»Keine Drinks, klar«, bestätigte der. »Ich habe ...«

Der Aufnahmeleiter trat an den Tisch und bat Ms Winslet in die Maske. Die Schauspielerin rollte dramatisch die Augen, stürzte ihr Getränk (zweifellos kein »Drink«) in einem Schluck hinunter und katapultierte sich ächzend aus dem Fauteuil.

»Auf in die Schlacht«, rief sie und begab sich zu ihrer Suite, wo das Mädchen, das die Maske machte, gewiss schon auf sie wartete.

Als Nächstes war Ms Smith an der Reihe, die dem Aufnahmeleiter tödliche Blicke zuwarf, ohne ihn damit aber zur Strecke zu bringen.

»Gut«, sagte Tilda Tucker zu ihrem Producer. »Dann bereitet mal alles gut vor. Ich kümmere mich um Harold.«

Es fällt auf, dass Shakespeare nicht nur in seine Komödien komödiantische Szenen aufgenommen hat. Possenreißer, Einfaltspinsel und Freaks finden sich auch in großen Tragödien aus seiner Feder. Warum aber ist das so?

Shakespeare hat erkannt, dass wir unser ganzes Leben in seinen Stücken wiederfinden wollen – die tragischen, aber auch die lachhaften Aspekte. Indem wir uns über unsere eigene Unzulänglichkeit lustig machen, lernen wir, sie zu ertragen ...

Die folgenden zwei Seiten hatte Harold überblättert. Doch dann fesselte ihn eine Szene, die ihm vage bekannt vorkam, vielleicht, weil er als Schüler in einer Aufführung des *Sommernachtstraums* (und übrigens sehr beeindruckt) gewesen war.

Für den Darsteller freilich ist die Rolle des Tors die größte Herausforderung, bedeutet sie doch, dass er sich vor aller Welt der Lächerlichkeit preisgeben muss.

Nun aber, da er in der Bar des 24 Charming Street saß, neben sich eine beinahe weltberühmte Schauspielerin in deutlich vorgerückten Jahren, die ihn zu umgarnen versuchte wie eine Gottesanbeterin ihr Männchen (wobei er sich nicht sicher war, ob Gottesanbeterinnen *irgendetwas* umgarnten, sehr wohl aber darüber, was sie anschließend mit dem Objekt ihrer Begierde taten), nun aber fühlte er sich selbst wie einer jener Narren, die der große Dichter in seinen Stücken hatte auftreten lassen, um das Volk zu belustigen. *Für den Darsteller freilich ist die Rolle des Tors die größte Herausforderung, bedeutet sie doch, dass er sich vor aller Welt der Lächerlichkeit preisgeben muss.* So ungefähr musste sich das anfühlen, fand Harold, während er sich nicht entschließen konnte, noch ein Bier zu bestellen.

»Wenn Sie möchten, mein Guter, kann ich es Ihnen gerne zeigen«, erklärte Margie Smith und griff nach ihrer Schulter.

»Nein, nein!«, rief Harold, ahnungslos, wovon sie sprach, jedoch das Schlimmste befürchtend. »Ich glaube es Ihnen auch so, Ms Smith.«

»Margie«, sagte die Schauspielerin. »Hatten wir uns nicht auf Margie geeinigt?« Und um ganz sicher zu sein, beugte sie sich sehr nah zu ihm und flüsterte: »Margie.«

»Mhm«, sagte Harold. »Nun, ähm, ich schätze ... ich denke ... also, ich fürchte ...« Er blickte sich Hilfe suchend um und entdeckte Richard, der in dem Moment die Bar betrat, die Situation intuitiv erfasste, an den Tisch kam und fragte: »Mr Baker, Sir, dürfte ich Sie in einer Angelegenheit um Rat fragen?«

»Mich? Gerne!« Es klang erfreuter, als es vielleicht sollte.

»Sie fragen Ihre Gäste um Rat?«, warf Ms Smith ein, sichtlich verärgert über die Unterbrechung.

»Nur in dringenden Fällen«, erklärte Richard.

»Na, da bin ich aber gespannt.«

»Und in besonders diskreten.«

»Verstehe.« Margie Smith erhob sich mit all der Grandezza, deren eine Frau von Welt aus Shropshire fähig war, murmelte in Richtung Harold: »Ich muss sowieso in die Maske«, und verließ die Bar, zumal sie die Maskenbildnerin eifrig Zeichen machen sah.

»Suchen Sie wirklich meinen Rat?«, wollte Harold wissen.

»Mr Baker, wir kennen uns lange«, erwiderte Richard mit gutmütigem Lächeln. »Ich sehe, wenn Sie sich nicht wohlfühlen.«

»Das ist sehr ...« Harold war beinahe gerührt.

»Aber da ich Sie nun schon um Rat gebeten habe: Schwarz oder Rot?« Der Chefportier hielt zwei seidene Fliegen vor ihn hin. »Für die Gala nachher.«

»Oh! Dann, in Ihrem Fall, gerne die rote, Mr … Richard. Wenn einer sie tragen kann, dann Sie.«

»Sehr freundlich, dass Sie das sagen.«

»Nichts als die Wahrheit«, sagte Harold und meinte es auch so. Mr Atkins würde sich nie zum Narren machen, nicht einmal mit einer roten Fliege. Während er selbst inzwischen das Gefühl hatte, allein durch sein bloßes Hiersein schon wie ein Narr zu wirken. Er steckte das Shakespeare-Buch ein, ohne darauf zu achten, dass der kleine Roman, den er ebenfalls aus seinem Zimmer mitgebracht hatte, versehentlich auf dem Tisch liegen blieb, als er die Bar wieder verließ.

Richard Atkins trug die rote Fliege, als er gegen neunzehn Uhr die kleine Bühne betrat, die Jeeves und seine Helfer rund um den funkelnden Weihnachtsbaum errichtet hatten. Die »Christmas Bell« unter dem großen Dachgiebel – vielleicht Mr Fletchers einzige gute Idee, seit er hier arbeitete – hatte geläutet. Einmal im Jahr diente das 24 Charming Street diesem außergewöhnlichen Gentleman als Bühne für eine ganz besondere Übung: das Zelebrieren von Freundschaft. Denn nichts anderes war das Haus in seinen Augen – ein Ort, an dem Menschen sich zusammenfinden, um als Freunde betrachtet und wertgeschätzt zu werden, egal, ob sie außerhalb des 24 CS Industrielle waren oder Busfahrer, Schauspielerinnen, Politikergattinnen oder eben Concierge, Hausmeister oder Zimmermädchen. Sie alle waren an diesem besonderen Abend eine große Familie. Was Richard an jedem 24. Dezember zum Ausdruck brachte, indem er einen Song anstimmte, der ihm mehr als jeder andere aus dem Herzen sprach:

Have yourself a merry little Christmas
Let your heart be light
From now on, our troubles will be out of sight

Have yourself a merry little Christmas
Make the yuletide gay
From now on, our troubles will be miles away

Mr Richmond am Piano legte all seine Leidenschaft in sein Spiel und verstand es, quasi ein ganzes Swing Orchester mit seinem Klavier zu ersetzen. Mancher Gast staunte ob der Professionalität, mit der der Portier hier unversehens zum Entertainer wurde. Am meisten staunte Roberta, die ihn zwar schon seit ihrer frühesten Kindheit kannte, ihn aber nie auf der Bühne gesehen hatte.

Through the years we all will be together
If the Fates allow
Hang a shining star upon the highest bough
And have yourself a merry little Christmas now.

»Ladies und Gentlemen«, sagte Richard, nachdem er sein Lied beendet hatte und der Applaus verklungen war. »Es ist mir eine ganz besondere Freude, Sie heute Abend zu unserer kleinen Gala im 24 Charming Street begrüßen zu dürfen. Wie jedes Jahr haben wir uns auch diesmal ein Programm überlegt, mit dem wir Ihnen ein wenig Freude bereiten wollen, das Sie in weihnachtliche Stimmung versetzen soll und Sie hoffentlich später – viel später! – in ein freudvolles Fest entlassen soll.

Manch einer von Ihnen kennt unser Ritual, für andere ist es neu. Für diejenigen, die es noch nicht wissen: Das Rigg's Inn ist an diesem besonderen Abend traditionell geschlossen. Stattdessen gibt es hier in der Halle und in der Bar kleine Köstlichkeiten so viel Sie und solange Sie wollen. Euna und ihr Team werden Sie an den Tischen bedienen. Unsere Barfrau Kiharu hat sich einige besondere Cocktails für diesen Abend überlegt, unsere Mitarbeiterinnen und Mitarbeiter bringen Ihnen, was immer Sie wünschen, und werden Sie gerne beraten. Ich selbst habe die Ehre, Sie durch diesen Abend zu führen und zwischendurch auch das eine oder andere Lied für Sie zum Besten zu geben.

Eine Besonderheit gibt es diesmal, die diese Gala von bisherigen Veranstaltungen in diesem Haus unterscheidet: Wir haben dieser Tage ein Filmteam bei uns. Die meisten von Ihnen wissen längst, dass die berühmte Tilda Tucker ein Porträt des 24 Charming Street dreht …« Richard machte eine Kunstpause, um den Gästen einen Applaus zu ermöglichen, der auch kam. Von Mr Fletcher. Dann sprach er weiter: »Nun, und weil im Filmgeschäft alles genau geplant werden muss, haben wir uns bereit erklärt, nach dieser Begrüßung noch einmal unser Eingangslied zu singen. Aber keine Sorge, die Rede müssen Sie nicht noch einmal hören.« Vereinzelt lachte jemand. »Mr Richmond, wären Sie so weit?«

Der Pianist nickte.

Richard verbeugte sich, nahm den kleinen Applaus entgegen, der ihm an dieser Stelle zuteilwurde, verschwand noch einmal im Hintergrund, während ringsum die Lampen wieder gedimmt wurden. Mr Richmond lauschte auf die leisen Anweisungen im Hintergrund: »Kamera läuft. – Ton ab. – Bitte!« Ein »Klack« und die Mitteilung »Vier, die Erste!« bedeutete ihm, dass die Klappe geschlagen worden war, worauf er seine Finger über die Tasten hob und bereits im Begriff war, den ersten Akkord anzuschlagen, während in einer Kaskade von Lichtimpulsen die Scheinwerfer einer nach dem anderen aufblitzten, Richard die Bühne erneut betrat – und der Saal unvermittelt in Dunkelheit versank.

Flying Christmas Picknick

»Cut!«war das Erste, was – übrigens unterlegt mit einem erstaunlich sauberen Akkord von Mr Richmond – in der Lobby zu hören war. Dann war es eine Weile still, weil niemand wirklich wusste, wie mit der Situation umzugehen sei. Möglich, dass der ein oder andere Gast den Vorfall für einen Teil der Inszenierung hielt. Doch nach einigen Schrecksekunden war auch dem Letzten klar, dass er gerade einem unvorhergesehenen Zwischenfall beiwohnte.

»Ein Kurzschluss«, stellte Harold trocken fest und nickte, als müsse er es sich selbst bestätigen.

»Ein Kurzschluss?«, keuchte Tilda Tucker. »Echt jetzt?«

»Sieht so aus«, murmelte die Chefbeleuchterin und klopfte mit den Fingerknöcheln an einen ihrer Scheinwerfer, als könnte der es bestätigen oder – besser noch – dementieren.

Es fiel das F-Wort. Es fielen andere Worte, die vergleichbar unzitabel sind. Es wurde geflucht, was generell in diesem Hause unüblich war, an einem solchen Tag allerdings geradezu undenkbar. Und es wurde vereinzelt auch gelacht. Denn namentlich Attila von Schwan amüsierte sich und steckte mit seiner Fröhlichkeit einige andere Anwesende an. Selbstverständlich niemanden vom Filmteam.

Wähnte man sich angesichts der Plötzlichkeit, mit der alles elektrische Licht ausfiel, zunächst in tiefe Dunkelheit geworfen, so wurde den Gästen rasch klar, dass ja immer noch Hunderte Kerzen in den Räumlichkeiten um sie herum brannten. Dem Filmteam wurde jedoch klar, dass das definitiv nicht ausreichen würde, um zu drehen, selbst wenn man die Kameras vom Strom nahm und nur mit Akkus betrieb.

»Den Dreh kannst du knicken«, erklärte Finn Garland mürrisch.

»Hausmeister?«, rief die Regisseurin. »Hausmeister!«

Jeeves stand ohnehin neben ihr und sagte sanftmütig: »Ja?«

»Wie lange wird es dauern, bis wir wieder Strom haben?«

»Ich habe die Sicherungen schon geprüft. Sie sind alle rausgesprungen.«

»Sie haben noch diese alten Dinger, die man reinschraubt?«, stellte Tilda Tucker fassungslos fest.

Jeeves wackelte ein wenig mit dem Kopf, wie er es von seinen Eltern gelernt hatte, und erklärte: »Das Haus stammt von 1849, Ma'am. Die Elektrik ist in den Zwanzigerjahren eingebaut worden, schätze ich.«

»Die Technik stammt aus den Zwanzigern?«

»Sie wurde in den Fünfzigerjahren erneuert. So hat es mir jedenfalls Mr Paulson gesagt, mein Vorgänger, der hier seit …«

»Sagen Sie mir bloß, ob Sie die Sicherungen austauschen können!«, unterbrach ihn die Regisseurin.

»Sicher, Ma'am.«

»Na, dann drehen Sie schon neue rein!«

»Wir müssen aber noch die Hauptsicherung überbrücken.«

»Wie lange kann das dauern?«

»Die Überbrückung? Ein paar Minuten. Vielleicht eine halbe Stunde.«

»Und dann läuft wieder alles?«

Jeeves erlaubte sich, abermals mit dem Kopf zu wackeln und Tilda Tucker so aufmunternd wie möglich anzulächeln. »Wir werden trotzdem noch Sicherungen brauchen. Und so viele haben wir leider nicht vorrätig.« Jeeves hob entschuldigend die Hände. »Es tut mir leid. Die Scheinwerfer, Ihre ganze Technik – darauf sind die Leitungen nicht ausgelegt. Einen solchen Ausfall hatten wir noch nie.«

»Sie sind verrückt!«

»Ich … ich wüsste nicht …«, stotterte Jeeves, der eine solche Vorhaltung im 24 CS noch nicht erlebt hatte.

»Bringen Sie es in Ordnung, Mann! Wir müssen drehen! Der Zeitplan ist eng genug!« Und als der Hausmeister sie weiterhin mit einer Mischung aus Verblüffung und Gekränktheit anstarrte, blaffte sie: »Verstanden?«

»Entschuldigen Sie, Tilda«, mischte sich Harold ein, der sich genötigt sah, dem armen Mann beizuspringen, den nun wirklich keinerlei Schuld traf. »So einfach wird es nicht sein. Es nützt ja nichts, wenn Mr Jeeves den Zustand wiederherstellt, der vor dem Zwischenfall war. Denn mit all Ihren Scheinwerfern und sonstigen Geräten überfordern Sie das Stromnetz des Hauses. Die Sicherungen werden erneut durchbrennen.«

Einen Moment schwieg die Regisseurin, ihren Darsteller betrachtend, als müsse sie überlegen, ob er nur wirr oder schon vollkommen dem Wahnsinn verfallen sei, ehe sie trocken sagte: »Und das wissen Sie, weil …«

»Weil mein Bus von 1969 stammt, Tilda«, erklärte Harold sanftmütig. »Und ich ihn seit vielen Jahren weitgehend selbst warte. Ich kenne mich mit analoger Technik aus.«

»Mit analoger Technik«, wiederholte Tilda Tucker nachgerade mechanisch. Und ächzte. »Und was machen wir jetzt?«

Nun war es Harold, der entschuldigend die Hände hob. »Den Dreh können Sie jedenfalls vergessen, Tilda. So leid es mir tut.« Auf einmal tat sie ihm wirklich leid. Denn er konnte in ihren Augen erkennen, wie tief sie die Erkenntnis traf, dass ausgerechnet die Aufnahmen am wichtigsten Tag gescheitert waren. Harold blickte zu den anderen aus dem Filmteam, die im schwachen Schein der Kerzen ringsum ratlos dastanden und auf einmal gar nicht mehr so vor Selbstbewusstsein strotzten, sondern vielmehr verloren wirkten, ratlos.

Da erkannte er, dass sie bei all ihrer zur Schau getragenen Coolness letztlich auch nur Menschen waren, die versuchten, ihren Job möglichst gut zu machen, und die sich jeden Tag aufs Neue durchkämpften, wie alle anderen. Wie die Zimmermädchen hier. Wie die ehemaligen Premierminister und First Ladies. Wie Jeeves, der Hausmeister. Wie er selbst. Er musste an seinen lieben alten Bus denken, der ihm mit seiner Technik von einst immer so viel Kummer machte und den er trotzdem niemals würde eintauschen wollen gegen eines der neuen, komfortablen Modelle mit Einstiegshydraulik und Klimaanlage und Rückfahrkameras und Pipapo. In dem er unter anderen Umständen jetzt sitzen und seine übliche Runde über die Insel drehen würde, weil niemand ihn zu Hause erwartete, aber auch an Christmas Eve der Nahverkehr aufrechtzuerhalten war, selbst wenn kein Mensch ihn in Anspruch nahm.

Und das brachte ihn auf eine Idee.

»Oliver?«, sagte er und wandte sich an den Pagen, der neben ihm stand.

»Ja, Sir?«

»Die Telefone müssten doch noch gehen, oder?«

»Ich nehme es an, Sir?«

»Dürfte ich ein Telefonat führen?«

»Selbstverständlich, Sir! Wenn Sie mir zum Empfang folgen wollen …«

Voll Grauen dachte Mr Fletcher an die Bewertungen, die das 24 CS angesichts dieses blamablen Ereignisses auf all den Onlineportalen bekommen würde. Stromausfall im Luxushotel? Ein Ding der Unmöglichkeit! Kurz überlegte er, die Gäste alle in den Garten zu bitten, verwarf den Gedanken aber schnell wieder. Andererseits: Ein stockfinsteres Haus war geradezu prädestiniert, Unfälle zu provozieren. Was, wenn jemand über die tausend Kabel stolperte, die die Filmcrew überall ausgelegt hatte, und auf die Nase fiel? Was, wenn jemand gegen die Tür rannte oder die Treppe hinabstürzte? Nein, die Leute ein paar Stunden aus dem Weg zu haben, bis das Problem behoben war, war vielleicht auf den zweiten Blick die bessere Katastrophe.

»Sehr geehrte Damen und Herren!«, rief Oscar D. Fletcher ohne Mikrofon und deshalb nicht ganz so entspannt, wie er es gerne gewesen wäre. »Sie haben es mitbekommen, wir haben keinen Strom mehr. Das stellt uns natürlich vor einige Probleme. Zuerst möchte ich mich im Namen des Hotels für alle Unannehmlichkeiten entschuldigen, die das im Einzelnen mit sich bringt. Natürlich bemühen wir uns, den Schaden so schnell wie möglich zu beheben.« Er machte eine Kunstpause und wischte sich mit einem Taschentuch die Stirn.

Richard, der neben ihm stand, erkannte, dass der Manager sehr unter Druck stand. Natürlich: Das Filmprojekt war sein großes Vorhaben zum Antritt seines Amtes im 24 CS. Nun drohte es zu scheitern. Und auch, wenn Fletcher nicht sein Freund war, mochte der Chefconcierge ihn in dieser Situation nicht im Regen stehen lassen.

»Liebe Gäste und Freunde des 24 Charming Street«, sagte er deshalb, einen Schritt nach vorne tretend. »Als ich vor vielen Jahren meinen Dienst in diesem Hotel antrat, als Page, auf der untersten Stufe der Karriereleiter sozusagen, gab es eine Sache, die mir schon am ersten Tag ans Herz gelegt wurde. Ich erinnere mich noch sehr genau, es war tatsächlich auch in dieser Jahreszeit, am ersten Januar genau genommen. Das Hotel war noch weihnachtlich dekoriert – nicht ganz so prächtig wie heute, aber auch schon sehr eindrucksvoll. Es herrschte eine ganz besondere Stimmung im 24 Charming Street.

Und der damalige Chefportier Mr McIntyre wies mich in meine Aufgaben ein. Er gab mir eine Handvoll goldene Regeln mit auf meinen Weg, wirklich, es waren nur ein paar ganz wenige. *Denn wenn du dich an die hältst, mein Junge, dann wird alles andere sich von ganz alleine ergeben. Du wirst immer wissen, was zu tun ist, auch in Situationen, die du nicht vorhergesehen hast.*

Nun müssen Sie wissen, Ladies and Gentlemen, dass die Arbeit in einem Grandhotel, und sei es das kleinste der Welt, immer Überraschungen bereithält. Kein Tag ist wie der andere, kein Gast ist wie der andere. Mr McIntyre also, der leider schon vor vielen Jahren verstorben ist, dessen Andenken ich aber hochhalte, gab mir die wichtigsten Regeln mit auf den Weg. Regel Nummer drei lautete: *Wenn ein Gast einen Wunsch hat, erfüllen wir ihn. Wenn man etwas möglich machen kann, machen wir es möglich.*« An dieser Stelle seufzte Richard und verneigte sich leicht im flackernden Licht der ihn umgebenden Kerzen, während Penny eilig immer noch mehr Flämmchen entzündete, um es in der Lobby und in der Bar heller werden zu lassen.

»Heute scheint es mir, wir kommen mit dieser goldenen Regel an einen Punkt, wo wir Sie, unsere lieben Gäste, bitten müssen, Nachsicht mit uns zu üben. Denn was wir Ihnen versprochen haben, können wir augenscheinlich nicht bieten. Ein wenig Gesang zum Klavier, nun gut. Die Häppchen sind immerhin zubereitet, an Getränken wird es nicht fehlen. Auf Ihren Tischen finden Sie Köstlichkeiten aus unserer Patisserie. Die große Gala aber ...«

»Die sieht dieses Jahr zum ersten Mal ganz anders aus!«, mischte sich mit einem Mal jemand ein, der sich in dem Moment zwischen Richard und Mr Fletcher drängte. »Wir haben nämlich für Sie ein Alternativprogramm vorbereitet.«

»Mr ... Baker?«, flüsterte Richard.

Harold nickte ihm aufmunternd zu. »In einer halben Stunde wartet vor dem Hotel ein Flying Picknick auf Sie!«, erklärte Harold den Gästen und blickte in die Runde, wobei sein Blick einen winzigen Moment an Tilda Tucker hängen blieb. »Das 24 Charming Street freut sich, Ihnen in Zusammenarbeit mit den Verkehrsbetrieben der Isle of Skye zum ersten Mal eine Christmas-Tour anbieten zu dürfen, auf der Sie mit all den Köstlichkeiten des Hauses verwöhnt werden, während Sie gleichzeitig eine Inselrundfahrt genießen. Selbstverständlich kostenlos.«

Mr Fletcher räusperte sich und sagte leise: »Also aus Haftungsgründen kann ich so etwas auf keinen Fall ...«

»Sie haben es gehört, meine Herrschaften!«, rief Richard und warf Harold einen dankbaren Blick zu. »Sie sind herzlich zu unserem Alternativprogramm eingeladen, dem ersten Flying Christmas Picknick des 24 Charming Street. Über eine zahlreiche Teilnahme würden wir uns über die Maßen freuen! Ich hoffe, wir sehen uns in einer halben Stunde vor dem Hotel. Bis dahin genießen Sie bitte noch die Zeit hier und lassen Sie sich verwöhnen.«

Das Team hatte sich zerstreut. Nachdem klar war, dass der Dreh abgebrochen werden musste, schien sich niemand mehr darum zu kümmern, jetzt noch irgendeine Art von Disziplin an den Tag zu legen. Finn Garland war mit der Maskenbildnerin irgendwo verschwunden, der Aufnahmeleiter hatte sich eine Flasche von der Bar geschnappt und das Weite gesucht – und Tilda Tucker saß auf ihrem Regiestuhl, unbeachtet vom Rest der Welt, und starrte ins Leere – und in die Dunkelheit. So etwas hatte sie noch nie erlebt. Ein Abenddreh ohne Beleuchtung war sinnlos. Eine Show ohne Mikrofone … Ein Schluchzen entrang sich ihrer Brust, sie erschrak selbst. Denn auch das hatte sie noch nicht erlebt. Und dann war diese Witzfigur von Busfahrer, der sich einbildete, Schauspieler sein zu wollen, auf die absurde Idee verfallen, praktisch alle Anwesenden in die Nacht hinauszulotsen, um mit ihnen … Diesmal war es ein Jaulen, das über ihre Lippen kam, halb belustigt, halb verzweifelt.

Unbemerkt von allen anderen stand Tilda Tucker auf und schlenderte durch die im schummrigen Kerzenlicht liegende Bar, vorbei an Tischen, an denen eben noch Gäste mit leuchtenden Augen gesessen hatten, vorbei an dem riesigen Weihnachtsbaum, am Piano, das nun ebenfalls verwaist war, und vorbei an Kiharus Tresen, an dem nichts mehr ausgeschenkt wurde.

Auf einem Tisch – war es Harolds gewesen? – entdeckte sie ein Buch. Sie nahm es zur Hand, aus einer unsinnigen Laune heraus, und blätterte ein wenig darin herum. Als sie es zuklappte, erkannte sie, dass es *Winterträume* war, der Roman, den sie selbst so gerne verfilmt hätte (keine Chance übrigens: In den Ligen spielte sie nicht mit, dafür brauchte es Geld, *richtig* Geld). Mit dem Lächeln der Melancholie ließ sie sich auf Harolds Platz nieder und schlug das Buch noch einmal auf. Im Schein der Kerzen ließ sich der Text sogar entziffern! Es war die Szene, in der Fjodor Iwanowitsch Rimski im Schlitten …

durch die Straßen von St. Petersburg jagte. Kein Mensch schien in dieser eisigen Winternacht draußen zu sein, doch Fjodor wusste, dass die Geheimpolizei des Zaren die Straßen abgesperrt hatte und an jeder Kreuzung ein Kommando darauf wartete zuzugreifen. Doch Fjodor Iwanowitsch wäre nicht der gewesen, der er war, hätte er nicht jede kleinste Idee vorhergesehen, die seine Verfolger gefasst hatten, um ihn zu fassen. Als er sich der mächtigen alten Brücke über den Fontanka-Kanal näherte, riss er deshalb die Zügel seines Schlittens herum und steuerte ihn von der Straße hinab auf die Eisfläche. Einen Augenblick lang schien es, als rutschten die beiden Schimmel, die seinen Schlitten zogen, zur Seite. Doch dann hatte er die Tiere wieder im Griff und galoppierte mit ihnen unterhalb der Straße entlang, dem Arm der Spione entzogen. »Brav!«, lobte er die Tiere. »Gleich sind wir außer Gefahr!« Denn in wenigen Sekunden würden sie die offene Fläche der Newa erreicht haben – und dann war jeder Zugriff durch die Männer des Zaren unmöglich. »Lauft, Pferdchen! Lauft!«, rief er und lachte übermütig, weil die beiden Schimmel immer noch schneller wurden. Eine Brücke würden sie noch unterqueren müssen. Eine Brücke, unter der er plötzlich ein kleines Mädchen sitzen sah, nur noch ein kurzes Stück von seinem mächtigen Gespann entfernt. »Vorsicht!«, rief er. Das Kind blickte auf und starrte die galoppierenden Rösser mit schreckgeweiteten Augen an. »Achtung!«

Fjodor lenkte den Schlitten zuerst zur einen Seite, dann zur anderen, sodass er auf einmal quer zur Fahrtrichtung stand und auf klirrenden Kufen übers Eis schrammte, während die Pferde nur mit größter Not vermeiden konnten auszurutschen.

Sie kamen so nah an dem Kind zu stehen, dass kein Säbel zwischen das Mädchen und den Schlitten gepasst hätte.

»Mein Geschenk«, schluchzte es.

»Was ist mit deinem Geschenk«, fragte Fjodor und erkannte aus dem Augenwinkel, dass die Männer des Zaren die Verfolgung aufgenommen hatten.

»Das Geschenk für meinen Bruder. Ich habe es verloren.« Das Mädchen blickte ihn tieftraurig an. »Ich habe so lange dafür gearbeitet ...« An dieser Stelle brach es in Tränen aus.

An dieser Stelle brach Tilda Tucker in Tränen aus. Zu wissen, dass es der große Illusionist, der Geliebte der Comtesse, nicht nur schaffte, seinen Häschern einmal mehr zu entkommen, sondern dass er in höchster Lebensgefahr noch den Mut und die Menschenliebe aufbrachte, einem Mädchen ihren Weihnachtstraum zu erfüllen, indem er – nun musste sie wiederum lachen – dem herzlosen Marschall Orlow die Mütze entwendete, um sie (übrigens hübsch in Seidenpapier gewickelt) der kleinen Sonja zu schenken, rührte sie einfach sehr.

So mussten Heldengeschichten sein. Wenn nichts

mehr möglich erscheint, braucht es Menschen, die eben das Unmögliche möglich machten. Hatte nicht etwas ganz Ähnliches der Portier vorhin gesagt? Und hatte nicht eigentlich Harold gerade etwas getan, das genau dies bedeutete?

Erstaunt und beschämt klappte Tilda Tucker den Roman zu und erkannte, dass vielleicht gar keine Katastrophe geschehen war, sondern etwas ganz anderes: ein Wunder.

Man darf sich ein Team wie das des 24 Charming Street wie ein gut geöltes Uhrwerk vorstellen, in dem jedes noch so winzige Rädchen ins andere greift und alles wie von Zauberhand abläuft, um durch – für sich genommen undurchsichtige – Mechanismen ein großes Ganzes zuverlässig in Bewegung zu halten. Im selben Augenblick, in dem Richard sich verbeugte und von der Bühne trat, scheuchte deshalb Euna bereits zwei ihrer Mitarbeiterinnen in die Küche, um die vorbereiteten Häppchen wieder von den Tabletts nehmen und stattdessen für ein Picknick verpacken zu lassen. Kiharu machte Oliver eine Liste, was alles er an Getränken mitzunehmen habe, Jeeves begab sich mit einigen Zimmermädchen in den Fundus, um Weihnachtsdekoration, die bisher nicht zum Einsatz gekommen war, nach draußen zu bringen. Und Penny stellte nach kurzer Rücksprache mit Mrs Hickham auf allen Fluren, die im Dunkeln lagen, eilig lange Reihen von Windlichtern auf, um den Gästen den Weg zu ihren

Zimmern zu leuchten. Harold aber trat nach draußen und betrachtete seinen guten alten Bus, der wie von Zauberhand in die Auffahrt gestellt worden war, übrigens auf weihnachtlichen Hochglanz poliert, Peter McDune hatte wirklich gute Arbeit geleistet.

Erschrocken fuhr Harold herum. »Peter?« Der junge Kollege war nirgends zu sehen. »Peter?« Okay, die Tür des Busses stand offen. Erleichtert stieg Harold ein und blickte sich um. Auch innen: perfekt gereinigt. Die Scheiben waren so sauber, als existierten sie gar nicht. Sogar an das Sitzkissen, das Harold gerne benutzte, hatte Peter McDune gedacht. Eines aber fehlte: der Schlüssel! »Peter?«, schrie Harold und stolperte nach draußen und die Auffahrt hinauf zur Straße. »Peter!«

Der junge Kollege aber war verschwunden. Und mit ihm ganz offensichtlich der Schlüssel. Bestürzt überlegte Harold, was er tun konnte. Mochte sein, dass der Juniorbusfahrer ein Handy hatte, höchstwahrscheinlich hatte er eines. Aber Harold kannte die Nummer nicht. Man konnte ihm nachfahren. Doch wohin? Peter konnte auf dem Weg Richtung Portree sein, er konnte aber genauso gut nach Flodigarry unterwegs sein oder sonst wohin … Harold spürte, wie ihm schwindlig wurde. Was hatte er nur getan! Er hatte etwas versprochen, was er nun nicht würde halten können. Stattdessen würde er ein ganzes Hotel enttäuschen: die Gäste, die Mitarbeiter, Mr Atkins …

»Ist Ihnen nicht wohl, Sir?«, fragte ausgerechnet Richard, der in diesem Moment bei ihm auftauchte.

»Mr … Richard«, keuchte Harold und hielt sich am

linken Außenspiegel seines lieben alten Busses fest. »Wir haben ein Problem.«

»Nun«, erwiderte Richard, wie immer die Liebenswürdigkeit in Person. »Das klingt wie ein Zitat aus *Apollo 13*. So groß wird es aber gewiss nicht sein!«

Harold schüttelte den Kopf. »Nein, Mr Atkins. Es ist größer.« Und er erklärte ihm, warum alles, alles, alles nun zum Scheitern verurteilt war, um mit den denkwürdigen Worten zu enden: »Meinetwegen wird Ihr Heiligabend nun zu einem Desaster.«

Richard aber überlegte nur einen kurzen Moment lang, ehe er Harold die Hand auf die Schulter legte und mit einem gewitzten Lächeln sagte: »Haben Sie die goldene Regel Nummer drei schon vergessen?«

»Bitte?«

»Ich denke, man kann den Motor zum Laufen bringen. Und wenn man es kann, dann ist es unsere Aufgabe, dafür zu sorgen, dass es gelingt.« Er wusste auch schon, wen er mit der Aufgabe betrauen konnte.

Selten in seinem Leben hatte Oscar D. Fletcher sich so überfordert gefühlt wie an jenem Abend. Nichts, buchstäblich nichts von dem, was ihm wichtig war und was er so akribisch geplant hatte, war gelungen: Die Weihnachtsgala war ausgefallen, die Gäste saßen im Dunkeln, die Dreharbeiten waren gescheitert. Natürlich war ihm bewusst, dass dadurch immense Kosten auf das Haus zukommen würden. Gäste würden Schadensersatz fordern, und man würde ihn zahlen, um schlechte Presse und Bewertungen zu vermeiden. Die Filmproduktion würde ebenfalls Forderungen geltend machen, denn jeder Drehtag kostete – und die Kosten waren immens! Wenn er allein an die Gagen von Ms Smith und erst recht Ms Winslet dachte, wurde ihm ganz anders. Warum um alles in der Welt hatte er seinen gut bezahlten, überaus bequemen Job bei den Leading Hotels of the World aufgegeben, um ans Ende der Welt zu ziehen und ein Grandhotel zu managen, das kein Mensch kannte!

Ein Umschlag mit der schlichten Aufschrift »Mr Fletcher« erregte seine Aufmerksamkeit. Er griff danach, fand aber nicht die Energie, ihn zu öffnen, und wurde durch ein Klopfen an der Tür der Aufgabe enthoben.

»Ja?«

»Mr Fletcher, Sir, ich dachte, Sie hätten vielleicht gerne einen Whisky?«

»Eunis?«

»Euna.«

»Euna. Sehr, hm, sehr aufmerksam von Ihnen. Ja. Danke.«

»Machen Sie sich keine Sorgen«, sagte Euna, kaum hörbar, während sie ihm ein Glas Whisky auf den Schreibtisch stellte.

Sich vom Personal gute Ratschläge anzuhören, gehörte nicht zu den beliebteren Übungen Oscar D. Fletchers. Dennoch beließ er es bei einem Seufzen und einem knappen: »Hm.«

»Wir bekommen das schon hin«, sagte Euna unbefangen. »Die Küchencrew ist Weltklasse! Die Zimmermädchen sind großartig. Alle geben ihr Bestes, wissen Sie? Und solange wir Mr Atkins haben, kann nichts schiefgehen.«

Solange wir Mr Atkins haben, dachte der Manager. Die Frage war, ob die junge Frau hier ihren Chefportier nicht maßlos überschätzte. »Danke«, sagte er kurz angebunden und beugte sich über seine Papiere, als könnte er dort die Lösung für das Chaos finden, in das sein Hotel gestürzt worden war – natürlich, weil man jahrelang nötige Renovierungsarbeiten hinausgeschoben und Investitionen gescheut hatte, weil es kein Quality Management gab, kein Controlling und vor allem keine Strategie! Man konnte ein Hotel aus dem neunzehnten Jahrhundert nun einmal nicht führen wie im neunzehnten Jahrhundert! Auch wenn einem Grandhotel stets etwas Nostalgisches anhaftete, so musste es doch immer auf der Höhe der Zeit sein – eigentlich sogar seiner Zeit voraus!

Oscar D. Fletcher raffte sich auf und zog sein Smokingjackett wieder über. Es war Zeit, sich zu zeigen und zu beaufsichtigen, was immer es zu beaufsichtigen gab, auch wenn er keine Vorstellung davon hatte, wie das absurde Versprechen, mit einem öffentlichen Linienbus über diese vermaledeite Insel zu gondeln, den Ansprüchen des 24 Charming Street auch nur ansatzweise gerecht werden sollte.

Und doch war er mehr als erstaunt, als er nach draußen trat und sah, was zwischenzeitlich geschehen war.

»Die Gartensuite!«, rief Penny aus, als sie gerade im Begriff war, nach draußen zu eilen, um bei der Dekoration des Busses zu helfen.

»Gibt es ein Problem?«, wollte Roberta wissen, die ihr nach ihrer Rückkehr aus Glasgow in der Lobby begegnete.

»Ich muss mehr Licht in die Suite der beiden Schauspielerinnen bringen!«, erklärte die junge Frau und griff sich vor Schreck an die Brust, indes sie abwechselnd nach draußen blickte und Richtung Bar, von wo es in den Garten ging.

»Darf ich dir behilflich sein?«, schlug Roberta vor. »Ich habe frei, ich kann mich nützlich machen.«

»Das würden Sie wirklich? Ich weiß gar nicht, wie ich Ihnen danken soll!«

»Am besten, indem du mir einen Korb mit Kerzen gibst«, erklärte Roberta lachend und nahm ihr denselben aus der Hand. Augenblicke später war die eine unterwegs zum Lagerraum, die andere zur Gartensuite. Und wenig später klopfte Roberta an deren Tür und wartete.

Margie Smith öffnete ihr mit einem Glas in der Hand, offenbar Champagner. »Was gibt es?«

Roberta nickte lächelnd. »Ein wenig mehr Licht, Ma'am.«

»Hm. Ich weiß gar nicht, ob ich das will. Sanfte Beleuchtung lässt einen jünger aussehen, finden Sie nicht?« Dennoch trat sie beiseite und ließ Roberta ein. Die stellte an jedem freien Plätzchen noch eine Kerze auf und entzündete sie, bis Ms Smith und ihre Kollegin wie vergoldet vom Schein der flackernden Lichter wirkten.

Margie Smith ließ sich theatralisch auf dem Louis

XVI.-Sofa nieder und trank ihr Glas in einem Zug leer, angelte nach der Flasche, um sich nachzuschenken, und stellte mit leisem Kichern fest: »Ich finde ja, Kerzenlicht macht einen immer schrecklich müde.«

Roberta hatte eher den Verdacht, es könnte der Champagner sein, der bekanntlich nur ein oder zwei Gläser lang belebte – und anschließend eher sedierte. »Sicher, Ma'am«, sagte sie trotzdem. »Aber wenn Kerzenlicht zu einer Nacht passt, dann zu Christmas Eve.«

»Hört, hört!«, rief aus dem Hintergrund Ms Winslet, die sich ebenfalls auf einem Sofa niedergelassen hatte und offenkundig bemüht war, eine Pose einzunehmen wie in einer ihrer berühmtesten Filmszenen. Was nicht ganz gelang. Denn die Zeit war nun einmal auch an ihr nicht völlig spurlos vorübergezogen – und der Film war immerhin vor einem Vierteljahrhundert gedreht worden.

»Ob Sie uns noch eine Flasche organisieren würden, Miss?« Margie Smith schwenkte die leere Champagnerflasche in ihrer Hand.

»Gewiss, Ma'am, ich kümmere mich sofort darum.«

Der Plan wurde jedoch durch ein Klopfen an der Tür vereitelt. Roberta öffnete und ließ Tilda Tucker ein, die sich anerkennend umblickte, weil aus diesem ehemaligen Gewächshaus im Licht der zahllosen kleinen Flämmchen ein richtiggehendes Märchenland entstanden war.

»Ladies«, sagte die Regisseurin, »wir haben zu tun.«

Driver's Home for Christmas

Rückblickend konnte Harold nicht leugnen, froh zu sein, dass Ms Smith ihn vorhin so ausdauernd an seinem Tisch in der Bar belagert hatte. Denn dadurch hatte er sich gescheut, etwas Stärkeres zu trinken als nur ein Tilson's. Nun gut: zwei. Bei seiner Statur und angesichts der Unmengen an Knabbereien, die er sich dazu genehmigt hatte, konnte er es verantworten, sich hinters Steuer seiner guten alten Paula zu setzen (wie er – allerdings ganz für sich – den Bus vor vielen Jahren benannt hatte).

In dem Moment, in dem er die Scheinwerfer aufblendete, erschien der neue Hotelmanager vor dem Eingang und hielt sich die Hände vors Gesicht.

Oliver klopfte freundlich auf den Deckel des Motors und rief: »Sie dürfen ihn nur nicht wieder ausmachen!«

»Wie sollte ich?«, rief Harold lachend zurück. »Ich habe keinen Schlüssel.«

»Guter Punkt, Sir!« Oliver hob den Daumen, Harold tat es ihm gleich. Und Mr Fletcher trat an die geöffnete Tür des Busses und fragte den Fahrer: »Was sollte das bedeuten?«

Harold nickte anerkennend, während er dem im Haus verschwindenden Pagen hinterhersah, und erklärte: »Der junge Mann hat Talente, Sir! Wir hätten beinahe nicht fahren können, weil mir mein Kollege den Schlüssel nicht dagelassen hatte.«

»Und jetzt können Sie es doch?«

»Nun, Oliver hat den Motor mit einer anderen Methode gestartet.«

»Mit einer anderen ...« Der Manager schnappte nach Luft. Der Page hatte seine kriminelle Energie eingesetzt, um den Motor zum Laufen zu bringen, *wie es Autoknacker taten?* Spätestens jetzt wäre eine Kündigung unumgänglich gewesen. Wäre. Hätte Oscar D. Fletcher sie nicht bereits ausgesprochen gehabt. Wenn der junge Mann irgendwann später in der Nacht zu seinem Spind im Gemeinschaftsraum kam, würde er den Umschlag vorfinden.

»Steigen Sie ein, Sir!«, rief Harold und riss ihn aus seinen Gedanken. »Noch haben Sie freie Platzwahl!« Der Busfahrer deutete nach hinten. Und erst jetzt erkannte der Manager, dass die Truppe das Gefährt nach allen Regeln der Kunst dekoriert hatte: Weihnachtliche Decken lagen über jedem Sitzplatz, sogar Kissen und Polster hatte man verteilt. An jedem Fenster hing ein Mistelzweig, die Decke war mit Tannenzweigen und Weihnachtsschmuck versehen. Die hintere Bank war zu einer fahrenden Bar umfunktioniert worden ... Gerade, dass sie nicht auch noch den Flügel hierhinein verfrachtet haben, dachte Mr Fletcher, als hinter ihm Mr Richmond auftauchte, gefolgt von Oliver, der ihm ein Akkordeon trug.

»Sie bleiben am besten bei mir hier vorne!«, schlug Harold vor, als der Pianist den Bus betrat. »Direkt in meinem Rücken ist ein Einzelplatz mit etwas mehr Raum.«

Und in der Tat stellte Mr Richmond fest, dass er dort

genügend Platz für seine Ziehharmonika haben würde. »Dann stellen Sie das Instrument doch bitte hierhin«, wies er Oliver an und deutete auf den Sitz.

Nach und nach kamen auch die ersten neugierigen Gäste. Doch Henry, der die Einweisung vornehmen würde, hielt sie zurück. Denn noch war die Küchenbrigade damit beschäftigt, die kulinarische Ausstattung des fahrenden Picknicks zu erledigen, indem sie etliche Tabletts mit Häppchen in den Bus verstaute und körbeweise Nachschub für den Fall der Fälle. Aus der Bar ließ Kiharu Drinks, Eiskübel, Punsch, eine beeindruckende Anzahl von Champagnern und Weinflaschen herbeischaffen sowie Kisten voller Gläser. Und während all dies geschah, hängten Jeeves und seine Helfer außen um den Bus eine doppelte Lichterkette, um ihn endgültig wie eine Sonderanfertigung von Santa Claus' Schlitten aussehen zu lassen. »Jetzt müssen wir den Motor doch noch einmal ausmachen«, stellte er zum Schluss allerdings fest. »Um die Lichterkette gefahrlos an die Lichtmaschine anschließen zu können.«

»Nichts leichter als das«, erklärte Harold lachend, legte den ersten Gang ein und ließ die Kupplung los, während er gleichzeitig auf die Bremse trat. Paula zuckte frech und verstummte, während Euna, die gerade ein Tablett balancierte, erschrocken nach Luft (und nach dem Tablett) schnappte.

»Perfekt«, stellte Jeeves fest, führte den Verbindungsdraht der Lichterkette zum Motor, dessen Klappe Oliver wieder öffnete, um zuerst eine Verbindung herzustellen und dann abermals die Zündung zu überbrücken.

Wie eine alte, dicke Katze schnurrte Paula. Irgendwo klatschte jemand. Richard, der nun auch aus dem Haus gekommen war, inspizierte den Bus, schickte noch nach Servietten und einigen zusätzlichen Decken, um sicherzustellen, dass von den Fahrgästen niemandem kalt würde – und verkündete dann von der obersten Stufe des Zustiegs aus: »Ladies and Gentlemen, willkommen zu unserem fahrenden Weihnachtspicknick. Das 24 Charming Street ist glücklich, Sie an Bord begrüßen zu dürfen!« Mit diesen Worten trat er beiseite und gab den Weg frei für die Gäste, sich einen schönen Platz in Harolds Bus zu suchen.

Auch wenn Paula ein älteres Baujahr war, sie verfügte über einen Lautsprecher, über den Harold sonst die Haltestellen ausrief. Auf dieser besonderen Fahrt teilte er sich das Mikrofon mit Richard, der zufrieden festgestellt hatte, dass die meisten Gäste des Hotels die Einladung zu dieser Weihnachtsrundfahrt angenommen hatten. Und so kam es, dass der Chefportier und der Inselbusfahrer abwechselnd Besonderheiten aus der Geschichte der Insel und aus der Geschichte des 24 Charming Street zum Besten gaben. Dazwischen stimmte Mr Richmond auf seinem Akkordeon Weihnachtslieder an, die zum Teil nicht nur von Richard stimmlich begleitet, sondern von vielen Fahrgästen mitgesungen wurden.

In Staffin wusste Harold von einer alten Legende zu berichten, nach der in den Nächten der Wintersonnenwende auf den Klippen ein Feuer flackerte, das niemand entzündet hatte und das den Bewohnern die Wiederkunft des Heilands verkündete (und das nach einer anderen Theorie von einer geheimnisvollen Destillerie stammte, die ein paar übermütige Burschen eingerichtet hatten). In Kilmaluag wies Richard auf die außergewöhnlich schöne Beleuchtung des Kirchturms hin und erzählte von einem kleinen Mädchen, das vor vielen Jahren an Weihnachten hinaufgeklettert war, weil sie hoffte, von dort oben den Weihnachtsstern zu sehen.

»Was ist aus ihr geworden?«, wollte Attila von Schwan wissen.

»Sie hat den Mesner geheiratet«, erklärte Richard zum Amüsement aller.

In Uig begegnete die ungewöhnliche Reisegruppe einer Handvoll Passanten, die auf dem Weg zur Kirche waren. Und mit einigem guten Willen gelang es, die Kirchgänger das letzte Stück mitzunehmen und nebenbei mit Pudding und Punsch zu verköstigen, worauf die Passanten dankbar *Adeste fideles* anstimmten – schließlich war der Bus von Osten hergekommen.

In Dunvegan machten sie einen kleinen Stopp, bei dem sich, wer mochte, die Beine vertreten und ein wenig Weihnachtsabendluft schnuppern konnte. Kiharu hatte für diesen Aufenthalt Glühwein im Angebot, der reichlich nachgefragt wurde.

Tatsächlich roch es ein wenig nach Schnee, Richard kannte das gut. Er stand etwas abseits und beobachtete seine Gäste. Er würde Harold ewig dankbar sein für diese große Geste der Nächstenliebe. Denn nichts anderes war es ja. Er würde allen dankbar sein. Kiharu war die Souveränität selbst. Euna die Umsicht in Person. Und Oliver, der neben zwei Küchenmädchen als Servicekraft mitgefahren war (und um notfalls den Bus wieder zu starten), würde er ewig dankbar sein für seinen bedingungslosen Einsatz. Zugleich war der alte Chefportier traurig, weil er wusste, dass diese Fahrt mit dem Bus sein wohl letztes großes Ereignis in Diensten des 24 Charming Street sein würde. Nach all den Jahren, die er hier verbracht hatte, hatte er keine Zukunft mehr in dem Hotel, das ihm schon als jungem Mann zur Heimat geworden und das ein großer Teil seiner selbst geworden war – der größte Teil.

»Alles in Ordnung, Mr Atkins, Sir?«, fragte Oliver und hielt ihm eine Tasse Punsch hin.

»Alles in bester Ordnung, Oliver, vielen Dank! Sie machen Ihre Sache großartig.«

»Ich versuche nur, meinem Vorbild nachzueifern«, erwiderte der Page und blickte Richard dankbar ins Gesicht.

»Nett, dass Sie das sagen, Oliver.«

»So etwas Schönes wie diese Fahrt habe ich noch nicht erlebt«, erklärte der und betrachtete, neben dem Chefportier stehend, den Bus, in dem für den Stopp ein paar Windlichter entzündet worden waren, nicht zu viele, aus Sicherheitsgründen. So aber wirkte er noch verzauberter und idyllischer. Um ihn herum standen die Fahrgäste, prosteten sich mit ihren Tassen zu, plauderten, lachten oder beobachteten einfach nur die funkelnden Sterne, die zwischen den Schneewolken hervorblitzten. Bis Mr

Richmond auf Richards Nicken hin eine Glocke läutete und rief: »Es geht weiter! Bitte einsteigen!«

So rollte der Weihnachtsexpress des 24 Charming Street Richtung Harlosh und Portnalong, und Richard sang zu Mr Richmonds Akkordeon ein altes schottisches Weihnachtslied, das er mit seinem Vater stets gesungen hatte. Als Euna unerwartet mit der zweiten Stimme einfiel, griff es ihm geradezu ans Herz, sodass er für einen halben Takt aussetzen musste.

Auf dem Weg nach Elgol erzählte Harold von seinen Erlebnissen an Christmas Eve, wenn er als einziger Busfahrer die Insel umrundete – und meist auch als einsamer. »Einmal ist aber ein Junge zugestiegen, der zu seinem Großvater nach Glendale wollte, weil der alte Herr Weihnachten sonst hätte allein verbringen müssen. Sie mögen denken, wie süß! Aber Sie kannten Rupert O'Crane nicht. Er war der bösartigste Greis, den die Insel je gesehen hat!«

Vereinzelt wurde gelacht, hie und da auch ein Kopf geschüttelt. Für eine Weihnachtsgeschichte sparte Harold nicht mit klaren Worten. »Wenn er jemandem die Pest an den Hals wünschen konnte, dann tat er es. Wenn er jemandem schaden konnte, dann war er im Himmel, glauben Sie mir. Und seine Frau, die arme Martha, war schon seit Jahren gestorben, ganz sicher aus Ärger oder Gram oder beidem. Der Junge also, Harry, kaum größer als ein Dudelsack, stieg in Flodigarry zu, und ich denke mir noch: Der wohnt doch in Portree? Da stellt sich heraus, dass er schon seit drei Stunden zu Fuß unterwegs war. Seine Eltern? Wissen natürlich von nichts. An Christmas

Eve! Ich sage, ›Junge, deine Mama wird sich schreckliche Sorgen machen.‹ Er: ›Ach wissen Sie, Mister Baker, die ist noch im Badezimmer.‹ ›Und dein Vater?‹ ›Guckt *The Big Give Christmas Challenge*. Eine Show!‹ Ich also zu ihm: ›Dann sollten wir dich besser zurückbringen.‹ ›Sir‹, sagt er, ›Sie fahren mich jetzt zu meinem Großvater. Der soll heute nicht ganz alleine sein. Ich bezahle Sie auch.‹ Und legt mir eine Hundertpfundnote hin. Ich staune. ›Junge‹, sage ich, ›hundert Pfund! Wie …«

Harold konnte stundenlang erzählen, wenn man ihn ließ – und wenn er mit Paula unterwegs war. Der Bus war seine Bühne. Zu jedem Nest wusste er eine Anekdote, zu jedem Grenzstein fiel ihm etwas ein. Und jede Geschichte erzählte er mit Staunen – gerade so, als könnte er selbst nicht glauben, was einem auf dieser verrückten Welt alles widerfuhr.

Natürlich würde er in den nächsten Wochen und Monaten die Geschichte dieser außergewöhnlichen Picknickfahrt für das 24 CS vielen Insulanern erzählen. Oder die Begebenheit, die ihn unversehens zu einem Filmstar gemacht hatte – nun ja: beinahe. Und in etlichen Jahren würde er sie seinen Kindern und Enkelkindern erzählen. Falls er durch Zufall doch noch erleben sollte, dass sich eine Frau ernsthaft für ihn interessierte. Die richtige nämlich.

Ob er jedoch imstande sein würde, die Überraschung zu schildern, die er kurz hinter Portnalong erlebte, das hätte er gewiss selbst nicht zu beschwören vermocht. Zuerst dachte er, aus irgendeinem Grund in eine Straßensperre geraten zu sein (und ja, zugegeben, er musste an seine zwei Biere denken, die er sich in der Bar genehmigt hatte). Doch dann war es nicht die Polizei der Isle of Skye, die den Bus auf freier Strecke anhielt, sondern eine ernsthafte Autorität!

Margie Smith stand auf der Straße, wie sich Gary Cooper in *High Noon* zum Duell hingestellt hatte. Um sie herum mehrere Fahrzeuge, die Scheinwerfer aufgeblendet, etliche Leute wie eine Armee von Zombies in der Nacht.

Harold klappte die Scheibe herunter und rief: »Alles in Ordnung? Können wir helfen?«

»Das haben Sie schon, Harold!«, flötete Ms Smith und winkte den anderen, die sich beeilten, allerlei Krempel aus ihren Autos zu holen und neben den Bus zu verfrachten. »Machen Sie mal die Tür auf?«

Minuten später war es noch um einiges kuscheliger geworden in Paulas Bauch – weil ein halbes Dutzend Leute von der Filmcrew zugestiegen waren. Und die beiden prominenten Schauspielerinnen – übrigens sehr zum Entzücken der übrigen Fahrgäste.

»Wie läuft das jetzt hier?«, wollte Tilda Tucker von Richard wissen.

»Es läuft so, dass wir eine sehr fröhliche Fahrt über die Insel haben, bei der Mr Richmond und ich ein wenig Musik machen, Kiharu hinten an der Bar für Getränke sorgt, Euna und ihre beiden Helfer kleine Köstlichkeiten anbieten und ...« Er wich einem Schirm aus, der über seinem Kopf aufgespannt wurde.

»Ist nur ein Reflektor«, erklärte die Regisseurin. »Wir wollen zuerst nach hinten filmen.«

»Sie wollen ernsthaft filmen? Ich dachte, Sie machen einen Film übers Hotel!«

»Nun, so wie es aussieht, ist das hier heute Abend das Hotel, nicht wahr?«

Margie Smith hatte sich unterdessen an die Bar gesetzt und bei Kiharu einen »Driver's Home for Christmas« bestellt. Die Barfrau war schon im Begriff, nach ihrem Shaker zu greifen, da rief Tilda Tucker vom anderen Ende des Busses: »Stopp! Erst, wenn wir so weit sind!«

Und während Harold seine gute alte Paula langsam wieder losfahren ließ, stellten sich Kamera, Ton, Licht und Ms Smith in Position, neugierig beobachtet von Dutzenden Augenpaaren, indes Tilda Tucker dem jungen Geoffrey Porter die Klappe hinhielt und erklärte: »Bitte zuklappen, wenn ich dir ein Zeichen gebe. Du sagst dann, was draufsteht, ja?«

»Klar!«, erwiderte Jeff und grinste.

»Sie singen was?«, fragte die Regisseurin als Nächstes den Chefportier.

»Sollen wir?«

»Was hätten Sie denn?«

»›Jingle Bells‹?«

»Hm.«

»›It's The Most Wonderful Time‹?«

»Perfekt.«

»Kamera läuft.«

»Ton läuft.«

Tilda Tucker nickte Geoffrey zu, der »Weihnachtsbus, die Erste!« rief und die Klappe zuschlug, dass es nur so krachte.

»Und bitte!«

Kiharu griff zu ihrem Shaker, Ms Smith betrachtete ergriffen die Dekoration des Busses, Mr Richmond griff in die Tasten seines Akkordeons, und Richard stimmte ein:

It's the most wonderful time of the year
With the kids jingle belling
And everyone telling you be of good cheer
It's the most wonderful time of the year

Im nächsten Augenblick fielen zuerst Harold und dann die Fahrgäste mit ein:

It's the hap-happiest season of all
With those holiday greetings and gay happy meetings
When friends come to call
It's the hap-happiest season of all

Und es ging allen, die an diesem wundervollen Heiligabend an der außergewöhnlichen Picknickfahrt von Harold Baker für das 24 Charming Street teilnehmen durften, gleich: Sie glaubten jeden Vers, den sie sangen – denn jeder Vers war für sie wahr geworden:

It's the most wonderful time of the year
There'll be much mistltoeing
And hearts will be glowing

When love ones are near
It's the most wonderful time

Yes the most wonderful time
Oh the most wonderful time
Of the year

In tiefster Nacht

»Harold?«

Zum ersten Mal konnte Harold im Blick der Actrice keine Spur von Spott oder Überheblichkeit erkennen. »Ja, Margie?« Er konnte sich trotzdem kaum daran gewöhnen, sie mit Vornamen anzusprechen.

»Danke.« Sie legte ihre Hand auf seinen Arm, und auch diese Geste fühlte sich anders an als vor der Picknickfahrt. »Ich glaube, ich habe in meinem ganzen Leben noch nichts Schöneres erlebt als Ihren Ausflug.«

»Ach …« Harold winkte ab. Was sollte man dazu auch sagen. Er hatte es ja selbst genossen wie lange nichts, na ja, vielleicht wirklich: wie überhaupt noch nie etwas. »Aber das hat nicht an mir gelegen«, erklärte er. »Das war, weil die Fahrgäste so wunderbar waren. Und weil die Mitarbeiter des Hotels alles so zauberhaft gemacht haben. Die Dekoration, die Musik, die Häppchen …«

»Paperlapapp!«, widersprach Margie Smith. Da war sie wieder, die gönnerhafte Haltung, ein kleines bisschen blitzte sie durch. »Das waren Sie, Harold. Sie haben den Vorschlag gemacht. Sie haben diese unglaublich putzigen Geschichten erzählt …« Gut, sie war definitiv wieder da, diese gut gemeinte Herablassung. »Und wie Sie mit dem *Bus* gefahren sind!«

»Stimmt«, beeilte sich Harold einzuwerfen. »Der Bus. Um den muss ich mich noch kümmern.«

»Um den Bus? Aber warum um alles in der Welt denn das?«, protestierte die Schauspielerin. »Der steht doch ohne Sie vor dem Haus und …«

»Und da gehört er nicht hin«, erklärte Harold und eilte davon, ohne noch mehr zu erklären.

Immer noch lag das Hotel im sachten Licht unzähliger kleiner Flämmchen, Strom indes und damit elektrische Beleuchtung gab es weiterhin nicht. Jeeves und seine Helfer hatten zwar längst eine Überbrückung geschaltet, allein es fehlten die letzten zwei Sicherungen, um das System wieder hochzufahren. Dass der Hausmeister es geschafft hatte, zumindest die Küche schon wieder ans Netz anzuschließen, mussten die Gäste nicht wissen. Für sie genügte es, dass alles, was an Lebensmitteln gekühlt werden musste, zuverlässig gekühlt wurde, und alles, was am nächsten Morgen im Frühstücksraum erwartet wurde, rechtzeitig frisch zubereitet dort vorzufinden sein würde.

Paula stand vor dem Eingang des Hotels und wurde von Peggy und einigen anderen Hausmädchen abdekoriert. Schade eigentlich, fand Harold, der sich gut hätte vorstellen können, zumindest an den Weihnachtstagen solchermaßen geschmückt über die Insel zu gondeln. Doch er war ja im Urlaub, und ob Peter McDune seine Freude daran gehabt hätte …

»Kann ich irgendetwas helfen?«, fragte er Oliver, der in dem Moment an ihm vorbei aus dem Haus kam und dem Bus zustrebte.

»Danke, Sir, nicht nötig! Sie haben schon den Abend gerettet, Sie haben wirklich Entspannung verdient!«, erwiderte Oliver und legte als Geste der Dankbarkeit die Hand auf seine Brust.

»Das haben Sie wirklich«, erklärte Richard, der neben Harold getreten war und ebenfalls bewundernd den Bus betrachtete. »Wir werden ewig in Ihrer Schuld stehen, Mr Baker, Sir.«

»Bitte, Richard, könnten Sie mich Harold nennen. Wenn ich Sie schon mit Ihrem Vornamen ansprechen soll …«

Der Chefportier lächelte und warf einen Blick auf die Uhr. »Nach Mitternacht«, stellte er fest. »Ich habe seit mehr als einer Stunde Dienstschluss, wir sprechen also privat. Darf ich Sie noch auf ein Bier einladen, Harold?«

Oliver bewunderte, mit welcher Energie Penny immer noch bei der Sache war. Hatte er sie am Tag als schlafende Schönheit mit heimlicher Begeisterung beobachtet, begeisterte ihn die aktive Penny noch mehr. Unermüdlich pflückte sie im Schein der von ihr selbst verteilten Kerzen Tannenzweige vom Dachhimmel des Busses, faltete Decken, stapelte Kissen, räumte Geschirr zusammen. Und immer wieder drückte sie ihm einen Berg Sachen in den Arm, damit er alles nach drinnen brachte. Jedesmal hauchte sie dabei hastig ein »Vielen Dank, Mr Oliver«.

Mr Oliver. Dabei war er höchstens ein paar Jahre älter als sie. Nun ja, vielleicht fünf oder sechs Jahre? Und er war nur Page! »Wie lange werden Sie noch arbeiten, Penny?«, wollte er wissen.

»Ich? Na, bis die Arbeit getan ist.« Sie blickte sich im Bus um. »Das wird noch dauern.«

»Wir könnten fragen, ob wir den Rest morgen machen dürfen.«

»Morgen? Da gibt es neue Arbeit.« Ein wenig beschämt senkte sie den Kopf. »Außerdem habe ich mir heute eine längere Pause gegönnt, als ich es hätte tun sollen.«

»Ich weiß«, rutschte es Oliver heraus.

»Sie wissen?« Penny blickte auf und erkannte es in seinen Augen: »Sie waren das mit der Decke, als ich geschlafen habe?«

Oliver lächelte und zuckte die Achseln. »Ich konnte Sie nicht gut frieren lassen, Penny.«

»Danke.«

»Mit dem größten Vergnügen.« Und wenn etwas wahr war, dann das.

Nichts anderes als Kerzenschein brauchte jemand anderes, der in einem Erker der Lobby saß und abwechselnd aus dem Fenster und auf den Tisch blickte, dorthin, wo mehrere Reihen von Karten lagen, manche umgedreht, andere offen. Roberta hatte *Das keltische Kreuz* gelegt, das Tarotblatt, das sie am meisten liebte, weil es nicht nur die interessantesten Erkenntnisse lieferte, sondern sie stets aufs Neue überraschte. Die beiden jungen Menschen dort draußen beim Bus, die im Licht des Mondes und der kleinen Flämmchen nur schemenhaft auszumachen waren, deren Körpersprache aber alles sagte, ließen wenig Zweifel zu, dass die sechste Karte ein Kelch sein würde – und sie war es. »Die Liebe«, murmelte Roberta gerührt, denn auch wer tausend Decks gelegt hatte, blieb stets aufs Neue ergriffen von der Macht des Schicksals.

Auch dass die siebte und die achte Karte Kelche waren, überraschte Roberta nicht: Denn beide ahnten es ja schon, die kleine Penny und der mutige Oliver – und niemand würde ihnen widersprechen. Doch das neunte Blatt erstaunte Roberta: »Das Gericht?«

Sie blickte hinaus und erkannte, dass in dem Moment eine weitere Person den Bus betreten hatte. War das der neue Manager?

Hastig deckte Roberta das letzte Blatt auf: der Gehenkte.

»Du solltest dich auch zur Ruhe begeben«, erklärte Richard, der seine Nichte in der Lobby vorfand.

»Oh, Onkel Richard. Ja, du hast recht. Morgen wird ein anstrengender Tag.« Wobei sie sich gar nicht so sicher war, schließlich hatten von Schwans sich sehr verändert in den drei Tagen, die sie nun da waren.

»Irgendwelche neuen Erkenntnisse?«, fragte Richard noch, ohne zu verbergen, dass er an den Hokuspokus von Tarotkarten nicht glaubte.

»Nun ja, es ist immer eine Frage der richtigen Interpretation«, erklärte Roberta mit Blick nach draußen, dorthin, wo Mr Fletcher eben wieder aus dem Bus stieg. »Aber mir scheint, auf euren Kollegen Oliver werden gleichzeitig die Freuden der Liebe und ein unerwartetes Unglück zukommen.«

Richard nickte bedächtig. »Erstaunlich«, stellte er fest. »Ohne nähere Kenntnis der Umstände ...«

Auf seiner Runde durch das Haus hatte Oscar D. Fletcher zunächst nach Jeeves gesehen und den Stand der Reparaturen überprüft. Es ging langsam voran, zu langsam natürlich, aber immerhin ging es voran.

Man darf sich das Leben eines Managers nicht vorstellen wie eine ständige Abfolge von kreativen Konferenzen, Businesslunches, Golfterminen, First-Class-Flügen und Bonuszahlungen, unterbrochen nur durch Yoga-Retreats und Thaimassagen am sogenannten Arbeitsplatz. In Wahrheit ist ein Manager meist dafür da, all die Krisen und Katastrophen zu betreuen, die im täglichen Geschäftsleben nun einmal eintreten, Dinge wie Abmahnungen, Lieferprobleme, Stromausfälle – oder einen Chefportier, der am wichtigsten Tag des Jahres Zeit findet zu kündigen und das Hotel (und damit den Manager) im Stich zu lassen.

Es fiel Fletcher nicht leicht, Haltung zu bewahren. Vielleicht zehrte inzwischen auch der Umstand an ihm, dass er seit zwanzig Stunden ununterbrochen im Einsatz war. Von einigen der – zugegebenermaßen köstlichen – Häppchen abgesehen, hatte er seit gestern nichts gegessen. Nun, seit vorgestern, genau genommen. Er hatte eine Kündigung ausgesprochen, eine Kündigung erhalten, den Nervenzusammenbruch einer Regisseurin zu managen gehabt, er hatte eine gescheiterte Show zu verantworten, einen totalen Stromausfall zu beseitigen, eine alkoholisierte Schauspielerin in ihre Suite zu verfrachten gehabt (ohne einen Skandal zu provozieren) und den ersten Weihnachtstag vorzubereiten, der mangels Elektrizität praktisch nicht vorzubereiten war.

Nein, auch im kleinsten Grandhotel und am Ende der Welt war die Position als Generaldirektor alles andere als ein ruhiger Job. Hätte Oscar D. Fletcher es sich jemals erlaubt, Schwäche zu zeigen, er hätte sich in dieser Stunde am liebsten schreiend von der Klippe gestürzt. Doch Haltung zu wahren, war sein eherner Grundsatz. Weshalb er mit aller Fassung, deren er fähig war, durch die zunehmend leeren Hotelgänge schritt, die letzten Arbeiten beaufsichtigte, zuletzt sein Büro abschloss und schließlich noch einmal durch ein Fenster der Lobby hinaus auf den Vorplatz blickte, wo der Page, der bei nächster Gelegenheit sein Kündigungsschreiben im Spind vorfinden würde, und das Hausmädchen, dessen Namen sich Fletcher partout nicht merken konnte, immer noch aufräumten.

»Es tut mir leid, Sie so am Boden zu sehen«, sprach ihn eine weibliche Stimme an, und als er sich umwandte, saß am Tisch neben ihm das persönliche Dienstmädchen des Schweizer Ehepaars aus Zimmer 13.

»Bitte?«, erwiderte er, zu müde, um wirklich empört zu klingen.

»Sie hatten einen schweren Tag.«

Nun gut, das hatte er. »Schwere Tage sind Herausforderungen, die bewältigt werden wollen«, erklärte Fletcher. Der Spruch könnte von Sun Tzu stammen, dachte er noch.

»Sie sind verliebt ins Gelingen.«

Der eher nicht.

»Aber manchmal«, erklärte die Frau, »mag uns das Gelingen einfach nicht gelingen. Dann brauchen wir Trost.«

Zu gerne hätte Oscar D. Fletcher ihr widersprochen, hätte sie nicht so verdammt recht gehabt. Dennoch ging es natürlich gar nicht, dass eine Untergebene ihm hier mit klugen Sprüchen kam. Auch wenn sie, wie er sich schwach erinnerte, gar nicht auf der Payroll des Hotels stand.

»Setzen Sie sich, ich will Ihnen die Karten legen. Dann wissen wir, was auf Sie zukommt.«

Den Teufel werde ich tun, mich zu ihr zu setzen, dachte Fletcher, während er auf den freien Sessel ihr gegenüber sank und ratlos auf den Tisch blickte, auf dem ein paar Karten lagen, die die Frau nun mit einer geübten Handbewegung wegwischte, um sie im nächsten Moment mit ebenso geübten Fingern zu mischen.

»Der Herrscher«, murmelte sie, die erste Karte aufdeckend. »Das ist gut.« Die zweite Karte: »Das Rad des Schicksals.« Sie blickte auf. Fletcher erschrak. Sie legte weitere Karten auf den Tisch. »Der Turm und die Mäßigkeit?«

Der Manager hüstelte. »Also …«, hob er an zu sagen. Doch als er ein Lächeln über das Gesicht dieser eigentümlichen Frau huschen sah, wollte er sie doch lieber nicht unterbrechen.

Wenige Karten später erklärte sie: »Sieg und Niederlage liegen nah beieinander. Sie werden beides erleben. Aber Sie haben die Wahl.«

»Die Wahl zwischen Sieg und Niederlage?«, erwiderte Fletcher verwirrt. »Wer würde denn da …«

»Ob Sie den Narren wählen oder die Sonne.«

Der Manager stand auf. »Ich möchte Sie bitten, Ihre Karten wegzuräumen. Die Lobby ist als Aufenthaltsort für unsere Gäste reserviert. Sie sind kein Gast des Hauses.«

»Ich wollte Ihnen nur ein wenig helfen«, erklärte Roberta und packte ihre Karten ein.

»Sie glauben doch nicht, dass ich Ihren Hokuspokus ernst nehme?«

»Ich glaube, Sie stehen vor wichtigen Entscheidungen. Und vor schwierigen«, entgegnete Roberta und nickte ihm zu. »Das macht es Ihnen nicht leicht. Aber wie gesagt: Sie haben die Wahl, welchen Weg Sie wählen.«

Es werde Licht!

Nie zuvor war der erste Weihnachtstag im 24 Charming Street so leise und so spät begonnen worden. Die Gäste, vom nächtlichen Ausflug rechtschaffen müde, schliefen weitaus länger als üblich, und auch die Angestellten des Hotels hatten eine etwas längere Ruhezeit bekommen, weshalb der Frühstücksraum erst um acht Uhr geöffnet wurde, statt wie üblich um sieben Uhr, und weshalb die ersten Frühstücksgäste erst gegen neun Uhr eintrafen.

Zur allgemeinen Erleichterung hatten es Jeeves und seine Helfer geschafft, die Elektrizität wieder vollständig herzustellen. Für Tee und Kaffee, frische Frühstückseier und Omelettes, für gebratenen Speck und heißen Kakao war also gesorgt. Und ein kräftiges Frühstück konnten einige Gäste durchaus vertragen.

Nicht nur die. Oscar D. Fletcher saß in seinem Büro und wartete auf seinen Chefportier, der sich ausweislich des vor dem Manager liegenden Schreibens vom Vortag nicht entblödet hatte, ausgerechnet an Weihnachten per Ende Dezember den Dienst zu quittieren. Aber dem würde er sauber die Leviten lesen, so viel war klar. Und ob das überhaupt ging, nach all den Dienstjahren von jetzt auf gleich zu kündigen, darüber war das letzte Wort mit Sicherheit auch noch nicht gesprochen.

»Ja!«, bellte Oscar D. Fletcher, als es an der Tür klopfte.

»Sie wollten mich sprechen, Sir«, meldete sich Richard. »Frohe Weihnachten übrigens.«

»Ja. Frohe Weihnachten. Nehmen Sie …« Fletcher zögerte, dann ließ er die Einladung an den Mitarbeiter, sich zu setzen, lieber unausgesprochen, weshalb Richard in angemessenem Abstand vor ihm stehen blieb.

»Sie haben gekündigt.«

»Sehr wohl. Ich stelle fest, Sie haben mein Schreiben zur Kenntnis genommen.«

»Mit Missvergnügen«, erklärte der Manager.

»Das überrascht mich, Sir. Ich hätte erwartet, es kommt Ihren Plänen entgegen.«

»So. Hätten Sie das.« Nun hielt es Oscar D. Flechter nicht mehr auf seinem Platz. Er stand auf und ging zum Fenster. »Ich denke nicht, dass es Ihnen zusteht, sich über meine Pläne Gedanken zu machen. Überhaupt finde ich, Sie nehmen sich ein Auftreten heraus, das für einen Portier nicht angemessen ist.« Fletcher blickte ungnädig zu ihm hin. »Und sei es ein Chefportier. Wir hatten gestern eine Auseinandersetzung über Ihre dreiste Einmischung in die Personalpolitik, indem Sie diesen kleinen Kriminellen eingestellt haben.«

»Ich habe ihn nicht eingestellt, Sir. Mrs Hickham hat ihn eingestellt. Und er ist kein …«

»Auf Ihre Empfehlung hin, Mann!«, bellte Fletcher. »Und jetzt kündigen Sie mir mit einer Frist von einer Woche in der Hauptsaison? Wie soll ich denn da von einem Moment auf den anderen Ersatz finden?«

»Henry ist ein ausgezeichneter Kollege!«, erklärte Richard. »Er wird den Front Desk zu Ihrer vollsten Zufriedenheit …«

»Henry ist kein Chefportier! Und ich gedenke ihn auch nicht zu einem zu machen.« In diesem Augenblick fasste er einen Entschluss. Ja, die Hexe vom Vorabend hatte nicht unrecht gehabt: Er *hatte* die Wahl. »Ich werde ihn ebenfalls entlassen.«

»Henry?« Es geschah nicht oft, dass Richard Atkins um Fassung rang. Nun tat er es.

»Henry. Und alle anderen. Ich werde die gesamte Mannschaft austauschen. Sie haben sich hier alle viel zu lange viel zu wohlgefühlt.«

»Oh, ganz allein am Frühstückstisch?«, fragte Margie Smith und posierte ein wenig vor Harold, der sich prompt an seinen Scrambled Eggs verschluckte.

»Aber nein!«, flötete Mildred Porter, die wie aus dem Nichts hinter ihr stand. »Nach *der* Nacht brauchen wir etwas Kräftigendes.« In Richtung Harold raunte sie: »Nicht wahr, Darling?« Sie beugte sich näher zu der Schauspielerin hin und flüsterte, immerhin laut genug, dass Harold es ebenfalls hörte (woraufhin er endgültig errötete): »Wenn Sie verstehen, was ich meine.«

Wortlos wandte sich Ms Smith ab und suchte sich einen anderen Platz.

»Sie schulden mir was, Harold, mein Lieber«, erklärte die ehemalige First Lady und winkte Euna, noch ein Gedeck aufzulegen, während sie sich ihm gegenübersetzte.

»Haben Sie nicht Angst, dass man ... nun ja, dass man ...«

»Dass man uns eine Affäre andichten könnte?«

»Es wäre mir äußerst peinlich, Sie in Verlegenheit zu bringen, Mildred!«, versicherte ihr Harold, der sich peinlicherweise in äußerster Verlegenheit befand.

»Ach was, manchmal muss man sich mit einer kleinen Schwindelei weiterhelfen.« Mildred Porter lachte laut und trug Euna beiläufig auf: »Kaffee für mich. Und?«, fragte sie dann, »haben Sie Ihr Päckchen schon aufgemacht?«

Es war nämlich ein alter Brauch im 24 Charming Street, dass die Gäste am Morgen des 25. Dezember vor ihrer Zimmertür ein kleines Präsent vorfanden, eine nette Aufmerksamkeit, nichts Großes.

Er nickte. »Handschuhe«, sagte er. »Lederne, ohne Fingerkuppen.«

»Ah! Für den Automobilisten! Gut mitgedacht«, lobte Mildred Porter das Hotel. »Ich hatte ein paar von meinen Lieblingszigarren im Säckchen.«

»Zigarren?«, wunderte sich Harold. »Sie rauchen?«

»Sie nicht?«

»Niemals! Es ist ungesund.« Harold schüttelte sich. »Außerdem schmeckt es scheußlich.«

»Das bedeutet nur, Sie haben noch nie eine Montecristo probiert.«

»Eine was?«

»Meine bevorzugte Marke. Ich lade Sie ein. Heute Abend in der ...« Sie unterbrach sich, weil ihr einfiel, dass die Bibliothek, in der passionierte Raucher gelegentlich einen diskreten Rückzugsort fanden, weshalb sie auch als Zigarrenclub fungierte, zurzeit von den Filmleuten besetzt war. »Auf der Terrasse«, plante sie folglich um.

»Wir werden erfrieren«, gab Harold zu bedenken und ließ sich noch einmal Tee nachschenken (Euna hatte ihm eine Kanne von dem kräftigen, duftenden kenianischen gebracht).

»Man wird uns ein zauberhaftes Plätzchen einrichten, glauben Sie mir.«

David trat an den Tisch, verbeugte sich und fragte: »Ist alles zu Ihrer Zufriedenheit, Ma'am? Sir?«

»Es ist wie immer alles bestens, David«, erklärte die ehemalige First Lady. »Danke. Dürfte ich Sie um einen kleinen Gefallen für später bitten?«

»Jederzeit, Ma'am. Was darf ich für Sie tun?«

Und mit großem Respekt lauschte Harold den Anweisungen, die Mildred dem Hoteldiener erteilte, um für den Nachmittag (»Vier Uhr, ich möchte die Abendsonne auf den gegenüberliegenden Klippen sehen«) zwei Liegestühle (»Die Deckchairs bitte, nicht diese gußeisernen, auf denen man sich das Kreuz bricht«) auf der Terrasse (»Auf der nördlichen bitte, damit wir einen perfekten Blick haben und ein bisschen geschützter sitzen«) zu ordern (»Hübsch gepolstert und mit warmen Decken, ja?«).

»Es wird alles zu Ihrer vollsten Zufriedenheit sein, Ma'am«, versprach der Hoteldiener.

»Ich weiß, David. Ich weiß.«

Auch Attila von Schwan fand selbstverständlich ein Päckchen vor, genau genommen sogar zwei: eines vom 24 CS, in dem eine kleine Flasche feinsten schottischen Whiskys lag, und eines, das offensichtlich von seiner Frau kam. Er erkannte die Form, er erkannte das Papier (es war jedes Jahr dasselbe), er erkannte das Gewicht und die Weichheit – und ja, er war ein klein wenig enttäuscht, dass er auch an diesem Weihnachtstag wie jedes Jahr einen Pyjama von Zwingli & Schneider bekommen hatte. Beinahe hätte er ihn nicht ausgepackt. Doch dann gab er sich einen Ruck und öffnete die Schleife, er wollte schließlich kein Spielverderber sein. Zugegeben, es war ein sehr geschmackvoller Pyjama, dunkelrot mit hellblauen Streifen.

»Es ist nur die Verpackung«, sagte Annemarie von Schwan und stupste ihren Mann ein wenig in die Seite.

»Wie?«

»Der Schlafanzug. Du musst ihn auseinanderfalten.«

Attila von Schwan tat, wie ihm geheißen, und schnappte nach Luft. »Anni?«

»Ich dachte, das könnte dir gefallen.«

»Wenn du es trägst, ganz sicher, mein Schatz«, erwiderte er und spürte prompt das Blut in seinen Adern, als er sich das Bild vorstellte, das sich ihm bieten würde. »Und jetzt du«, sagte er etwas atemlos und hielt ihr sein Geschenk hin.

»Eine Handtasche, nehme ich an?«, sagte sie, weil sie zu Weihnachten traditionell abwechselnd eine Handtasche oder so etwas wie Hausschuhe bekam.

»Schuhe«, erwiderte Attila von Schwan und blickte ertappt zu Boden.

Nur dass es diesmal nicht die warmen, biederen Züri Slippers von Rauchberger in der Kirchgasse waren, sondern hochelegante Pumps von Louboutin, deren rote Sohlen sündig glänzten.

»Oh!«, sagte sie überrascht. Und nach einem kurzen Zögern: »Die werde ich dazu tragen.« Sie nickte zum Geschenk ihres Gatten hin. »Zu den Dessous.«

Nun war es Attila von Schwan, der »Oh!« sagte. Viel mehr fiel ihm in dem Moment nicht ein. Bis er sich erinnerte: »Es ist noch etwas drinnen.«

»Drinnen?«

»Im Schuh.«

Tatsächlich fand seine Gemahlin ein kleines Schächtelchen und in dem Schächtelchen ein Paar glitzernder Brillantohrringe. »Ich hoffe, die wirst du auch tragen?«

Sie würde.

Auch Richard fand übrigens an diesem Morgen ein Geschenk vor: eine Schallplatte, wie sich bereits unschwer erkennen ließ, als es noch eingepackt war. Er war ein wenig gerührt, obwohl er nicht die geringste Ahnung hatte, wer ihm diese Freude gemacht hatte. Dass er die guten alten Vinylplatten liebte, war unter der Belegschaft und in seinem kleinen Freundeskreis bekannt. Das hatte aber bisher noch nie zur Folge gehabt, dass man ihm dergleichen zugedacht hätte. Nun, es wäre untertrieben, zu behaupten, er wäre nicht neugierig gewesen, welches musikalische Juwel man ihm also hatte zukommen lassen.

Bertie Baker & The Jingle Bells hieß es auf dem Cover, das eine Band von vier Männern mittleren Alters zeigte, wie man das aus der »guten alten Zeit« des Folkrock kannte. Crosby, Stills & Nash hatten solche Cover gehabt, Creedence Clearwater Revival oder The Dubliners. Von Bertie Baker hatte Richard allerdings noch nie gehört. Kurz überlegte er, ob er die Platte auflegen sollte, doch dann entschied er sich dagegen – ganz einfach, weil die Arbeit nicht auf ihn wartete. Es würde ein anstrengender Tag werden, aber auch ein guter. Das allerdings setzte voraus, dass er frühzeitig loslegte.

Zu denjenigen, die von dem Brauch, ein kleines Präsent vorzufinden, nicht die leiseste Ahnung gehabt hatten, zählte Tilda Tucker, die auf dem Weg aus ihrem Zimmer beinahe über das Päckchen gestolpert wäre, das ihr die Weihnachtselfen des 24 Charming Street in der Nacht vor die Tür gelegt hatten. Überrascht kehrte sie noch einmal um und nahm es mit in ihr Zimmer hinein.

Es war mit größter Sorgfalt hübsch verpackt, sodass sie kurz überlegte, es einfach auf dem Tischchen stehen zu lassen, um es später noch ausgiebig bewundern zu können. Doch dann siegte die Neugier, und sie machte es auf. Es enthielt – wie übrigens viele der kleinen Päckchen, die in dieser Nacht vor den Zimmertüren des 24 CS verteilt worden waren – eine Schneekugel, in der eine zauberhafte Miniatur des Hotels enthalten war, so wirklichkeitsgetreu, dass man versucht war, hinter den

Fenstern die Gäste beobachten zu wollen. Tilda Tucker schüttelte die Kugel und betrachtete den Schneewirbel, den sie um das kleine Gebäude entfesselte. Ein Sturm, ein wildes Chaos, in dessen Mitte still und unerschütterlich das 24 Charming Street stand und strahlte.

Ja, so muss es wohl sein, fand die Regisseurin. Egal, wie verrückt die Zeiten sind, ganz gleich, welchen Wahnsinn wir mit unseren Filmarbeiten hier veranstalten, unerheblich, wie stürmisch die Herausforderungen sind: Das kleine Grandhotel am Ende der Welt hält an seiner Eleganz, seinen Idealen und an seiner Verlässlichkeit fest.

Nach all den Missgeschicken und bösen Überraschungen der letzten Tage wusste Tilda Tucker endlich, was für einen Film sie drehen, was für eine Geschichte sie erzählen wollte.

Abschiede

Es gibt viele Disziplinen, in denen Richard Atkins dem Rest der Menschheit zum Vorbild dienen kann. Ausgesuchte Zuvorkommenheit wäre so eine, äußerste Diskretion eine andere. Er versteht sich wie niemand sonst auf vornehme Zurückhaltung ebenso wie auf liebenswürdiges Interesse. In ganz besonderer Weise zum Vorbild nehmen darf man ihn sich gewiss in Fragen der Haltung. Denn niemand versteht es, selbst unter widrigsten Umständen und im Angesicht selbst außergewöhnlichster Zumutungen, die Contenance zu wahren.

Auch im Leben eines Richard Atkins aber gab es Tage, an denen es ihm schwerfiel, Haltung zu wahren: Der 31. Dezember war ein solcher Tag. Er hatte sich entschlossen, ihn nicht mehr im 24 Charming Street zu verbringen, sondern sich möglichst geräuschlos zu verabschieden, zumal er nach Dienstplan an diesem Tag ohnehin nicht mehr an der Rezeption gewesen wäre.

Seine Sachen würde er so bald wie möglich holen lassen. Für alles, was er in den nächsten Tagen brauchte, genügten eine große Tasche und ein Kleidersack. Sein Plan war es, für einige Tage in einer kleinen Pension in Portree unterzukommen, um sich von dort aus einen neuen Platz zum Leben zu suchen. Vielleicht gab es ein nettes

Bed & Breakfast oder ein Restaurant auf der Insel, wo er anheuern konnte. Oder er würde nach Glasgow gehen, nach Edinburgh oder nach Inverness, Städte, die er lange und gut kannte und wo es ihm leichtfallen würde, schnell nützlich zu sein. Einerseits. Andererseits fühlte er sich in dem Moment, in dem er die Tür seiner kleinen Wohnung unter dem Dach des 24 CS hinter sich zuzog, unvermittelt so verloren, dass er ein Seufzen nicht unterdrücken konnte.

»Mr Atkins, Sir? Ist alles in Ordnung?«, fragte prompt Oliver, der ebenfalls seinen letzten Tag im kleinen Grandhotel hatte.

»Alles in bester Ordnung, Oliver«, erwiderte Richard mit wieder halbwegs gefasstem Lächeln. »Vielen Dank.«

»Darf ich Ihnen die Tasche tragen?« Oliver wartete gar nicht, bis Richard ablehnte, sondern nahm sie ihm aus der Hand – und den Kleidersack gleich dazu.

»Es tut mir sehr leid, Oliver«, sagte Richard.

»Na ja.« Der Page zuckte die Schultern. »Ist nicht Ihre Schuld, sondern meine. Hätte ich mal nicht so viel Mist gebaut in meinem früheren Leben ... Entschuldigung, ich wollte das nicht so sagen.«

Richard hörte über die Bemerkung hinweg. »Wissen Sie denn schon, was Sie nun anfangen werden?«, fragte er.

Der Page lachte. »Jedenfalls beabsichtige ich nicht, wieder zum HMPS zurückzukehren.«

»Her Majesty's Prison and Probation Service Perth«, murmelte Richard. »Nein, das sicher nicht«, stellte er fest. »Es wäre Verschwendung. Sie sind ein feiner Kerl,

Oliver«, versicherte ihm der ehemalige Chefportier. »Und Sie haben dieses Haus bereichert. Ich habe mir erlaubt …« Richard griff in die Innentasche seines Jacketts und holte einen Umschlag hervor. »Auch wenn ich damit meine Kompetenzen ein wenig überschritten habe«, erklärte er augenzwinkernd. »Aber feuern kann man mich ja nicht mehr dafür.« Blitzte da tatsächlich so etwas wie Schalk hervor?

Verwirrt nahm Oliver den Umschlag, setzte die Tasche ab und öffnete ihn. »Ein Zeugnis?«

»Das beste Zeugnis, das Sie nur bekommen können«, erläuterte Richard. »Ich hoffe, es wird sich als nützlich erweisen.«

Einen Moment lang war es der junge Mann, der um Fassung rang. »Ich … ich wünschte …«, sagte er mit rauer Stimme, »… ich hätte auch etwas für Sie, Sir.«

»Es wäre mir eine Ehre, wenn Sie mich in Erinnerung behielten, Oliver«, sagte Richard. »Gehen Sie Ihren Weg. Es wird ein guter sein.«

Am anderen Ende des Hotels packte unterdessen Annemarie von Schwan ihre Koffer, während ihr Mann ein letztes Mal eine Runde Billard im Kaminzimmer spielte (er hatte in Geoffrey Porter einen würdigen Partner gefunden). Nichts war so gekommen, wie sie es erwartet hatte. Alle ihre Planungen hatten sich als falsch erwiesen. Zum Glück! Denn sie war seit Jahren nicht mehr so glücklich gewesen wie in jenen zwei Wochen im 24 Charming Street, dem Hotel, in das sie nur äußerst widerwillig gekommen war und aus dem sie anfangs am liebsten wieder abgereist wäre. Nun war es tatsächlich Zeit abzureisen, und sie litt sehr darunter. Zurück. In den Alltag, hieß das womöglich: zurück zu den alten Gewohnheiten? Wenn sie einen Wunsch frei hätte, dann war es, dass genau das nicht mehr geschehen würde. Sie wollte die Frau bleiben, die sie hier geworden war, eine neugierige, positive, sinnliche Frau mit Freude an Überraschungen und der Gabe, die Kontrolle auch einmal nicht zu übernehmen.

»Kann ich noch etwas für Sie tun, Frau von Schwan?«, wollte Roberta wissen, deren letzter Arbeitstag um zwölf Uhr mittags beendet sein würde.

»Nein, Roberta. Es ist alles in bester Ordnung. Ich danke Ihnen von Herzen. Sie haben Ihre Sache gut gemacht. Sehr gut sogar – weil Sie nicht immer auf mich gehört haben.«

»Wenn Sie erlauben, gnädige Frau, dann würde ich Ihnen das Buch gerne zu Weihnachten schenken.«

»Das Buch?«

»*Nietzsches Katze.*«

»Das war von Ihnen?«

»Ich habe es auch für Sie signieren lassen«, erklärte Roberta und reichte ihrer Dienstherrin den schmalen Band.

Behutsam öffnete Annemarie von Schwan den Deckel des Buchs und blätterte die erste Seite um. »Signieren?« Sie blickte auf und entdeckte den Abdruck einer Katzenpfote nben der Widmung.

»Dann würden wir uns jetzt verabschieden«, sagte die

und nickte Frau von Schwan freundlich zu, ging aber nicht zur Tür, sondern zum Fenster, um es zu öffnen und jemanden hereinzulassen. »Wir gehen jetzt, Salomé«, flüsterte sie und nahm die Katze auf den Arm.

»Sie gehört Ihnen?«

»Sie gehört niemandem«, korrigierte Roberta ihre nun ehemalige Dienstherrin. »Sie ist eine Katze. Aber sie gehört zu mir.«

»Ich ... ich wusste nicht ...«

»Und zu Ihnen gehört jetzt auch eine.« Damit verschwand Richards Nichte Roberta aus der Suite und kurz darauf aus dem 24 Charming Street. Annemarie von Schwan aber hörte wenige Augenblicke später ein seltsam anrührendes Geräusch in ihren Zimmern. Als sie ihm nachging, entdeckte sie, wo es herkam: aus der Kosmetiktasche, in die sie einige der reizenden Fläschchen von Louis Pernet & Fils aus Grasse gepackt hatte. Dort nämlich lag außerdem noch ein ganz besonderer Gast: ein kleines Kätzchen, das sie mit großen Augen anstarrte. *Menschen sind eine seltsame Spezies*, schienen diese Augen zu sagen. Und in der Tat, das waren sie.

Annemarie von Schwan war nicht die Einzige, die sich über ein Kätzchen freuen durfte. Auch Euna, die wie Richard an diesem Tag das 24 Charming Street verlassen würde, bekam eines, genauer gesagt: ein Katerchen.

»Sie werden ein Hotel auf dem Leuchtturm eröffnen, habe ich gehört«, sagte Roberta, als sie ihr im Personalzimmer begegnete, wo Euna sich von allen verabschiedete. »Da können Sie vielleicht einen kleinen Jäger gut gebrauchen, der Sie vor Mäusen bewahrt.« Leise fügte sie hinzu: »Und vielleicht auch manchmal vor Einsamkeit und Heimweh.«

Die hübschen Fläschchen von Louis Pernet & Fils fanden sich übrigens auch in anderen Kosmetiktäschchen, zum Beispiel in dem von Mildred Porter. Man mag sich fragen, ob es angemessen ist, wenn eine ehemalige First Lady Körperpflegeprodukte aus dem Hotelbadezimmer stiehlt. Aber urteilen wir nicht über solche lässlichen Sünden: Letztlich geht es den Gästen, die sich zu solchen harmlosen Diebereien hinreißen lassen, doch nicht ums Geld oder um den Nervenkitzel. Es geht ihnen darum, ein klein wenig von diesem Urlaub mitzunehmen. Buchstäblich. Und im Falle der besonderen Artikel, die das 24 CS seinen Gästen bietet, bedeutet das: den Duft, die Sanftheit, die Märchenhaftigkeit einer unbeschwerten Zeit des Verwöhntwerdens. Sie alle werden sich daran erinnern, wenn sie sich zu Hause einen Tupfer von Louis Pernets Creme auf die Haut geben oder in eine von seinem Badezusatz duftende Wanne steigen. Und sie werden an das kleine Grandhotel auf der fernen Isle of Skye denken und davon träumen, möglichst bald wieder hinzufahren.

Nun, Mildred Porter würde das zweifelsohne tun. Nicht nur, weil sie seit etlichen Jahren regelmäßig die Weihnachtstage im 24 Charming Street verbrachte. Nunmehr auch, weil sie ihr Herz auf der Insel zurücklassen würde. Bei Harold, wie sich unschwer erraten lässt. Der zweite Weihnachtstag hatte für die ehemalige First Lady und den amtierenden Busfahrer die Erkenntnis gebracht, dass eine Liebelei der beiden so unwahrscheinlich wie unvermeidlich war. Mildred Porter hatte in dem unverstellten Wesen dieses Mannes, in seiner liebenswerten Tollpatschigkeit und in seiner unbedarften Beredtheit (wenn er nicht gerade unter einer Schüchternheitsattacke litt) alles das gefunden, was sie im Lauf der Jahre an ihrem Noch-Ehemann zunehmend vermisst hatte. Harold war einfach ein Original – und er war authentisch. Sie konnte gar nicht anders, sie musste ihn dafür lieben.

Was übrigens keineswegs eine Partnerschaft zur Folge haben würde. Niemand wusste das besser als die ehemalige First Lady. Harold war zu gut für die Welt, in der sie sich bewegte, und in der sie sich auch weiterhin würde bewegen müssen, da man niemals ein unauffälliges, privates Leben führen durfte, wenn man einmal mitten im Rampenlicht gestanden hatte. Weshalb Mildred Porter davon ausging, dass zukünftige Begegnungen allein den Urlauben auf Skye vorbehalten sein würden. Worauf sie sich aber immerhin annähernd zwölf Monate lang würde freuen dürfen.

Unterdessen hatte Oscar D. Fletcher eine Betriebsversammlung einberufen. Es war viel geschehen in den Tagen seit Weihnachten. Es hatte viele Gespräche gegeben. Und der Manager hatte aus mancher Niederlage neue Erkenntnisse gewonnen. Nun also hatten sich alle Mitarbeiterinnen und Mitarbeiter des Hotels in der Bibliothek eingefunden, die seit dem Vortag wieder ihren eigentlichen Zweck erfüllen durfte, nachdem die Filmcrew (mit Ausnahme von Ms Tucker) abgereist war. Euna hatte zunächst gezögert, weil auch sie – wie schon länger geplant – an diesem Silvester ihren letzten Arbeitstag im 24 CS haben würde. Für sie hatte sich ein Lebenstraum erfüllt, indem sie stolze Besitzerin eines Leuchtturms auf den Kanalinseln geworden war, wo sie ein winziges Hotel einzurichten beabsichtigte. Alles, was man dazu wissen musste, hatte sie im 24 Charming Street gelernt, sie war gewappnet. Und dennoch neugierig.

»… deshalb erwarte ich von Ihnen nichts weniger als absolute Perfektion«, erklärte der Manager gerade, als Euna sich neben David stellte.

»Hab ich was verpasst?«, flüsterte sie.

»Und ob«, flüsterte er zurück.

»Ich weiß, dass Sie das jeden Tag und bei allem versuchen«, fuhr Oscar D. Fletcher fort. »Aber diesmal, Ladies and Gentlemen, diesmal muss es so perfekt sein wie noch nie! Ich danke Ihnen.« Er nickte in die Runde und verließ die Bibliothek mit schnellen Schritten: Es warteten so viele Aufgaben!

Euna wollte von David unbedingt Näheres wissen, wurde aber von Penny unterbrochen: »Habt ihr Oliver gesehen?«, fragte das Hausmädchen.

»Oliver? Ist der nicht schon weg?«, fragte Euna, wenig taktvoll.

»Vorhin war er noch bei Kiharu und hat sich verabschiedet«, warf David ein, dem längst klar war, dass sich die junge Kollegin in den entlassenen Pagen verliebt hatte.

»Danke!«, rief Penny und rannte davon.

»Sie und Oliver?«, fragte Euna erstaunt.

»Ich finde, sie passen wunderbar zusammen«, erwiderte David grinsend und ließ die Kollegin stehen. Denn er hatte noch eine Fahrt nach Portree zu erledigen.

Den Vauxhall Light Six aus der Garage zu holen, war jedes Mal wieder erhebend für David, der den Wagen liebte und hingebungsvoll pflegte. Nach Nicks Weggang im letzten Jahr hatte er die Rolle des Chauffeurs übernommen. Zunächst war es als Interimslösung gedacht gewesen. Doch dann hatten sie sich so aneinander gewöhnt – der erste Hausdiener sich an das Auto, das Auto sich an ihn –, dass über Alternativen gar nicht mehr gesprochen wurde. David wie gesagt liebte den Wagen – weshalb er Kritik daran auch persönlich nahm. Entsprechend reserviert war seine Laune, als er mit dem Vauxhall vorfuhr, um die Herrschaften von Schwan zum Bahnhof zu bringen.

»Ma'am!«, grüßte er knapp und verbeugte sich, während er dem Schweizer Ehepaar den Wagenschlag aufhielt. »Sir …«

Attila von Schwan seufzte und steckte ihm unauffällig eine Fünfzigpfundnote in die Fracktasche. »Schade, dass wir wieder fahren müssen. Aber ein Trost, dass wir Ihr bemerkenswertes Automobil noch einmal benutzen dürfen.«

»Sir?«, fragte David irritiert.

»Ich finde, es ist ein Wagen mit Charakter«, erklärte von Schwan und klopfte leicht aufs Dach, ehe er einstieg. »Und erstklassig gepflegt.«

Nun, dachte David, Ende gut, alles gut. Die Herrschaften hatten eine Metamorphose durchgemacht, wie sie vielleicht nicht nur im 24 CS gelang, aber eben doch immer wieder. Und er schloss die Türen, setzte seine Kappe auf und sich selbst hinters Steuer, um ein letztes Mal in diesem Jahr den guten alten Vauxhall Light Six über die Insel zu chauffieren.

Der Film war im Kasten. Die anstrengenden Diven waren seit zwei Tagen abgereist, die noch anstrengendere Crew seit dem Vortag. Tilda Tucker saß in ihrem Zimmer und blickte aus dem Fenster, staunend. Staunend, wie sehr die paar Tage im 24 Charming Street sie verändert hatten. Sie war gekommen in der Annahme, für einen überambitionierten Hotelmanager einen Hochglanzfilm zu drehen, in dem ein in die Jahre gekommenes Haus, das keiner kennt, mittels ein paar prominenter Schauspielerinnen und viel Bildbearbeitung zum neuen Ritz stilisiert werden würde. Gehen würde sie in der Gewissheit, für einen überambitionierten Hotelmanager einen völlig unkonventionellen Film über einen bezaubernden Ort und bezaubernde Menschen gedreht zu haben, die sich hier versammelt hatten, um die schönste Zeit des Jahres auf die schönstmögliche Weise zu verbringen – und die dabei tatsächlich selbst zu einem Teil des Zaubers geworden waren, der diesen Ort umgab.

Einige der Gäste, die sie über die Weihnachtstage kennengelernt hatte, waren bereits abgereist, einige würden im Laufe des Tages abreisen. Sie selbst hatte noch eine Nacht im 24 Charming Street und würde dann wieder Richtung London fahren. Es fiel ihr schwer, sich auf »zu Hause« zu freuen, denn wenn sie ehrlich zu sich selbst war, fühlte sie sich hier genauso zu Hause wie zu Hause – vielleicht sogar ein klein wenig mehr.

Am Vorabend hatte sie das Buch in ihrem Zimmer vorgefunden, das Harold gelesen und in dem sie einige Tage zuvor heimlich in der Bar geschmökert hatte: *Winterträume*. Es war ja einmal eines ihrer Lieblingsbücher gewesen. Vor allem die Szene ... Sie blätterte ein wenig, es war schon fast ganz am Ende, ja, da stand es:

Und dann griff Fjodor irgendwo in die Luft über dem Mädchen, während hinter ihm die Häscher immer näher kamen. »Schau doch nur«, sagte er mit geheimnisvoller Stimme und noch geheimnisvoller leuchtenden Augen. »Das muss dir gehören!«

»Mir?«, fragte das Mädchen erstaunt und blickte sich um.

»Ja, dir.« Fjodor reichte ihr das kleine Artefakt: eine Schneekugel, in der die ganze Stadt eingefangen zu sein schien.

»Das ist wunderschön!«, flüsterte das Mädchen.
Fjodor lächelte sie an. »Merk es dir«, sagte er leise und sprang vom Schlitten: »Das Leben ist eine Illusion!«
Als sie von der Kugel aufblickte, war der Schlitten umringt von den Männern des Zaren. Von Fjodor Iwanowitsch Rimski aber fehlte jede Spur.

Die Schneekugel, dachte sie mit ungläubigem Staunen und wandte ihren Blick zum Koffer hin, der aufgeklappt auf dem Bett lag und in dem ganz obenauf das Geschenk lag, das sie zu Weihnachten vom Hotel bekommen hatte.

Sie hatte noch etwas an diesem Morgen in ihrem Zimmer gefunden, wie übrigens alle Gäste des Hauses, die dieser Tage abreisten: einen Umschlag, darin eine Karte, auf der ihr die Möglichkeit gegeben wurde, einen Ehrengast für die nächste Weihnachtssaison vorzuschlagen. So wie Harold in diesem Jahr einen freien Aufenthalt im 24 Charming Street gewonnen hatte, würde es auch im nächsten Jahr einen Glücklichen oder eine Glückliche geben, die eingeladen würde, für ein paar Tage den Alltag hinter sich und sich rundum verwöhnen zu lassen. Tilda Tucker hatte lange überlegt, wen sie benennen sollte. Sie hatte festgestellt, dass ein solches Geschenk gar nicht so leicht zu machen war. Denn freien Herzens zu schenken, ohne dass man Dank erwarten durfte, das bedeutete, dass man ohne jede Berechnung schenkte. Zum ersten Mal fiel ihr auf, wie selten sie das tat. Nun, es fielen ihr viele Dinge zum ersten Mal auf, speziell seit jener nächtlichen Busfahrt, mit der alle ihre Pläne, was sie hier ins Werk zu setzen sich vorgenommen hatte, ins Wasser gefallen waren.

Die Regisseurin stand auf und ging ein wenig im Zimmer auf und ab. Sie schenkte sich ein Glas Whisky ein und nippte daran, blickte hinunter in den Garten, in dem der junge Geoffrey Porter aus dem bisschen Schnee, das über Nacht gefallen war, einen winzigen Schneemann baute. Sie beobachtete, wie einige der Hotelbediensteten die Wintersuite wieder zum Gewächshaus umbauten. Sie erinnerte sich an die Worte Richards, dass eine der wichtigsten Regeln der Hotellerie sei, das Unmögliche möglich zu machen. Und dann war er plötzlich da, der Einfall, wen sie nominieren würde. Mit einem dankbaren Lächeln trat sie an den Schreibtisch und nahm die Karte aus dem Umschlag, griff zum Stift und notierte auf der Zeile des Wunschkandidaten: Richard (der Portier) ℅ 24 Charming Street.

Penny fand Oliver an der Bar. Oder vielmehr: hinter der Bar, wo er für Kiharu einige Getränkekästen verstaute, um Platz für weitere zu schaffen, die er für die Bartenderin aus dem Keller zu holen gedachte. Denn auch wenn er mit der zweiten Schicht, die eben begonnen hatte, hier nicht mehr arbeitete, war er doch ein hilfsbereiter Mann, der sich gerne nützlich machte.

»Oliver!«, rief sie und griff sich vor Glück an die Brust.

»Ouch!«, rief er zurück und griff sich in den Rücken.

»Nicht schon wieder!«, rief Kiharu und griff nach seinem Arm, um ihm in eine halbwegs aufrechte Position zu helfen.

»Zur Liege im Mitarbeiterzimmer?«, fragte Penny erschrocken.

»Ich habe eine bessere Idee«, erklärte Kiharu und nickte in Richtung des hinteren Gangs, wo es zum ehemaligen Gewächshaus ging, in das die beiden Frauen den Pagen verfrachteten. Kiharu wusste noch, welcher Whisky geholfen hatte, und stand kurz darauf erneut in der Tür und zwinkerte Oliver zu: »Ich war ja beim letzten Mal dabei. Darf ich?« Sie stellte ein Tablett mit zwei Gläsern Champagner auf den Tisch neben das Sofa, auf dem der Page lag, während Penny mitfühlend seinen Kopf auf dem Schoß hielt. »Ich denke, der wäre jetzt richtig.« Mit einem schelmischen Lächeln huschte Kiharu wieder hinaus. Oliver aber setzte sich auf, seufzte tief und blickte dann noch tiefer in Pennys Augen. »Sie hat mich durchschaut.«

»Du hast gar keinen Hexenschuss?«

»Ich wollte nur wissen, was du tust«, erklärte Oliver mit breitem Grinsen.

»Du bist ein Schuft!«

»Und du bist wundervoll.« Sein Schalk war unvermittelt einer ernsten Miene gewichen. »Wirklich wundervoll.«

»Hm. So sind sie eben, die Puffins«, stellte Penny zu seiner Verwunderung fest.

»Die Puffins? Was soll das heißen?«

»Darauf musst du selber kommen«, meinte Penny und reichte ihm ein Glas.

»Auf was wollen wir anstoßen?«, fragte er und hoffte bang, dass sie dieselbe Idee hätte wie er.

»Auf uns?«, schlug Penny vor, selbst überrascht von ihrem Mut.

Oh ja, die hatte sie gehabt.

Es war ein milder Silvesternachmittag, der in einen ebenso milden, aber kalten Silvesterabend überging. Die Dämmerung senkte sich früh über die Insel. Wer an diesem Tag abzureisen sich vorgenommen hatte, war inzwischen weg. Der Vauxhall Light Six stand wieder in der Garage, nachdem der Ehrengast mitgeteilt hatte, er wolle seine Dienste nicht in Anspruch nehmen, sondern lieber ein wenig zu Fuß gehen.

Natürlich hatte Harold überlegt, den Bus zu nehmen. Aber ab morgen würde er seine gute alte Paula ohnehin täglich sehen. Und so lange hielt er es dann doch ohne sie aus. Zudem hatte er das Gefühl, es könnte ihm helfen, kräftig auszuschreiten. Denn auch wenn er es sich ungern eingestand, er hatte sein Herz gleichwohl sehr an die Lady aus London gehängt, die ebenfalls heute abgereist war: Mildred Porter. Je mehr er über sie nachdachte, umso mehr kam er zu der Erkenntnis, dass er praktisch alles an ihr gut fand. Er mochte ihre direkte Art, ihren Humor und ihr zupackendes Wesen. Er mochte, wie sie mit den Menschen umging, wie sie für ihren Sohn da war, ohne ihm auf die Nerven zu gehen, und ja, er mochte, wie sie aussah, diese große, etwas herbe Schönheit. Es störte ihn kein bisschen, dass sie vielleicht ein klein wenig älter war als er (er wäre nicht auf den Gedanken verfallen, sie danach zu fragen, auf die Idee, es zu recherchieren, noch viel weniger). In der Tat, Mildred Porter war eine Frau, wie man sie nur bewundern konnte. Und damit viel zu gut für ihn, so viel stand fest.

Also marschierte er – Tante Ghislaines Tasche wacker in der Hand – strammen Schrittes über die Insel Richtung Portree, wo er, das hatte er sich vorgenommen, zuerst noch ein korrektes Bier trinken und dann in seine Wohnung zurückkehren würde, um möglichst nie mehr an diese Wucht von einer Frau zu denken, weil ihm das sonst das Herz brechen würde.

Als ihn Paula auf seinem Weg überholte und Peter McDune anhielt, um die Scheibe herunterzulassen und ihn zu fragen, ob er ihn mitnehmen solle (was Harold selbstverständlich verneinte), war ihm aber längst klar, dass es zu spät war: Mildred hatte sein Herz schon gebrochen. Für einen kurzen Augenblick fragte er sich, ob es ein Fehler gewesen war, die Chance, Filmstar zu werden, nicht beim Schopfe gepackt zu haben. Aber dann wurde ihm klar, dass er auch ohne Weltkarriere eine hinreichend lächerliche Gestalt war.

»Bertie Baker & The Jingle Bells!« verkündete ein Plakat am Ortsrand. Erstaunt blieb Harold stehen und vergaß tatsächlich für den Bruchteil eines Augenblicks seinen Liebeskummer. »Heute Abend im Hank's Up!«

Na, dann wusste er ja, wo er sein Bier trinken würde.

Er hatte eigentlich seit Stunden weg sein wollen. Aber dann war Richard doch zuerst bei Kiharu hängen geblieben, um noch einen ihrer bemerkenswerten grünen Tees zu trinken (sie hatten beide nicht über seinen Abschied gesprochen, sondern das Thema elegant ignoriert). Anschließend hatte er ein letztes Mal den Garten betrachtet und war hinausgegangen, um noch einmal auf der Klippe zu stehen und den einzigartigen Blick über den Sound of Raasay zu genießen. Dann hatte ihn ein Gast in ein Gespräch verwickelt (er hatte nicht erwähnt, dass er gar nicht mehr der Concierge des Hotels war). Er hatte noch ein, zwei Stücken gelauscht, die Mr Richmond am Piano gespielt hatte (darunter das so geliebte »One For My Baby«). Er hatte sich – nur für ein paar Minuten! – in die Lobby gesetzt und alles, alles, was ihn so viele Jahre täglich umgeben hatte, mit ganz neuen Augen betrachtet. Und ja, er hatte ein wenig gelitten.

Gerne hätte er sich von Mrs Hickham verabschiedet, die jedoch weder im Büro noch sonst irgendwo zu finden gewesen war. Und dann hatte er sich endlich einen Ruck gegeben – vielleicht, weil sich niemand fand, zu dem er hätte »Auf Wiedersehen« sagen können, vielleicht auch, weil offenbar niemand das Bedürfnis hatte, »Auf Wiedersehen« zu ihm zu sagen – und war mit aller Würde, die bei einem solchen Abschied möglich war, an der verwaisten Empfangstheke vorbei zur Tür geschritten und nach draußen getreten.

Harold indes trat zur selben Zeit durch die etwas heruntergekommene Eingangstür des Hank's Up in Portree, wo ihm wie immer dicke, verqualmte Luft entgegenschlug – und eine Mischung aus angeregten Gesprächen, Gelächter und Musik. Allerdings kam die Musik aus den Lautsprechern.

»Guten Abend, Samuel«, grüßte Harold den Wirt (man kannte sich, Portree ist schließlich ein Dorf).

»Hallo, Harold! Zurück aus den Ferien?«

Der Busfahrer nickte. »Ich dachte, heute ist Livemusik.«

»Ist auch. Aber erst in einer Stunde oder so. Die Band hatte noch ein anderes Engagement.«

»Ach. So gefragt sind die?«

Samuel zuckte die Achseln. »Mich hat's überrascht. Aber der Abend wird lang genug. Silvester, Mann!«

»Ja«, sagte Harold. Silvester. Mochte er nicht. Da wurde ihm immer so wehmütig ums Herz.

»Ein Bier?«

»Gerne.«

»Für mich auch«, sagte eine vertraute Stimme neben Harold. Er blickte sich um.

»Sie hier?«

»Geoffrey wollte unbedingt noch die Band auftreten sehen«, erklärte Mildred Porter, wobei ihr Blick … Harold sah sich um, konnte Jeff aber nirgendwo entdecken. »Er wird schon noch kommen«, sagte die Ex-First-Lady und nahm dem Wirt die beiden Biere ab. »Stoßen wir an?«

Harold nickte.

»Auf uns?«

Er schluckte.

Sie hob ihr Glas und stieß es sacht gegen seines. »Auf uns«, flüsterte sie, trank aber nicht, sondern küsste ihn.

Bertie Baker & The Jingle Bells hatten tatsächlich noch einen anderen Auftritt, ein sehr kurzfristig erfolgtes Engagement, das so überraschend wie gelegen gekommen war: einen Gig vor einem Grandhotel (wobei die Bandmitglieder erstaunt waren, wie klein ein Grandhotel sein konnte).

Doch als sie ihre Instrumente ausgepackt hatten und der Hausmeister ihnen den Strom für die Verstärker nach draußen gelegt hatte (aus seiner Bemerkung, diesmal würden die Sicherungen hoffentlich halten, wurden sie nicht ganz schlau), füllte sich die Auffahrt zum Hotel sehr schnell mit verblüffend vielen Menschen. Bertie Baker hatte ja erwartet, dass sie für die Gäste spielen würden. Es standen aber zuallererst die Mitarbeiterinnen und Mitarbeiter des Hotels vor dem Eingang, unschwer an ihren schicken Uniformen zu erkennen. Erst dann kamen nach und nach die Gäste. Dann kam einige Zeit niemand mehr, und sie wollten schon loslegen, als der Manager, der sie engagiert hatte, die Hand hob und leise »Noch nicht!« zischte.

Es vergingen zwei, drei, vier Minuten. Bertie und seine Kumpels waren schon leicht verunsichert, als Mr Fletcher sie auf einmal einzählte: »Zwei, drei, vier …«

Hastig blickte Bertie zu den anderen. Die waren bereit, und auf ein (gedachtes) »Vier« legten sie los. Ganz wunschgemäß mit einer jazzigen Unternote, die Swing-Version sozusagen, und auch Bertie musste zugeben, das klang verdammt gut. Die gesamte Belegschaft des Hotels aber begann zu singen, und mancher Gast stimmte ein:

Should auld acquaintance be forgot
And never brought to mind?
Should auld acquaintance be forgot,
and days of auld lang syne?

Sollte alte Freundschaft vergessen sein
Und ihrer nicht mehr gedacht werden?
Sollte alte Freundschaft vergessen sein
und auch die guten alten Zeiten?

Aus der Tür trat ein älterer Herr, sehr aufrecht und in tadelloser Manier gekleidet, in der Hand eine Tasche, im Gesicht einen Ausdruck des Erstaunens.

For auld lang syne, my jo
For auld lang syne
We'll tak' a cup o' kindness yet
For auld lang syne

Der alten Zeiten wegen, mein Guter
Der alten Zeiten wegen
Lass uns freundlich zueinander sein
Der alten Zeiten wegen

Gerührt blieb Richard zwischen all den Menschen stehen, die sich hier für ihn versammelt hatten, und blickte sich um. Euna war da, ein kleines Kätzchen auf dem Arm, David glänzte in seiner Uniform, Henry, der so gerne Richards Nachfolger geworden wäre, Mrs Hickham, die eigentlich schon seit dem 26. Dezember im Ruhestand war. Ms McFarrows aus dem Büro, das Zimmermädchen Rosa und ihre ganze Brigade, Penny, die neben Oliver stand und möglichst unauffällig mit ihrer Hand die seine berührte. Mr Richmond, der sein Akkordeon bei sich hatte und die Band begleitete, und Kiharu, die eben mit einem großen Tablett mit Whiskygläsern hinzukam. Beinahe die gesamte Belegschaft des 24 Charming Street hatte sich zu seinen Ehren vor dem Hotel versammelt, und etliche Gäste hatten sich hinzugesellt. Es war Richard Atkins in seinem Leben nicht oft schwergefallen, Haltung zu wahren. Diesmal aber war es um dieselbe geschehen. Er schnappte nach Luft und musste mehrmals blinzeln, während er sich in alle Richtungen verbeugte und seine Hand aufs Herz legte.

And there's a hand, my trusty fiere
And gie's a hand o' thine
And we'll tak' a right gude-willie waught
for auld lang syne.

Und hier ist eine Hand, mein treuer Freund
Und schlag mit der Deinen ein
Und dann wollen wir einen ordentlichen Schluck nehmen
Der alten Zeiten wegen.

Auch Oscar D. Fletcher hatte mitgesungen und trat nun vor. Absolute Perfektion hatte er von den Mitarbeitern erwartet. Und das hatten sie geliefert: Sie hatten alles liegen und stehen gelassen, um an dieser Verabschiedung teilzunehmen, hatten sich in tadellosester Form eingefunden, hatten voller Hingabe mitgesungen und glänzten durch Anteilnahme. So hatte er es sich gewünscht.

»Mr Atkins«, sagte er. »Dass wir hier stehen, ist meine Schuld, und ich fürchte, man wird es mir noch lange übel nehmen.« An dieser Stelle ging ein Raunen durch die Reihen der Mitarbeiter des Hauses. »Zu Recht! Das habe ich allerdings erst erkannt, als es zu spät war. Sie hatten Ihre Kündigung schon eingereicht. Das tut mir sehr leid. Falls es eine Möglichkeit gibt, es wieder ungeschehen zu machen, wäre niemand glücklicher darüber als ich. Vielleicht mögen Sie es sich noch einmal überlegen?

Mein Berufsleben lang habe ich mich an die Weisheiten des Sun Tzu gehalten. Eine davon lautet: »Lass dir nicht in die Karten sehen.« Ausgerechnet ein paar Karten waren es, die mir die Augen geöffnet haben – nun ja, ein paar Karten und eine Reihe von Beobachtungen, die ich hätte früher anstellen sollen. Das 24 Charming Street ist nicht wie andere Hotels. Und Sie, Mr Atkins, sind nicht wie andere Menschen – jedenfalls nicht wie diejenigen, von denen Sun Tzu spricht. Wer Philosophen verstehen will, muss wissen, wann er welche Erkenntnis nutzen sollte. Ich hätte mich an die Weisheit halten sollen: Ein Führer geht mit gutem Beispiel voran, nicht mit Gewalt. Sie haben das immer getan, Mr Atkins, Sie waren der eigentliche Kopf dieses Hauses. Und, wenn ich mir erlauben darf, das zu sagen: sein Herz. Die Türen des 24 Charming Street stehen immer für Sie offen, Sie sind und bleiben Teil der Familie, und wir hoffen, Sie werden – so oder so – zu uns zurückkommen.«

Fletcher nickte Kiharu zu, die mit dem Tablett vortrat, worauf er zwei Gläser nahm und eines Richard reichte. »Lassen Sie uns einen ordentlichen Schluck nehmen, Sir«, sagte er, indes Kiharu die restlichen Gläser an die Umstehenden verteilte und Euna noch ein weiteres Tablett hervorzauberte, damit alle einen Drink bekamen. »Der alten Zeiten wegen.« Der Manager hob sein Glas und wandte sich an alle: »Mr Atkins war die Seele des Hauses. Er war für viele, die hier arbeiten, wie ein zweiter Vater – und er war für die Gäste wie ein guter Freund. Einer, auf den man sich jederzeit verlassen konnte und den zu sehen man sich immer wieder freute. Dafür danken wir Ihm von ganzem Herzen. Er lebe hoch!«

»Hoch!«, riefen die anderen, »Hoch! Hoch!« Und stießen an.

Auch Richard hob sein Glas, er hatte seine Stimme wiedergefunden. »Tausend Dank, meine lieben Freunde!«, sagte er und blickte sie alle nacheinander an, um zuletzt bei Oscar D. Fletcher zu landen. »Und auch Ihnen, Mr Fletcher, tausend Dank. Ihre kleine Rede hat mich sehr berührt. Dass Sie alle hier versammelt sind, um mich zu verabschieden, ist mir eine Ehre! Ich werde Ihnen das nie vergessen. Es war mir eine Ehre, den größten Teil meines Lebens dem 24 Charming Street widmen zu dürfen, hier zu arbeiten und leben zu dürfen, was für mich dasselbe bedeutete.« Er wandte sich wieder an alle. »Man kann seine Familie nicht verlassen, denn sie wird einen immer begleiten, egal, wo man ist und was man tut auf dieser Welt. Man trägt sie im Herzen stets mit sich. So wie ich das 24 CS und Sie alle, die Sie hier mit mir waren.«

Mit einem Lächeln stieß er sein Glas gegen das von Oscar D. Fletcher. »Sie haben mir etwas Gutes getan, Sir«, erklärte er. »Und Sie haben dem Hotel etwas Gutes getan. Auch ein Ort wie das 24 Charming Street braucht Veränderung. Nicht viel, nur ein bisschen von Zeit zu Zeit. Denn auch dieses kleine Grandhotel lebt ja. Nichts bleibt, wie es ist. Und manchmal kann auch ein Chefportier nicht mehr bleiben, sondern muss der Veränderung eine Chance geben.

Ich trinke auf Sie alle und darauf, dass das Glück auch weiterhin im 24 Charming Street zu Hause sein wird! Farewell, meine Freunde – und danke!«

Ende gut, alles gut

Man mag es dem Zufall zuschreiben oder auch dem Umstand, dass in einem kleinen Örtchen wie Portree die Möglichkeiten, sich einen fröhlichen Abend zu machen, begrenzt sind, jedenfalls traf es sich, dass wenig später nicht nur Harold und Mildred im Hank's Up auf den Auftritt der Band warteten, sondern auch Richard, der sich in eines der Gästezimmer eingemietet hatte, um am nächsten Tag die Reise zu seiner Schwester nach Edinburgh anzutreten.

»Das ist wirklich ein seltsamer Zufall«, stellte der ehemalige Chefconcierge fest. »Die Band, die hier auftritt … von der habe ich eine Schallplatte geschenkt bekommen. Und ich weiß nicht einmal, von wem!«

»Haben Sie schon mal reingehört, Mr Atkins?«, fragte Harold.

»Nein, dazu hatte ich bislang keine Gelegenheit.«

»Vielleicht klärt es sich ja noch auf«, meinte der Busfahrer geheimnisvoll.

»Und?«, fragte Mildred Porter neugierig. »Was werden Sie jetzt machen, Richard? Ich meine: Mr Atkins.«

»Richard höre ich immer noch gerne, Ma'am. Ich weiß es vorerst nicht. Ich hoffe, ich finde eine Möglichkeit, mich im Leben auch in Zukunft zu etwas nützlich zu machen.«

»Nichts wird Ihnen leichterfallen, Richard!«, befand die ehemalige First Lady. »Sie sind dafür geboren.«

Richard nickte. »Vermutlich ist das so, Ma'am. Und einstweilen hoffe ich, all die Bücher lesen zu können, für die mir meine Arbeit bisher keine Zeit gelassen hat.«

»Ach!«, rief Harold und griff in seine Tasche (also: Tante Ghislaines Tasche). »Da habe ich was für Sie.« Er reichte Richard das Buch, das ihn gleichermaßen inspiriert wie überfordert hatte: *Was würde Shakespeare tun?*, und lachte. »Falls Sie mal an eine Filmkarriere denken. Jeff hat es mir geschenkt. Ich meine Geoffrey. Porter.«

»Meine Güte, nun seid doch nicht so förmlich!«, rief Mildred Porter und winkte nach Whisky. »*Geoffrey! Ma'am!* Ich komme mir ja vor wie die First Lady!« Sie kicherte.

Penny und Oliver tauchten ebenfalls auf, gesellten sich kurz zu ihnen und verabschiedeten sich rasch wieder.

»Junge Turteltäubchen«, stellte Harold sehnsüchtig fest, bis ihm einfiel, dass er das selbst gerade war. Nun ja, vielleicht nicht ganz *so* jung.

Und Euna fand den Weg ins Hank's Up. Auch sie hatte sich hier ein Zimmer genommen, um am nächsten Morgen den ersten Zug nach London zu nehmen, von wo aus sie in Kürze auf die Kanalinseln starten würde, um ihren ererbten Leuchtturm in Besitz zu nehmen und ihr eigenes kleines Hotel zu gründen. Das Leben konnte so aufregend sein!

»Ich habe Ihnen noch die morgige Ausgabe der *24 CS Times* mitgebracht, Mr Atkins!«, sagte sie und reichte Richard ein Exemplar. »Als Andenken.«

»Danke«, sagte Richard und wollte gerade einen Blick darauf werfen, als das Licht ausging und die Bühne erleuchtet wurde. »Und nun, Ladies and Gentlemen!«, rief der Wirt. »Bertie Baker & The Jingle Bells!«

»Bertie!«, rief Harold und wandte sich strahlend an die Runde: »Mein großer Bruder.«

»Cool, Mann«, sagte Jeff, der inzwischen wiederaufgetaucht war.

Und so ging der Silvesterabend in der kleinen Dorfkneipe dahin. Mit guter Musik, gutem Whisky, guten Freunden und vielen wundervollen Erinnerungen.

Es dämmerte schon fast, als Richard endlich auf sein Zimmer ging. Müde, aber mit guten Gefühlen schlüpfte er aus seiner Jacke und legte das Buch, das ihm Harold gegeben hatte, und Eunas Zeitung auf das Nachtkästchen. Er würde später darin lesen. Obwohl … Das Buch hatte einen Einmerker, ganz hinten. Das machte Richard neugierig, weshalb er es doch noch aufschlug. … *Natürlich bedient sich Shakespeare auch für dieses Werk literarischer Vorbilder*, las er. *Im Grunde klaut er die Geschichte von seinem italienischen Kollegen Boccaccio, der sie in seinem berühmten Werk* Decamerone *erzählt hat. Weil er aber der vielleicht gewitzteste Autor aller Zeiten war, hat Shakespeare sich den Spaß erlaubt, dem Werk einen Titel zu geben, dem niemand widersprechen kann.* All's Well That Ends Well. *Ende gut, alles gut.*

Ja, dachte Richard. Das war es: Am Ende war alles gut.

24 CS Times **vom 1. Januar**

Farewell, Richard!

Mehr als fünfzig Jahre lang hat ein Mann dem 24 Charming Street und seinen Gästen gedient, der sich gestern in den Ruhestand verabschiedet hat: der unvergleichliche Mr Richard Atkins, Portier von Weltklasse. Niemand, der ihn erleben durfte, wird ihn vergessen. Am wenigsten werden wir ihn vergessen. Richard war für das Hotel der gute Geist. Generationen von Mitarbeitern verdanken ihm ihre Liebe zum Hotelwesen und ihre Talente als vollendete Gastgeber.

Es gehörte zu Mr Atkins' Selbstverständnis, dass sich jeder jederzeit mit jedem Problem an ihn wenden konnte. Niemand war für ihn unbedeutend, keine Sorge erschien ihm unwichtig. Mit seinem Stil und seiner Haltung hat er das 24 Charming Street geprägt wie niemand sonst.

Als an Christmas Eve für einen Moment das Unmögliche einzutreten schien, nämlich dass wir nicht in der Lage sein würden, unseren Gästen einen unvergesslichen Abend zu bieten, gewährte uns Mr Atkins Einblick in seine Kunst. »Wenn ein Gast einen Wunsch hat«, so sagte er, »erfüllen wir ihn. Wenn man etwas möglich machen kann, machen wir es möglich.« Es war seine goldene Regel Nummer drei, wie wir an jenem Abend erfuhren.

Also forschten wir, welche die goldenen Regeln Nummer eins und zwei seien. Er verriet sie uns:

1. Der Gast ist die Sonne, um die wir kreisen. Er soll im Mittelpunkt unserer Arbeit stehen.

2. Der Gast hat immer recht. (Er mag etwas anderes denken als wir. Aber er hat ja auch eine andere Perspektive.)

Kluge und richtige Sätze für einen Concierge, dessen wichtigstes Ziel das Wohlbefinden der Gäste ist. Dennoch war ich neugierig, ob Mr Atkins auch einen persönlichen Leitsatz hätte, eine Art Lebensmotto. Er hat es mir verraten: »Du musst die Menschen lieben.«

Ich habe lange über diesen Satz nachgedacht. Er ist von einer tiefen Wahrheit, und das Beispiel von Richard Atkins zeigt, welche Folge dieser Leitsatz hat. Ergänzen wir ihn deshalb so, wie er in seinem Falle stimmt: Du musst die Menschen lieben, dann lieben sie auch dich.

Ja, Mr Atkins, das tun sie.

Oscar D. Fletcher für die Belegschaft des 24 CS

Unsere Leseempfehlung

240 Seiten
Auch als E-Book
erhältlich

An einem winterlichen Novembertag findet die Londoner Kinderbuchautorin Charlotte Williams in ihrem Briefkasten einen mit zarten Lettern versehenen Umschlag. Sie traut ihren Augen kaum, als sie ihn öffnet, denn er enthält eine Einladung, die Weihnachtstage als Ehrengast im »24 Charming Street« zu verbringen – dem kleinsten Grandhotel der Welt an der wildromantischen Küste der Isle of Skye. Doch wem hat sie dieses Geschenk zu verdanken? Noch ahnt sie nicht, dass ein ganz besonderer Ort auf sie wartet – an dem Weihnachten in diesem Jahr zum Fest wunderbarer Überraschungen wird!